KB019375

Letters to a young
Gymnast

Letters to a Young Gymnast

Art of Mentoring

SERIES
05

Letters to a Young Gymnast

미래의
금메달리스트에게

나디아 코마네치 지음 · 강혜정 옮김

미래인

미래의 금메달리스트에게

제1판 1쇄 발행 2008년 1월 10일
제1판 2쇄 발행 2017년 5월 15일

지은이 나디아 코마네치 | 옮긴이 강혜정
펴낸이 박혜숙 | 펴낸곳 미래M&B
책임편집 황인석 | 디자인 석운디자인, 대산아트컴
전략기획 김민지 | 영업관리 장동환, 김하연

등록 · 1993년 1월 8일(제10-772호)
주소 · 서울시 마포구 동교로 134(서교동 464-41) 미진빌딩 2층
전화 (02) 562-1800(대표) | 팩스 (02) 562-1885(대표)
전자우편 mirae@miraemnb.com | 홈페이지 www.miraeinbooks.com

ISBN 978-89-8394-412-2 04800
ISBN 978-89-8394-407-8 (세트)
값 9,000원

친구여, 태어날 때부터 나에게 행운이 따랐으리라고,
또는 내가 이룬 모든 것이 대가 없이 쉽게 얻어졌으리라고
생각하지 마십시오. 기나긴 여행을 거친 뒤에야
비로소 원하는 결승점에 도달했던 것입니다.

— 나디아 코마네치

차례 --

친구에게,

나도 모든 것을 기억하지는 못합니다. 그대는 내 삶에 대해 알고 싶다며 편지를 주고받자고 제안했었죠. 사실 나는 과묵한 편입니다. 더구나 과거를 돌아볼 여유도 없었고 내 삶을 반추하는 글은 써본 적이 없습니다.

그대는 나의 과거 이야기에서 헌신, 끈기, 용기, 고난, 목표, 꿈, 승리, 도전, 사랑 따위에 대한 해답을 찾을 수 있다고 생각하더군요. 그 단어들을 보고 있노라니 좀체 돌아본 적이 없던 과거의 중요한 사건들이 연상되었습니다. 그대는 지금 나에게 잊어버린 이야기들을 애써 기억해내라고, 천당과 지옥을 오갔던 순간들을 되살리라고 부추기고 있습니다.

내 경험이 그대에게 조금이나마 도움이 되기를 바라는 마음으로 편지를 주고받으며 당신의 질문에 성의껏 답하고자 합니다. 하지만 이것은 어디까지나 나의 이야기임을 잊지 마십시오. 그대뿐 아니라 이 글을 읽는 모든 독자는 취사선택을 하여 자신만의 이야기를 만들어나가야 합니다.

진정한 용기 그리고 꿈

내 이름을 딴 이단평행봉 동작이 두 개 있습니다.
첫째는 '코마네치 살토Comaneci Salto' 라는 기술입니다.
살토는 보통 공중돌기를 말합니다. 코마네치 살토를 연기하려면
고봉高棒을 잡고 반듯이 매달린 자세에서 시작해야 합니다. 이어서 고봉에서 손을 떼고
몸을 날려 다리를 벌린 채 앞으로 공중돌기를 한 다음 고봉을 다시 잡습니다.
체조 기술은 가장 쉬운 것부터 어려운 것까지 등급이 매겨져 있습니다.
A 등급 동작이 가장 쉽고 B, C, D, E로 갈수록 어려워지며 슈퍼E 등급까지 있습니다.
슈퍼E 등급은 가장 어려운 동작으로 세계의 체조선수들 중에 극소수만이
연기할 수 있습니다. 코마네치 살토는 E 등급으로 분류됩니다.
1976년 올림픽에서 내가 처음 선보인 뒤 오랜 세월이 흘렀지만
지금도 코마네치 살토를 시도하는 선수는 아주 드뭅니다.
그만큼 어렵기 때문입니다.

되풀이되는 꿈을 꿉니다.

꿈속에는 내 침대 위로 긴 갈색 머리칼을 너풀거리며 주변을
맴도는 두 명의 어린 소녀가 있습니다. 두 아이는 속이 비치는 얇
은 천으로 된 하얀색 잠옷을 입었습니다. 잠옷은 아이들의 창백한
다리를 타고 맨발까지 이어집니다. 느슨하게 흘러내린 잠옷이 우
아합니다. 나는 이불을 덮고 반듯하게 누워 아이들이 서성이는 모
습을 지켜봅니다. 아이들이 워낙 사랑스러워서 두려움은 느껴지

지 않습니다. 오히려 아이들에게 반해버려 같이 있고 싶습니다. 부드러운 빛에 둘러싸인 아이들은 한없이 우아하고 순수해 보이니까요. 옅은 장밋빛 입술은 살짝 미소를 머금고 있으며, 갈색 눈동자에는 총기가 흐릅니다. 아이들은 두 손을 나란히 붙여 그릇처럼 동그랗게 오므리고 있습니다. 그 속에 비밀스런 약속이라도 담은 것처럼.

소녀들은 서성이면서 조금씩 다가오고 작은 입을 벌립니다. 벌린 입 안이 마치 새카만 동굴 같습니다. 갑자기 내 눈에는 시커먼 어둠밖에 보이지 않습니다. 귀에는 광대한 바다가 거칠게 포효하는 소리밖에 들리지 않습니다. 춥고, 무섭고, 외롭습니다. 어둠이 나를 통째로 삼키리란 걸 알지만 몸이 납덩이처럼 무거워 침대에서 꼼짝도 하지 못합니다. 소리쳐 도움을 요청하려 해도 비명 소리는 목구멍에 걸려 밖으로 나오지 못합니다. 꼼짝할 수 없는 공포 속에서 짭짤한 소금과 비릿한 피 맛이 느껴집니다.

갑자기 어둠 속에서 다양한 색깔의 작은 날개들이 파닥거리는 모습이 보입니다. 소녀들이 공중에 둥둥 떠 있습니다. 나는 여전히 어둠에 휩싸여 있지만, 사파이어, 루비, 호박 빛깔의 나비들이 한쪽 끝에서 돌진해 옵니다. 날개가 투명한 나비들입니다…… 처음에는 하나, 이어서 둘, 점점 많아집니다. 색색의 나비들이 스테인드글라스처럼 보입니다. 섬세하고, 연약하고, 숨이 멎을 만큼 아름답습니다. 나를 둘러싼 어둠이 서서히 물러갑니다.

나는 둥글게 오므린 소녀들의 손바닥을 응시합니다. 텅 비었지만 모든 것을 담고 있는 손…… 약속, 기회, 절망, 사랑, 분노, 기쁨, 루마니아, 기만, 봉제 인형, 꼬마 요정, 명석함, 박수갈채, 외할머니의 미소, 눈물, 공포, 빨간 리본, 철조망, 연습, 저주, 경악, 어머니의 손길, 의기양양함, 미국, 음악, 바닐라 향, 거절, 첫 키스, 춤, 속삭임, 사과나무, 어머니의 웃음, 손바닥의 분필 가루, 비행기, 일몰, 낙담, 사기꾼, 바람과 파도, 경쟁자, 생존, 격변, 깨진 약속, 마법, 아버지가 안아줄 때의 느낌, 초콜릿, 여권, 낚시 여행, 장례식, 생일, 청혼…….

가끔은 몸이 공포로 얼어붙어 소녀들의 손을 만지지 못할 때도 있습니다. 그럴 때면 어둠이 다시 몰려오고, 결국 나는 어둠에 완전히 갇혀 숨을 헐떡이며 잠에서 깹니다. 머리는 땀으로 흥건히 젖었고 심장은 불규칙하게 쿵쾅거리고 숨은 가쁩니다. 나는 실패 속에서 길 잃은 외톨이가 된 느낌입니다. 자신의 운명을 지배할 기회도 가져보지 못하고 오랜 실패와 혼란, 고독에서 아무것도 깨우치지 못한 어린아이, 십대 소녀, 혹은 젊은 여인 같다는 생각이 듭니다. 유령 같은 소녀들이 시야에서 점점 사라지는 모습을 지켜봅니다. 아이들의 아몬드 모양 눈동자는 후회로 가득 차 있습니다.

소녀들의 손을 잡고 살며시 벌려 그 안에 갇혀 있던 삶이 손가락 사이로 빠져나가게 할 때도 있습니다. 위험이 따른다는 걸 알면서도 모든 것을 풀어놓는 모험이 시작되는 순간이요, 용기를 내는 순간입니다. 그러고 나면 내 침실은 날개를 펄럭이는 나비와 다채로운 색상들로 가득 차고 어둠은 서서히 물러갑니다. 나는 꿈을 항상 내 마음대로 할 수는 없다는 것을 압니다. 하지만 그 안에서 길을 잃었다가도 다시 찾을 수 있고, 두려워하면서도 용기를 내어 매 순간을 나의 것으로 만들 수 있다는 것을 알고 있습니다.

친구여, 그대는 편지에서 나의 꿈과 유년시절 그리고 체조선수 초기 등이 궁금하다고 했지요. 아마 간결하고 쉬운 대답을 기대했을 겁니다. 어쩌면 처음 10점 만점을 받던 순간, 금메달을 목에 걸었을 때, 죽음을 무릅쓴 망명 같은 극적인 순간들이 궁금할 것입니다. 당연히 그런 이야기들을 하게 될 겁니다. 하지만 그대의 삶이 그렇듯이 나의 삶도 대단히 복잡해서 실패와 성공을 단순 나열하는 것으로 설명하기에 무리가 있습니다. 편지에 써 보낸 질문들 중에는 말하기 거북한 것들도 있었습니다. 그렇더라도 뭔가를 속이거나 회피하지는 않겠습니다.

그대의 요청으로 쓰게 된 이 편지들이 비단 그대만을 위한 것이 아님을 깨닫게 되었습니다. 꽁꽁 묶어서 내 마음의 다락방 안에 넣어두었던 기억들을 다시 떠올릴 때 일종의 카타르시스 같은 것이 있더군요. 물론 마음 한구석에 넣고 빗장을 단단히 질러둔 것도 마냥 나쁘지만은 않았습니다. 과거를 묻어두었기에 홀가분하게 전진할 수 있었던 것도 사실이지요. 지금 그대는 오랫동안 방치되어 먼지가 가득한 공간에 불을 밝히라고 요구합니다. 이제 저도 그럴 준비가 되었습니다. 인내심을 갖고 내 이야기를 들어주십시오. 내 이야기를 듣고 다시 편지를 써주십시오. 그리고 내가 흔들릴 때면 내 손을 잡아주십시오. 나 혼자서는 이 여행을 끝낼 수 없을 테니까요. 나는 그대를 모릅니다. 하지만 그대는 나를 알게 되겠지요.

사람들이 흔히 어떻게 이야기를 나누는지 알고 있습니까? 이야기에는 세 가지 유형이 있다고들 합니다. 남 이야기, 내 이야기, 그리고 진실. 지금 하려는 이야기는 내 이야기입니다. 편지를 주고받으며 알게 될 내가 경험하고 배운 여러 이야기가 그대에게 부디 도움이 되길 바랍니다. 누구에게나 비밀은 있습니다. 일부는 털어놓겠지만 일부는 그대로 두겠습니다. 간직하고픈 소중한 기억, 너무 고통스러워 떠올리고 싶지 않은 기억이 비밀로 남겠지요. 혹은 살아계신 분이나 돌아가신 분들께 누가 될까 싶어 말하지 못하는 것도 있겠지요. 친구나 가족을 위해 사실대로 말하지 못하는 경우도 있을 겁니다.

내가 어떤 사람인지 궁금하다고 했지요? 나는 1961년 11월 12일 루마니아에서 아버지 게오르그 코마네치와 어머니 스테파니아 코마네치 사이에서 태어났고, 이름은 나디아 엘레나 코마네치입니다. 나디아라는 이름은 글자 그대로 하면 '희망'이라는 뜻이지만 외조부모님은 늘 '행운'을 뜻한다고 믿었습니다. 유독 운이 좋은 아이라고 생각했기 때문이지요. 나는 심각한 병을 안고 태어났습니다. 정수리에 물이 차는 희귀병으로, 태어날 때부터 커다란 물집이 있었답니다. 루마니아 의사들은 부모님께 내가 오래 살 것 같지 않다고 말했지요. 만약 목숨을 부지한다 해도 정신장애가 있을 거라고 했습니다. 의사들이 주사를 수없이 놓았지만 조금도 나아지지 않았습니다.

외할머니는 어머니에게 일요일에 나를 교회로 데려가라고 했습니다. 그리고 신부님이 들어오기 전에 나를 안고 교회 문지방을 세 번 넘으라고 말했지요. 어머니는 할머니 말씀대로 했습니다. 다음 날 아침에 일어나 보니 신기하게도 정수리의 물집이 보이지 않았답니다. 아마 우연의 일치였겠지만 '어머니 버전'의 이야기는 그렇습니다. 어쨌거나 이것이 내 인생에서 일어난 첫 번째 행운이었습니다.

두 번째 행운은 병원을 떠난 지 일주일 뒤에 일어났습니다. 당시 어머니는 외조부모님 집에 머물면서 도움을 받으며 나를 키웠습니다. 첫날 밤 폭풍우가 심해서 지붕이 커다란 얼음 조각으로 뒤덮였습니다. 다음 날 나는 부엌에 있는 아기 침대에서 자고 있었습니다. 부엌이 집에서 가장 따뜻한 곳이어서 그곳에 아기 침대를 두었다고 합니다. 한편 부모님과 외조부모님은 부서진 창문과 물이 새는 구멍 등을 수리하고 있었는데, 할아버지가 부엌을 지나다가 나를 안아주었습니다. 그리고 몇 초 뒤에 지붕이 침대 위로 무너져 내렸습니다. 그때 할아버지가 나를 안지 않았다면 아마 죽었을 겁니다. 이 또한 우연의 일치였겠지만 정교회를 믿는 루마니아 사람들은 이런 일화를 신의 은총으로 믿고 그럴싸하게 포장하곤 합니다.

언젠가 어머니는 내가 태어나 처음 먹은 고기가 새고기였다고 했습니다. 그래서 어머니는 내가 돌아다니기를 좋아하고, 나무타기를 좋아하고, 높은 데서 뛰어내리기를 좋아한다고 믿었습니다. 또한 어떤 경우라도 내가 다치는 일은 없다고 생각했습니다. 내가 체조선수로 성공할 수 있었던 것도 그 때문이라고. 또 내가 아장 아장 걸을 무렵 5미터 높이의 다리에서 떨어진 적이 있는데, 어머니는 내가 목이 부러지거나 익사하지 않은 것도 그 때문이라고 생각했습니다. 남동생 아드리안은 유모차에 있었고 나는 어머니 옆에서 걷고 있었습니다. 어쩌다가 내 발이 다리 나무판자에 끼여 몸이 한쪽으로 확 쏠리면서 허벅지 깊이의 물에 빠졌습니다.

어머니는 당황해서 어쩔 줄을 몰랐습니다. 남동생을 혼자 둔 채 나를 따라 물로 뛰어들 수가 없었으니까요. 남동생이 유모차에서 기어 나와 물에 빠질지도 모르잖아요. 더욱이 어머니가 5미터 아래로 뛰어든다는 것은 정말 위험한 일이거든요. 어쨌든 그 방법은 동생과 나 모두에게 도움이 되지 않았을 겁니다. 그래서 우선 어머니는 급히 다리를 건너갔습니다. 어머니가 다리를 건넜을 즈음 나는 이미 물 밖으로 나와 어머니를 기다리고 있었습니다. 나는 멍이 좀 들었을 뿐입니다. 울지도 않았습니다. 사실 나는 좀체 울지 않는 성격입니다.

나는 특별한 경우가 아니면 감정을 드러내지 않고 담아두는 편입니다. 감정을 드러내기보다 완벽하게 소화해서 나의 일부로 만듭니다. 어찌 되었거나 그것이 나의 특징입니다. 나는 연극하듯 감정을 과장되게 표현하는 걸 좋아하지 않습니다. 내 얼굴은 견고한 벽과도 같습니다. 내면의 감정이 밖으로 빠져나갈 수 없으니까요. 나는 감정을 알 수 없는 잔잔한 연못 같은 사람이고, 그래서 다른 사람의 감정을 비추는 거울이 됩니다. 친구여, 나도 드물지만 감정을 드러내 잔잔한 수면에 물결을 일으키기도 합니다. 수면은 잔잔하지만 안에서는 폭풍우가 이는 경우도 있습니다. 나는 그런 감정들을 혼자 견뎌낸 뒤, 나중에 그때 보고 깨달은 것을 내 방식대로 정리하곤 합니다.

어릴 때도 마찬가지였습니다. 속상하고 화가 나고 좌절하더라도 이를 악물고 참았습니다. 상대방에게 엉엉 우는 꼴을 보여 승리감을 맛보게 하고 싶지 않았기 때문입니다. 예전 코치 벨라 카롤리 Bela Karolyi가 어린 체조선수들 중에 자신이 제압할 수 없었던 유일한 선수가 바로 나였다고 말했다더군요. 아마 내 안에는 항상 강한 자아가 있었던 모양입니다. 겉으로만 강한 척 시늉만 한 것이 아닙니다. 강한 자아는 내 존재 방식 자체였습니다.

나는 뭐든 빠르게 파악하는 편입니다. 아주 어렸을 때부터 내가 원하는 것을 얻기 위해서 우는 것이 최선의 방법이 아니란 것을 간파했습니다. 나는 부모님이 대화를 나눌 때, 특히 소곤거릴 때는 소리를 들으려고 온 신경을 집중했습니다. 동물원에 가고 싶으면, 내가 어떻게 하면 부모님이 데려가주실지 알아내서는 정확하게 그대로 했습니다. 교묘하고 약다고요? 맞습니다. 하지만 부모님 입장에서는 뜻대로 되지 않으면 발작을 일으키고 울음부터 터트리는 아이보다 훨씬 수월한 아이였습니다. 체조선수가 된 뒤에도 마찬가지였습니다. 실망이나 분노를 드러내는 대신 방향을 전환하여 실력 향상의 동력으로 활용했습니다. 비생산적인 감정에 에너지를 소모하는 것은 어리석으니까요.

친구여, 누구도 그대의 꿈을 대신 이뤄주지는 않습니다. 눈물, 발작 또는 다른 어떤 방법을 써도 마찬가지지요. 다른 사람이 좋은 생각을 말해주고 방향을 잡아줄 수는 있지만 결국 해내는 것은 자신입니다. 그러니 목표를 정하고 거기에 도달하는 가장 좋은 방법을 스스로 찾아야 합니다. 그대에게 가장 좋은 방법이 무엇인지 다른 사람은 결코 알 수 없습니다.

어린 시절 나의 일상은 무척 단순하고 즐거웠습니다. 속상한 일도 별로 없었고 울 일도 거의 없었습니다. 낮에는 밖에서 뛰놀거나 외할머니네 농장에 갔습니다. 농장에 가면 밭에서 당근도 캐고 넝쿨에 달린 토마토도 땄습니다. 빨갛게 익은 토마토를 따서 즙을 턱 아래로 똑똑 흘리면서 먹곤 했습니다. 농장에는 자주, 빨강, 노랑, 주황 열매들이 주렁주렁 달린 과일나무들이 많았는데, 감사하게도 튼실한 가지들이 하늘 높이 쭉쭉 뻗어 있었습니다. 나는 최대한 높이 올라간 다음 가지에서 가지로 몸을 휙휙 날리며 내려왔습니다. 내 몸이 공기를 가를 때 자유를 느꼈습니다. 발은 거의 구름에 닿을 듯하고, 손바닥으로 나무껍질의 거친 감촉을 즐기고, 외할머니네 뒤뜰에 내려서면 향긋한 풀냄새가 가득했습니다. 그러니 훗날 체조를 접했을 때 물 만난 고기처럼 마냥 좋아했던 것도 놀랄 일이 아닙니다. 체조를 통해 하늘 높이 치솟으며 무한한 공간을 가를 때의 느낌은 정말 황홀했습니다. 더구나 과거에 상상도 못한 방법으로 더 높이 더 힘차게 오를 수 있었지요.

　어린 시절 축구를 무척 즐겼습니다. 매일 연습을 해서 남자 아이들이 팀에 끼워줄 정도였습니다. 축구나 나무타기를 하지 않으면 손 짚고 옆으로 재주넘기를 했습니다. 움직임이 주는 자유에 흠뻑 빠져 잠시도 가만히 있지 못했지요. 아버지는 항상 유쾌하고 활력이 넘치는 분이었는데, 내가 움직임에서 쾌감을 느끼는 것은 아버지에게서 물려받은 유산이라고 생각합니다. 고양이를 닮은 강렬한 갈색 눈동자는 어머니의 유산임이 분명하지요.

　고기잡이도 무척 좋아했습니다. 할머니는 강물이 세월에 닳고 닳은 바위 위를 흐르며 감미로운 노랫소리를 내는 작은 강가에 살았습니다. 할머니와 나는 작은 빈 그릇을 가져와 가늘게 빻은 옥수수 가루를 집어넣었습니다. 우리는 무릎 깊이의 차가운 물속에서 물고기가 미끼를 향해 뛰어들기를 기다렸다가 물고기가 들어오면 손으로 그릇 입구를 막았습니다. 그렇게 잡은 물고기는 우리의 저녁거리가 되었습니다. 작은 물고기를 기름에 튀겨서 통째로 먹었습니다. 내 손으로 직접 잡아서였을까요? 그렇게 맛있는 물고기는 먹어본 적이 없습니다.

　우리는 루마니아 카르파티아 산맥 기슭에 아늑하게 자리한 오네슈티라는 작은 마을에 살았습니다. 숲이 많고, 도로는 그리 발달하지 않았고, 상점 몇 개에 작은 유럽풍의 가옥들이 있는 마을입니다. 이미 말한 것처럼 그 시절에는 삶이 단순했습니다. 어머니는 항상 요리를 했기 때문에 늘 부엌 냄새가 났습니다. 어머니는 매우 활기찬 사람이어서 동시에 다섯 가지 일 정도는 거뜬하게 해냈습니다. 아버지한테서는 기름 냄새가 났습니다. 아버지는 자동차 수리공이었는데, 정작 당신은 일터까지 왕복 20킬로미터를 걸어 다녔습니다. 아버지는 자기 차를 가져본 적이 없고 갖고 싶어 하지도 않았습니다. 아버지는 '차란 항상 고장만 일으키는 애물단지'라고 종종 말했습니다.

나의 조국 루마니아에 대해서는 얼마나 알고 있는지요? 태어나고 자란 나라를 모르고는 그 사람을 진정으로 이해하기 어려운 법입니다. 나는 루마니아인의 현재이고 과거입니다. 루마니아인의 빛나는 성취와 뼈아픈 상실이 내 안에도 고스란히 남아 있습니다. 루마니아인이 경험한 전쟁, 굴욕, 혁명, 격변, 승리가 내 안에 숨쉬고 있습니다. 나에 대해 알고 싶다면 루마니아인을 이해하십시오. 나의 기질 또한 루마니아인들의 오랜 경험의 산물이고 이것은 공동체의 후손들에게 대대로 전해지고 있기 때문입니다.

우크라이나, 흑해, 불가리아, 유고슬라비아, 몰도바, 헝가리. 이 모든 나라와 국경을 맞대고 있는 나라가 바로 루마니아입니다. 북부의 몰다비아 지방과 트란실바니아 지방이 국토의 절반을 차지하는데, 중앙에 놓인 카르파티아 산맥이 이 지역을 다시 양분하고 있습니다. 동서로 길게 뻗은 카르파티아 산맥의 남쪽, 평평한 다뉴브 평야 지대는 왈라키아 지방이라고 부릅니다. 이곳에 수도 부쿠레슈티가 있습니다. 나의 조국 루마니아에는 모래 해변, 나무가 울창한 산, 아름다운 계곡이 있습니다. 오래된 성이 있고, 기적의

치유 효과로 유명한 약수가 있고, 말을 타거나 스키를 즐길 장소도 있습니다. 체조선수 시절 나와 동료들은 해마다 휴가 때면 우리나라에서도 제일 좋다는 곳에 가서 휴식을 취했습니다. 일반인들은 좀처럼 가기 힘든 곳이었습니다. 파괴와 약탈의 역사에도 불구하고 루마니아에는 아름다운 장소가 많이 남아 있습니다. 언젠가 기회가 된다면 그대도 둘러보길 바랍니다.

루마니아를 생각하면 아름다움이 떠오릅니다. 하지만 모든 나라의 역사가 그렇듯 루마니아 역사도 영토, 사람, 이념, 자유 등을 내세운 살육으로 얼룩져 있습니다. 루마니아인은 과거 발칸 반도에 살았던 다키아 부족의 후손입니다. 루마니아는 한때 로마제국의 속주였으며 나중에는 고트족에게 정복당했습니다. 고트족에 이어 우리나라를 침략한 세력은 훈족이었고, 불가리아인, 슬라브인, 러시아인이 뒤를 이었습니다. 침략자의 이름은 계속 바뀌었고 그들은 변함없이 폭력을 행사했습니다. 제2차 세계대전 때는 독일군의 점령으로 고통을 받았습니다. 1947년에는 공산당이 정권을 장악했고 루마니아인민공화국으로 나라 이름도 바뀌었습니다.

내가 직접 겪고 기억하는 우리나라 역사는 여섯 살 때인 1967년에 시작됩니다. 그해에 니콜라예 차우셰스쿠^{Nicolae Ceausescu}가 루마니아 공산당 서기장이 되었습니다. 같은 해 차우셰스쿠는 대통령이 되었습니다. 우리나라 정부에 대한 최초의 기억은 차우셰스쿠가 지도자라는 것이었습니다. 차우셰스쿠가 루마니아 국민에게 저지른 범죄의 정도와 범위는 1989년 '피의 크리스마스 혁명'(공산당 정권을 무너뜨린 루마니아 혁명. 12월 17일 최초로 반정부 시위가 일어났고, 12월 25일 당시 대통령이던 차우셰스쿠와 부인이 군부에 의해 총살형을 당했다.—옮긴이)이 일어난 이후에야 상세히 알았습니다. 루마니아 국민이 마침내 떨쳐 일어나 차우셰스쿠의 잔인하고 포악한 지배에 항거했던 역사적인 사건이지요.

어린 시절 내가 아는 세계라곤 큰 나무, 산들바람, 가족이 전부였습니다. 다섯 살 때 남동생이 태어났습니다. 나는 황새가 우리집 굴뚝에 남동생을 떨어뜨려준 순간부터 남동생을 사랑했습니다(황새가 갓난아기를 데려다준다는 민간 신앙에서 나온 말이다.—옮긴이). 처음에는 황새가 아기를 현관으로 데려왔다고 생각했지요. 그런데 부모님이 남동생 피부가 나보다 검은 이유를 설명하다가 굴뚝 이야기를 꾸며냈답니다. 검댕으로 가득 찬 굴뚝에 떨어뜨리는 바람에 피부가 검다고 하신 거죠.

남동생이 태어났어도 나는 여전히 아버지가 애지중지하는 귀여운 딸이었습니다. 물론 약고, 고집 세고, 때로는 제멋대로인 딸이었지요. 어린 시절 내가 한 행동 중에는 썩 자랑스럽진 않지만 내 성격을 잘 보여주는 일화들이 있습니다. 내 성격을 설명한다는 의미에서 몇몇 일화를 소개하겠습니다.

우선 롤러스케이트를 미치도록 갖고 싶은데 어머니가 우리 형편에는 살 수 없다고 했던 때가 기억납니다. 어머니의 결정에 수긍하지 못한 나는 함께 가서 신어보기만 하자고 아버지를 설득했습니다. '분할하여 정복한다'는 고전적인 수법을 쓴 것이지요. 롤러스케이트를 신고 가게 안을 씽씽 달려보니 속도감과 힘이 느껴졌습니다. 도저히 그대로 돌려주기가 싫었습니다. 나는 거리로 나가 롤러스케이트 바닥이 닳도록 마구 달렸습니다. 결국 아버지는 어쩔 수 없이 롤러스케이트를 사줘야 했지요. 나는 '안 된다'는 말을 들어도 포기한 적이 없습니다.

한번은 생일 선물로 자전거를 받았습니다. 아버지는 직접 자전거를 조립하면서 나사를 모두 조일 때까지 끌고 나가면 안 된다고 주의를 주었습니다. 하지만 아버지가 일하러 가자마자 나는 자전거를 타고 밖으로 나갔습니다. 페달을 두 개 다 잃어버렸고, 결국에는 자전거가 산산이 해체되어 부품 더미로 변해버렸습니다. 자전거가 무너지던 순간의 속상함, 아버지가 다시 조립하기까지 일주일 동안의 기다림으로 벌은 충분히 받은 셈이었습니다.

아버지가 나를 때린 것은 평생 단 한 번뿐이었습니다. 내가 일곱 살 때였습니다. 그날 아침, 햇빛이 창문으로 쏟아져 들어오더니 내 눈을 억지로 뜨게 하고 반짝반짝 빛나는 손가락으로 어서 바깥으로 나오라고 유혹하더군요. 아침을 먹기도 전에 집을 나가 거리로 내달렸습니다. 숲 속에서 길을 잃고 헤매고, 개울 물속을 걸어서 건너고, 들판을 질주하고, 나무를 기어오르면서 신나게 놀았지요. 그러고는 날이 어두워진 뒤에야 집에 들어갔습니다.

친구여, 당시는 집에 전화기도 없던 시절이었습니다. 놀다가 중간에 부모님께 알릴 수도 없고 몇 시에 저녁 먹으러 가면 되느냐고 물어보지도 못했습니다. 이런 상황은 한편으로는 축복이고(내 즐거움을 방해받지 않는다는 점에서), 한편으로는 저주였습니다(부모님이 나를 찾느라 고생했으므로). 어두워진 뒤에야 집에 들어간 그날 밤, 부모님은 내가 무슨 변을 당했을지도 모른다는 두려움과 걱정에 휩싸여 있었습니다. 인근 마을 가정집 지하실에서 죽은 아이가 발견되었다는 소문이 떠돌았기 때문입니다.

내가 마당으로 들어섰을 때 아버지는 창문 앞에 서서 초조하게 나를 기다리고 있었습니다. 멋모르는 나는 휘파람을 부는 여유까지 부렸지요. 헝클어진 긴 머리에는 잔가지들이 섞여 있었고 등은 나뭇잎과 먼지로 뒤덮여 있었습니다. 아버지는 허리띠로 내 엉덩이를 한 대 때리더니 호두 껍데기 위에 무릎을 꿇고 앉으라고 했습니다. 나는 그런 자세로 세 시간 동안 벌을 받았습니다. 아버지는 내가 잘못을 깨닫기를 바랐던 것입니다. 나는 다시는 그런 짓을 하지 않았습니다.

나는 정말 말괄량이였습니다. 가끔은 걷잡을 수 없는 에너지를 엉뚱하게 발산하는 통에 부모님이 기겁하곤 했습니다. 밖에 나갔던 부모님이 집에 돌아와 보니 크리스마스트리가 벌렁 넘어져 있고, 그 밑에 내가 끼여 있었던 적도 있습니다. 제일 높은 가지에 매달린 사탕을 잡으려고 트리 위로 올라가려다 그리 된 것이지요. 따가운 솔잎 아래 눌려 있는데도 울기는커녕 나무가 넘어지기 직전에 낚아챈 사탕을 먹고 있었답니다. 내 손가락이며 옷에 잔뜩 묻은 송진이 깨끗이 지워지지 않아 부모님이 애를 먹었지요. 내가 보통 여자 아이들처럼 집에서 인형을 갖고 논다든가 집안일을 거드는 일은 드물었습니다. 혼자서도 너무 잘 노는 엉뚱하고 독특한 여자 아이였습니다. 도대체 다른 사람이 필요하지 않은 것 같은 나의 태도에 부모님이 가끔 섭섭해할 정도였답니다.

당시가 내 삶에서 가장 행복했던 시절입니다. 기본적인 의식주는 해결되었지만 특별한 것은 많지 않았습니다. 식도락을 즐길 만큼 특별한 음식도 없었고, 소위 말하는 '고급 브랜드' 제품도 없었습니다. 옷이라고는 청바지에 셔츠, 속옷이 전부였고 다들 같은 옷을 입었습니다. 아프면 누구나 정부에서 고용한 의사에게 갔습니다. 의사가 주사를 놔주거나 약을 주었지요. 선택의 여지나 다른 대안 따위는 없었습니다. 많은 사람들이 궁핍했기 때문에 삶은 무미건조하고 칙칙했습니다. 하지만 아이의 입장에서는 삶은 무한한 가능성으로 채워져 있었습니다.

미국에서 나고 자란 그대의 어린 시절이 궁금합니다. 중앙 냉방이 되고, 추우면 맘껏 난방을 할 수 있는 그런 집에서 살았는지요? 미국인이라고 해서 모두 부유한 것도 아니고, 호화로운 생활을 하는 것도 아니란 건 알고 있습니다. 내게 편지를 보낸 그대의 생활은 어떤가요? 문명의 이기를 두루 갖추고 있습니까? 컴퓨터로 일을 합니까? 직접 설거지를 하거나 잔디를 깎아본 적이 있습니까? 뜨거운 물속에서 장시간 샤워를 하며 지냅니까? 카탈로그나 인터넷을 통해 옷을 주문합니까? 패스트푸드를 즐깁니까? 아니면 음식점에서 배달된 음식으로 식사를 합니까? 침대에 누워 무선전화기로 통화를 합니까? 나는 부유한 생활이나 이런 물건들 때문에 그대를 시샘하고 부러워하지 않습니다. 미국이라는 나라가 엄청난 빈부격차를 보이는 복잡한 나라라는 사실도 잘 압니다. 내가 이런 질문을 하는 이유는 나에 대한 이해를 돕고 싶어서입니다. 그대가 나고 자란 환경과 비교하여 내가 얼마나 다른 환경에서 살았는가 이해하길 바라기 때문입니다.

어릴 적 우리 집 텔레비전은 아주 작은 흑백 텔레비전이었고 정부가 허가한 세 방송국의 프로그램만 볼 수 있었습니다. 위성 텔레비전, 케이블, 음악 전문 방송 따위는 없었습니다. 식기세척기, 전자레인지, 세탁기, 컴퓨터 등은 상상도 못했습니다. 지금은 벽에 플러그만 꽂으면 작동되는 많은 기계가 사람을 대신해 모든 일을 해줍니다. 이런 기계가 없던 어린 시절, 나는 창의적으로 생각하고 궁리하며 일하는 법을 배웠습니다(문제가 생기면 이런저런 궁리를 하며 해결 방법을 찾았지요). 지금 사람들은 가게에서 산 물건이 제대로 작동하지 않으면 다른 것을 삽니다. 과거 우리에겐 선택의 여지가 없었습니다. 그래도 나의 어린 시절을 다른 무엇과 바꾸고 싶지 않습니다.

어린 시절 소꿉동무였고, 지금도 절친한 사이인 동생 아드리안은 전기제품에 관해서는 '도사'였습니다. 따로 배운 적도 없는데, 차량용 카세트 녹음기를 만들고 고장 난 텔레비전을 수리했습니다. 그뿐이 아닙니다. 아드리안은 어머니가 위층에 있는 우리 방으로 오는 것을 미리 알 수 있는 장치도 만들었습니다. 어머니가 첫 번째 계단에 발을 올려놓으면 우리 방의 불이 자동으로 켜지는 장치였습니다. 덕분에 어머니가 문을 열었을 때 우리는 항상 흠잡을 데 없는 모습이었습니다. 우리가 하면 안 되는 놀이나 장난감을 감춘 뒤였으니까요. 아드리안이 요즘 아이들처럼 장난감이며 기구를 다양하게 접했더라면 남다른 손재주로 얼마나 말썽을 일으켰을지 살짝 두렵기도 합니다.

과거는 돌아가지 못한다고 합니다. 어린 시절로 돌아갈 수도 없고, 과거의 추억대로 살 수도 없다고 합니다. 과거란 볼 수도 만질 수도 맛볼 수도 없는 것이라고 합니다. 몇 년 전 나는 고향 마을에 갔습니다. 길고 구불구불했던 기억 속의 비포장도로를 지나 한없이 높게만 보였던 물 위의 다리를 건너갔습니다. 모든 것이 너무 작게 느껴졌습니다. 이제 작은 시골 마을조차도 마냥 크게만 느끼던 어린아이가 아니었죠. 큰 보폭에 거드름까지 배운 성인이 되어 길을 걸었기 때문이겠지요.

거리를 한가로이 걸어 내가 자란 집으로 가서 침실에 서보았습니다. 한때 내 삶의 중심이었던 공간입니다. 당시 내 삶은 당근을 캐고, 은빛 물고기를 잡고, 높이 뛰는 방법을 터득하는 그런 것들로 채워져 있었습니다. 현재의 내 삶이 얼마나 커져 있는지 새삼 놀랍더군요.

지금 나는 오클라호마, 로스앤젤레스, 부쿠레슈티 등 여러 곳에서 생활하며, 루마니아와 미국 국적을 동시에 갖고 있습니다. 정치니 자유니 하는 개념을 이해하면서 망명이라는 중대한 선택을 하였고, 고국 · 가족 · 친구를 떠나 미지의 세계로 들어오기 위해 어떤 대가를 치러야 하는지도 알게 되었습니다. 꿈을 이루기 위해서는 웅크렸던 손을 과감히 벌려 그 안에 갇혀 있던 삶이 빠져나가도록 내버려두어야 한다는 것도 깨달았습니다. 침대 밑에 있는 괴물이 아니라 현실의 괴물과 맞설 용기뿐 아니라 주변에 광기가 들끓고 어둠이 나를 집어삼킬 것 같아도 계속 꿈을 꾸는 용기도 갖게 되었습니다. 되풀이되는 꿈에 나오는 나비들, 루비·사파이어·호박 빛깔의 날개를 펄럭이는 나비들은 실제로 있는 것일까요? 물론, 실제로 있습니다. 어디서 찾아야 하는지만 안다면.

날기 위해 태어난 아이

이단평행봉에서 내 이름을 딴 두 번째 체조 기술은
'코마네치 내리기Comaneci Dismount'입니다. 내리기는 기구에서 떠나 끝마무리를
하는 동작을 말합니다. 코마네치 내리기는 고봉을 잡고 물구나무를 선 자세에서
시작합니다. 발끝을 뾰족하게 세운 상태에서 봉을 향해 가져간 다음 곧이어 봉을 축으로
흔들어 돌기를 합니다. 먼저 모았던 발을 쭉 뻗고 이어서 봉에서 손을 뗍니다.
몸을 반바퀴 비튼 다음 곧이어 뒤로 공중돌기를 하면서 바닥으로 내려옵니다.
코마네치 내리기는 지금은 B 등급으로 분류되어 있지만
1976년에는 가장 어려운 내리기 동작이었습니다.

지난번 편지에서
내가 훌륭한 운동선수가 될 거라고 평소에도 확신하고 있었
는지 물었지요? 내 기억으로는 유치원에 다니던 시절, 나는 사람
들이 자만심에 빠져 있는 사람을 보면 "주제 파악을 하라"고 말한
다는 것을 이미 알고 있었습니다. 겨우 네 살 때 말입니다. 그건
내가 그런 말을 많이 들었기 때문입니다. 항상 내가 뛰어난 운동
선수라고 생각했고 그렇게 떠들고 다녔으니까요. 어쨌거나 체조
에서만큼은 내 생각이 옳았습니다. 건방지다고요? 내가 수영이나
빙상 스케이팅에서 최고라고 말할 생각은 없습니다. 빙상 스케이

팅도 꽤 잘할 것이란 생각은 들지만 말입니다. 하지만 체조선수로서의 능력에 대해서라면…… 결국은 옳았음이 입증되었습니다.

하지만 처음 체조를 시작할 무렵에는 확실한 것은 아무것도 없었습니다. 더구나 체조는 기분 전환을 위한 운동일 뿐 그 이상은 아니었습니다. 처음부터 '대회에서 최초로 10점 만점을 받았고, 일찍이 보지 못한 강력한 힘과 완벽한 체형을 가졌으며, 체조의 새로운 지평을 연 위대한 체조선수 나디아 코마네치'가 되려고 작정했던 것은 아닙니다.

당시 체조는 명성을 얻을 수 있는 인기종목이 아니었습니다. 지금처럼 전문 대리인이 있거나 수백만 달러의 돈을 벌어주는 그런 종목도 아니었습니다. 유명 식품 광고 모델이 되어 상품 겉면에 사진이 대문짝만 하게 나오는 그런 종목도 아니었지요.

나에게 체조는 미래를 대비하는 그런 운동이 아니었습니다. 체조를 하는 순간과 개인적인 성취가 중요했을 뿐입니다. 나아가 나의 성취를 통해 조국의 명예를 드높이고 국민들에게 자긍심을 심어주는 도구였을 뿐입니다. 루마니아에는 "모든 개가 길에서 베이글을 찾는 것은 아니다"라는 속담이 있습니다. 모든 길이 성공으로 통하지는 않는다는 의미지요. 처음 체조를 시작했을 때 나는 그저 재주넘기를 맘껏 하고 싶었을 뿐입니다. 믿기 어렵겠지만 사실입니다.

처음 플레임이라는 체조팀에 합류했을 때 나는 유치원에 다니고 있었습니다. 어머니가 팀원들이 연습하는 커다란 체육관으로 나를 데리고 갔습니다. 어머니가 나를 그곳에 데려간 이유는 나의 감당하기 힘든 에너지를 발산할 배출구를 찾고자 해서입니다. 침대 위로 뛰어오르고, 밤낮으로 동네를 질주하고, 같이 놀아주지 않는다며 남자 애들을 때리는 딸은 어머니에게 분명 감당하기 벅찬 상대였으니까요.

나는 체육관에 들어서는 순간 내가 그곳에 맞는 사람임을 알았습니다. 혹 맞지 않는다면 맞는 사람이 되어야겠다고 생각했습니다. 나는 체육관의 규모와 매트, 뜀틀, 평행봉, 평균대 등 각종 기구에 완전히 압도되었습니다. 저 기구들을 갖고 얼마나 다양한 놀이를 할 수 있을까 생각하니 가슴이 뛸 정도였습니다. 원래 수줍은 성격이다 보니 충격은 더욱 컸습니다.

루마니아 사람들은 운동이 아이를 건강한 성인으로 키우는 좋은 방법이라고 생각합니다. 나에게 체조는 우연히 그리고 편안하게 다가왔습니다. 강요나 두려움 따위는 없었습니다. 당시에는 깨닫지 못했지만 교사들은 아이들의 재능을 신중하게 관찰하고 있었습니다. 여전히 축구를 좋아하긴 했지만 체조에 매료되자 다른 운동은 내 삶에서 빛을 잃기 시작했습니다. 수업이 끝날 때마다 덩컨 선생님이 "오늘 우리가 훌륭하게 잘했다고 생각하는 사람?" 하고 물었던 기억이 납니다. 아이들 모두 손을 들고 선생님도 그 생각에 동의하면, 어린 체조선수들에게 작은 초콜릿을 하나씩 나눠주었습니다. 나는 초콜릿을 무척 좋아했습니다. 그러니 상으로 주는 초콜릿도 매일 체육관에 가는 데 나름 중요한 역할을 했을 것입니다.

내 인생을 바꾼 '단 하나의 질문'을 들라면 무엇을 들겠느냐고 물었지요? 그 질문을 보고 처음에는 당황했답니다. 그대는 그렇게 생생하게 기억하는 단 하나의 질문이 있습니까? 하나의 질문이 어린아이는 물론이고 누군가를 운명적인 길로 들어서게 할 만한 힘이 있을까요? 결코 바뀌지 않을 확고한 길로 말입니다. 삶이란 그렇게 운명적인 것일까요? 나는 내 삶이 복잡하게 얽히고설킨 채 일렬로 늘어선 도미노라는 상상을 합니다. 맨 앞에 있는 아이보리색 직사각형을 손가락 끝으로 한 번만 가볍게 쳐주면, 나머지 것들이 연쇄적으로 움직이지 않을까 싶습니다. 내 삶이 다하는 순간까지 하나씩 하나씩 딸깍 딸깍 소리를 내면서 말입니다.

어쨌거나 나에게 있어 '단 하나의 질문'은 역사 속에 묻혀버린 게 아닌가 싶습니다. 더구나 나 혼자만의 것이 아니라 체조계 전체와 관련된 질문이 아닌가 싶기도 하고요. 모든 것이 시작되었을 무렵 나는 겨우 여섯 살이었기 때문에 기억하기가 쉽지 않군요. 차분한 콧수염을 기른 덩치 큰 남자가 수업 시간에 들어와서 "옆으로 재주넘기 할 수 있는 사람?" 하고 물었던 기억이 납니다. 총기 어린 눈을 가진 남자에게는 왠지 손을 들게 만드는 뭔가가 있었습니다. 내 능력을 보여줘 그 사람에게 깊은 인상을 남기고 싶다는 욕심 같은 것 말입니다. 하지만 내 기억보다는 그 남자가 했던 말로 당시 상황을 설명해야겠습니다. 그날에 대한 기억이 조금 흐릿하니까요.

오네슈티에 부속 체조학교를 세우는 일은 (아내 마르타와 내가) 감히 상상도 못하는 꿈 같은 이야기였다…… 또한 우리가 해온 일 중에 가장 어려운 과제이기도 했다…… 우리는 약 4천 명에 달하는 아이들을 테스트하고 살폈다. 나는 초등학교를 돌며 속도, 유연성, 협응성, 균형성 등을 테스트했다. 반마다 매트를 깔아놓고 아이들에게 공중돌기, 물구나무서기, 뒤로 굽혀 땅 짚기 등을 가르쳤다. 달리기와 균형감을 겨루는 대회도 마련했다. 아주 어린 아이들이어도 유연성과 협응성을 판별하기는 상당히 쉬웠다. 4주째까지는 체조 학교에 적합한 아이들을 찾아내지 못했다. 일부 찾아낸 아이들도 신체적인 조건과 선천적인 재능이 만족스럽지 않았다. 그래서 체조선수로 적합한지 한 번 더 심사하기로 했다.

쉬는 시간은 특정 활동과 무관하게 뛰노는 아이들을 관찰할 좋은 기회여서 나는 몇 시간이고 아이들이 노는 모습을 지켜보았다…… 관찰한 아이들은 무척 활동적이었지만 체조선수 재목은 아니었다. 그러던 어느 날, 금발머리를 한 작은 여자 아이 두 명이 학교 운동장에서 옆으로 재주넘기를 하는 모습을 보았다. 다가가 아주 가까이서 아이들을 지켜봤다. 대단한 재능을 가진 아이들이었다. 땡, 땡, 땡. 종이 울리자 아이들은 쏜살같이 안으로 들어가 버렸다.

어느 방향으로 간 거지? 교실들을 돌아다녔지만 얼굴을 알아볼 수가 없었다…… "체조 좋아하는 사람?" 들어가는 반마다 같은 질문을 던졌다. 아이들은 체조라는 단어의 의미조차 몰랐다. 좋아, 그렇다면…… "옆으로 재주넘기 할 줄 아는 사람?" 아이들이 손을 들자 앞에서 해보라고 했다. "잘하는구나!" 그렇게 말하곤 했지만 내가 찾는 아이들이 아니었다.

포기할 작정이었다. 하루가 저물고 있었고 모든 학급을 둘러본 뒤였다. 마지막으로 한 반에 들어가보기로 했다.

"옆으로 재주넘기 할 줄 아는 사람?"

피곤한 목소리로 물었다. 아무도 대답이 없었다. 나가려던 순간 교실 뒤쪽에 금발머리 소녀가 둘 보였다.

"얘들아, 너희 둘 옆으로 재주넘기 할 수 있지?"

두 아이는 서로 소곤거리더니 고개를 끄덕였다.

"좀 보여주렴."

휙, 휙. 아이들은 옆으로 재주넘기를 완벽하게 해냈다.

"운동장 모퉁이에서 재주넘기 하던 아이들 맞지?"

아이들이 고개를 끄덕였다.

"이름이 뭐니?"

"비오리카 두미트리우."

"나디아 코마네치."

아이들이 대답했다. 아이들에게 집에 가서 다음과 같이 전하라고 했다. 벨라 카롤리 코치라는 사람이 아이들이 원하면 오네슈티 부속 체조학교에 입학시켜준다고 했다고.

> — 벨라 카롤리의 자서전 《두려워하지 않다 Feel No Fear》에서

내가 원했을까요? 내게 체조는 집에서 못 하는 활동을 할 자유를 의미했습니다. 오네슈티 부속학교는 학교와 기숙생을 위한 합숙소, 체육관이 한 단지 안에 같이 있었습니다. 초기에는 집에서 지내면서 약 800미터를 걸어 학교에 갔습니다. 우리는 일주일에 6일을 학교에 가서 매일 네 시간 동안 수업을 듣고 네 시간은 체육관에서 보냈습니다. 나는 수학과 화학도 좋아했지만, 수업이 끝나 체육관으로 달려갈 시간을 간절히 기다렸습니다. 울타리의 자물쇠를 벗기고 사슬을 푼 다음 빗장을 뽑고 뛰어나가 두 팔 벌려 나를 기다리는 세상으로 뛰어드는 기분이었습니다.

처음 레오타드라고 불리는 체조복을 받았을 때 베개 위에 올려놓고 그 위에서 잠이 들었습니다. 사실 너무 커서 나에게 딱 맞지 않았습니다. 집에 가져온 날 저녁, 빨간색으로 'N'이라고 이름 첫 글자를 바느질해주고, 체조용 신발과 양말을 만들어줄 때까지 어머니를 졸랐습니다. 어머니는 그 일이 끝난 뒤에야 잠을 잘 수 있었지요.(신발과 양말은 가게에서 팔지 않았습니다. 만약 가게에서 팔았더라도 우리는 살 형편이 아니었을 것입니다.) 예전에 외할머니가 티셔츠 옷감으로 만들어준 인형이 있었습니다. 페트루타라고 이름을 지어주고 매일 밤 인형을 안고 잠들곤 했습니다. 인형은 즉시 체조복으로 교체되었습니다. 여느 아이처럼 나도 기억이 오래가지 못했고, 한때 무척 아꼈지만 스스로 버린 장난감에는 깊은 애착을 보이지 않았습니다. 페트루타만이 아니라 모든 것이 체조 때문에 잊혔지요.

벨라 카롤리와 마르타 카롤리는 나를 어린 체조선수 무리에 집 어넣었습니다. 마르타 카롤리는 벨라 카롤리의 아내이자 공동 코 치였습니다. 나를 포함한 어린 선수들은 하루에 두세 시간씩 근력 운동기구와 줄넘기로 운동을 하고, 뛰어오르기, 달리기 등 여러 훈련을 받았습니다. 하루하루가 즐거웠고 두려움 따위는 없었습 니다. "못 하겠어요."라는 말은 해본 적이 없습니다. 최근에 벨라 의 이야기를 들어보니 나의 그런 특성이 초기부터 벨라의 관심을 끌었다고 합니다.

당시 나는 팀에서 주목받는 스타가 아니었습니다. 오히려 함께 들어간 비오리카가 스타였습니다. 나는 조용한 성격에다 좀체 웃 지도 않아 눈에 띄는 편이 아니었습니다. 더구나 훨씬 어려운 기 술을 연마하는 언니들이 항상 주위에 있었기 때문에 학교에서 내 가 최고가 아니라는 사실을 알고 있었습니다. 하지만 속으로는 새 로운 기술을 배워 내 능력을 증명해 보이고 싶은 마음에 온몸이 근질거렸지요.

설명하긴 어렵지만, 당시 나는 내가 훌륭한 체조선수가 되길 간 절히 원한다는 것을 느낄 수 있었습니다. 나는 완전히 체조에 빠 져 있었습니다. 친구여, 살면서 그렇게 깊이 뭔가를 갈망해본 적 이 있는지요?

항상 벨라나 마르타가 요구하는 수준보다 잘하고 싶었습니다. 엎드려 팔굽혀펴기를 스물다섯 번 하라고 하면 쉰 번을 했습니다. 나날이 향상되는 느낌이 좋았습니다. 나는 늘 성취를 열망했습니다. 아주 기본적인 기술을 익히는 데만 몇 달이 걸렸습니다. 평균대에서 옆으로 구르기를 배울 때 처음에는 안전한 매트 위에서 연습합니다. 이어서 바닥에 페인트로 그린 선 위에서 연습한 다음, 주변에 쿠션이 놓여 있는 낮은 평균대에서 연습합니다. 그러고는 마침내 높은 평균대 위에서 연습하게 됩니다. 날마다 체육관으로 가서 각각의 기술을 능숙하게 해낼 때까지 전체를 반복해서 연습했습니다. 각각의 단계, 반복연습, 실패 또는 성공의 과정 자체가 나를 향상시켰기 때문에 싫지 않았습니다.

그것이 인생 아닐까요? 원하는 것을 찾고, 꿈을 이룰 때까지 날마다 잘하려고 노력하는 것.

쉽지 않은 과정이지만 진정 좋아하는 일이라면 즐겁겠지요. 나는 선천적으로 챔피언의 자질을 갖고 태어난 것도 아니고, 체조를 시작한 초기에는 그런 자리를 꿈꾸지도 않았습니다. 내가 꿈꾼 것은 그저 체육관 안에서 여는 작은 대회에서 이기는 것, 잘했을 때 벨라가 주는 시시한 트로피 정도였습니다. 그리고 새로운 기술을 배우기를 바랐습니다. 그보다 큰 그림, 즉 국제적인 성공이나 명성은 생각도 못했습니다. 달리고, 비틀고, 이중 공중돌기를 하고 싶었고, 무엇도 나를 땅 위에 묶어두지 못하는 그런 삶을 꿈꾸었습니다. 어머니 말씀대로 나는 날기 위해 태어난 아이였으니까요.

눈은 마음의 창이라는 말을 들어본 적이 있는지요? 내 눈이 사람을 불편하게 한다, 눈빛이 너무 강렬하고 빈틈없다는 말을 자주 들었습니다. 내 눈과 내가 짓는 미소가 어울리지 않는다고 말하는 사람도 있습니다. 그들은 내 눈에는 어른들은 불편해하지만 아이들은 느끼지 못하는 차가움이 있다고 말합니다. 하지만 내 눈이 내 마음의 창이라면, 나의 의지로 창에 커튼을 칠 수도 있다고 말하고 싶습니다. 남들이 내 눈에서 느끼는 것들은 온전해 내 의지의 산물이라는 의미입니다. 어린 체조선수 시절의 사진들을 보면, 내 눈빛이 공허해 보인다는 말이 이해됩니다. 하지만 나는 그 안에서 강인함, 결연함, 갈망을 봅니다. 늘 갈망이 보입니다.

간절히 원하면 이루어진다

나는 항상 불가능한 일을 하고자 했습니다. 그래서 벨라가 코마네치 살토를 해보자는
의견을 내놓았을 때도 완벽하게 기술을 연마하고 싶은 열망에 불탔습니다.
이미 비슷한 동작이 저봉에서 고봉으로 이동하는 방법으로 연기되고 있었습니다.
벨라는 내가 이 동작을 온전히 고봉에서만 할 수 있을 것이라고 믿었습니다. 몸을 띄워
다른 봉으로 이동하는 것이 아니라 같은 봉을 잡는 식으로 말입니다. 나는 과거에 누구도
시도한 적 없는 새로운 기술을 완벽하게 익히느라 수많은 시간을 보냈습니다.
수많은 날이 지나고, 달이 지났습니다.
코마네치 살토가 그렇게 어려운 이유는 실수의 여지가 없기 때문입니다.
체조선수들이 일상적으로 연기하는 대부분의 기술에서는 미약한 실수가 허용됩니다.
도중에 살짝 빗나가도 성공적으로 기술을 완료할 수 있다는 의미입니다.
하지만 코마네치 살토에서는 한 치라도 빗나가면 곡예를 완결하지 못하고 모처럼의
기회를 망치게 됩니다. 코마네치 살토의 핵심 비결은 항상 봉에서 최적의 거리를
유지하는 것입니다. 그래야 발꿈치로 봉을 치지도 않고, 손에서 봉을 놓치지도 않고
완벽하게 공중돌기를 할 수 있습니다. 나는 발꿈치에 스티로폼 같은 보호대를 테이프로
붙여놓고 연습을 했습니다. 발꿈치로 계속해서 봉을 세게 치는 바람에 발꿈치에
심하게 멍이 들었기 때문입니다. 굳은 결심으로 매달리고 연마한 결과,
코마네치 살토는 1976년 몬트리올 올림픽에서 최고의 묘기로 빛을 볼 수 있었습니다.

친구여, 태어날 때부터 나에게 행운이 따랐으리라고,
또는 내가 이룬 모든 것이 대가 없이 쉽게 얻어졌으리라고 생
각하지 마십시오. 기나긴 여행을 거친 뒤에야 비로소 원하는 결승

점에 도달했던 것입니다.

내가 출전한 최초의 대규모 체조경기는 1970년 전국선수권대회입니다. 당시 나는 아홉 살이었습니다. 평균대 코치였던 마르타가 경기 시작 직전에 자기한테 배운 대로 세상에 보여주라고 말했던 기억이 납니다. 마르타는 연기에 집중해서 자기를 실망시키지 말라고 지시했습니다.

지금 생각해보면 당시 카롤리 부부는 뭔가 보여줘야 한다는 압박에 시달렸을 것으로 생각됩니다. 오네슈티 체조학교에서 자신들이 하는 일이 옳다는 것을 증명해야 했으니까요. 오네슈티 체조학교는 처음에 시미오네스쿠^{Simionescus} 집안에서 창안하고 준비한 것으로, 루마니아 정부에서 자금을 지원하고 있었습니다. 그런 훌륭한 교육 프로그램이 탄생하게 해준 시미오네스쿠 집안에 대한 감사의 마음이야 이루 말할 수 없을 정도입니다. 덕분에 내가 프로그램의 유효성을 증명하는 데 중요한 역할을 할 수 있었으니까요. 어쨌든 당시 나는 카롤리 부부가 아니라 나의 능력을 증명하고 싶었고, 어깨로 세상을 짊어진 것만큼이나 크나큰 부담을 느끼고 있었습니다.

나는 서른이 되어서야 소설가이자 철학자인 아인 랜드^{Ayn Rand}의 소설을 읽었습니다. 소설 속에서 한 등장인물이 "그리스 신화 속 아틀라스처럼 세계의 무게를 자기 어깨에 짊어지고 있다면 어떻게 하겠는가?"라는 질문을 받습니다. 질문을 받은 인물의 대답은 간단했습니다. "어깨를 으쓱해버리죠 뭐."

하지만 당시 아홉 살이던 나는 그렇게 대범하지 못했습니다. 나는 수없이 연습을 했고 내 연기 동작이 완벽하다는 것을 알고 있었습니다. 하지만 스스로에게 지운 짐의 무게 때문에 집중하지 못하고 말았습니다.

나는 정말 잘하고 싶었지만 첫 번째 도약에서 평균대 왼쪽으로 떨어지고 말았습니다. 당황한 상태에서 다시 위로 올라갔지만 이내 오른쪽으로 떨어지고 말았습니다. 다시는 떨어지지 않겠노라고 결심하면서 다시 올라갔습니다. 팀원과 경쟁자들의 비웃음 소리가 들리는 것만 같아 귀가 빨갛게 달아올랐고, 연기를 마치고 마르타를 마주할 생각을 하면 참을 수가 없었습니다. 다시는 떨어지지 않을 거야, 스스로에게 다짐을 했습니다. 하지만 나는 다시 떨어졌습니다. 창피함과 함께 어리석다는 생각이 들었습니다. 한 번 떨어지면, 그것은 실수입니다. 하지만 두 번은 생각이 모자란 탓입니다. 아이들이란 실수를 하게 마련이라지만 이 경우는 좀 심했습니다. 자기 머리를 세 번이나 내리친 격이었으니까요.

이것이 내가 맛본 최초의 실패였습니다. 그야말로 참담한 기분이었습니다. 아마 훗날 내가 우승자가 되는 데 무엇보다 큰 영향을 끼친 것을 꼽으라면 바로 이때의 참담한 기분일 겁니다. 실패가 너무 끔찍하고, 스스로 정한 목표를 달성하지 못하는 것이 너무 싫다는 기분 말입니다.

당시 나는 올림픽이라는 단어를 들어본 적이 없었습니다. 성공과 실패는 올림픽 경기에서 이기느냐 지느냐가 아니라 나 자신의 개인적인 성취와 관련되어 있었습니다. 생각해보세요…… 당시에는 세계를 통틀어 여자 프로 체조선수가 몇 명에 불과했습니다. 더구나 정부의 엄격한 언론 통제 때문에 나는 몇 안 되는 선수들조차 알지 못했습니다. 한 경기에서 실수했다고 해서 다른 경기에 출전할 자격조차 없는 것은 아닙니다. 실수는 그저 제대로 연기를 하지 못했고 기량을 향상시킬 필요가 있다는 의미일 뿐입니다. 나는 내 연기가 신기에 가깝다거나 완벽하다는 평가를 바라지 않았습니다. 그저 내가 재능이 있으며, 다른 아이들보다 기술을 빨리 배우고, 상당히 잘한다는 사실을 확인하고 싶었을 뿐입니다. 첫 번째 전국선수권대회에서는 간절히 원하던 것을 확인하지 못했습니다.

내가 평균대 연기를 마치자 마르타는 분노로 노발대발했습니다. 마르타는 훈련만이 살길이라고 믿는 코치였고, 지나치다 싶을 만큼 강도 높은 훈련을 요구하는 편이었습니다. 특정 기술을 할 줄 아는 것만으로는 부족했습니다. 정확하게 하지 못하면 시간 낭비일 뿐이니까요. 마르타는 또한 기본기가 탄탄해야 한다고 믿었습니다. 체조선수로서 이력을 쌓는 데 가장 중요한 요소가 기본기라고 보았던 것입니다. 마르타가 말하는 기본기에는 힘, 체력 유지, 가장 쉬운 기술을 완벽하게 해내는 능력 등이 포함되어 있었습니다. 토대가 바위처럼 단단해야 어려운 기술들을 쌓아갈 수 있으니까요.

평균대에서는 걷기와 다리를 벌리고 솟구쳐 오르는 도약이 자유자재로 되지 않으면 공중제비를 할 수 없습니다. 걷기와 도약이 원활해야 어려운 기술을 연마할 때 정확하게 위치를 잡고 균형을 유지할 수 있기 때문입니다. 기본동작이 제대로 되지 않으면 근육이 찢어지거나 뼈가 부러지거나 척추에 금이 간다거나 하는 위험한 사고를 당할 우려가 있습니다. 마르타처럼 세세한 부분에까지 최선을 다하는 코치, 선수들이 그렇게 훌륭한 실적을 거두도록 이끄는 코치는 본 적이 없습니다.

카롤리 부부는 아직 어린아이에 불과한 선수들이 스스로 알아서 계획을 짜고 훈련하는 일은 불가능하다고 생각했습니다. 때문에 어린 선수들을 대신해 일정을 짜고 훈련을 시켜주었습니다. 두 사람은 어린 선수들에게 연습을 얼마나 해야 할지(하루에 네 시간에서 여섯 시간 사이로), 공부는 얼마나 할지(체조와 마찬가지로 공부도 반드시 해야 하는 일과였습니다)를 구체적으로 알려주었습니다. 선수들은 정신과 육체가 활력을 찾을 수 있도록 매일 밤 여덟 시간에서 열 시간 정도 수면을 취했습니다. 끼니마다 고기, 채소, 우유 등을 정해진 비율대로 섭취하여 선수들의 몸과 뼈가 튼튼해질 수 있게 했습니다.

우리는 아침에 눈을 떠서 밤에 불을 끄는 시간까지 벨라와 마르타가 짜준 일정표대로 움직였습니다. 일일이 지시를 받아 움직이는 것을 무척 싫어하는 아이들도 있었지만, 어린 시절 나는 그다지 신경 쓰지 않았습니다. 오히려 벨라와 마르타가 지시하는 것이면 뭐든 하고 싶었습니다. 체조를 더 잘하고 싶은 열망 때문이기도 했고, 성격상 체계적인 것을 좋아하기 때문이기도 했습니다. 또한 일찍부터 팀의 리더였으므로 스스로 역할 모델이 되어야 한다는 생각도 있었습니다.

하지만 몸을 조절하는 것과 정신을 조절하는 것은 별개의 문제였습니다. 아홉 살이었던 나의 정신은 강철처럼 단단하지 못했습니다. 평균대에서 떨어진 그날 나를 야단쳤던 마르타가 알지 못했던 것이 있습니다. 마르타의 말에 상관없이 이미 내가 훨씬 가혹하게 스스로를 꾸짖었다는 사실입니다. 나는 화가 났고, 좌절감과 굴욕감을 느꼈습니다. 그리고 다시는 그런 실수를 저지르지 않겠노라고 굳게 다짐했습니다. 나는 전국선수권대회에서 13위를 차지했고 팀이 우승을 차지했지만 더없이 비참한 기분이었습니다. 나는 모든 사람을 실망시켰고 무엇보다 스스로를 실망시켰으니까요.

지난번 편지에서 체조를 그만두고 싶었던 적은 없냐고 물었지요? 있을 법한 질문입니다.

제 대답은 초기에는 결코 그런 적이 없었다는 겁니다. 결코.

체조는 즐거웠습니다. 벨라는 권투, 럭비, 핸드볼, 일반 체육 등을 지도한 자신의 모든 경험을 체조선수를 양성하는 데 동원할 생각이었습니다. 어떤 운동에서든 중요한 힘은 말할 것도 없고, 럭비 선수의 협동 정신, 권투 선수의 강인함, 핸드볼 선수의 호전성을 우리 체조선수들이 보유하고 활용할 수 있다고 믿었습니다. 몸집이 큰 그는 더없이 훌륭한 보조자였으며, 덕분에 그에 대한 존경과 신뢰는 더욱 깊어졌습니다. 체조에서 보조자란 선수가 새로운 기술을 익히는 과정에서 부상을 당하지 않게 도와주는 사람을 말합니다. 선수가 자신의 보조자를 신뢰하면 두려워하지 않고 어려운 기술 연마에 도전하게 됩니다. 벨라는 그런 면에서 완벽한 신뢰를 주는 사람이었습니다. 항상 벨라라면 내가 바닥에 떨어지거나 기구에 부딪히게 하지 않을 거라는 믿음이 있었습니다. 더구나 벨라는 마르타에 비해 우리를 편안하게 대해주었기 때문에 나는 벨라와 연습하는 것을 무척 좋아했습니다. 시간이 흐르면서 우리의 관계도 변화하게 됩니다만.

어쨌든 나는 과거의 실수를 극복하며 전진하고 있었습니다. 실패 후 바로 최초의 성공이 찾아왔습니다. 1972년 친선경기가 있었습니다. 당시 우리 팀 선수들은 겨우 열 살인 데 비해, 다른 나라 선수들은 모두 십대 후반이나 이십대 초반이었습니다. 벨라와 마르타는 체코나 독일 선수는 물론 소련 선수들이 겨루는 모습을 본 적이 없어서 대회장에 도착하기 전까지 우리가 그들에 비해 얼마나 어린지 몰랐습니다. 댕기머리를 한 꼬마들은 경기장으로 들어가 루드밀라 토우리스체바^{Lyudmila Turischeva} 같은 세계 정상급 선수들과 마주하게 되었습니다. 당시 여러 대회를 휩쓸었던 러시아 체조 선수 토우리스체바는 늘씬한 다리에 전체적으로 굉장히 우아한 모습을 하고 있었습니다.

최근에 벨라는 늘 모방에는 한계가 있다고 생각했다는 이야기를 했습니다. 벨라의 설명에 따르면 이렇습니다. 코치가 자기 선수들을 지도할 때, 다른 정상급 선수의 스타일과 훈련 방법을 모방하면 그런 코치 밑에서 배우는 선수는 결코 그 선수만큼 잘할 수 없다는 이론입니다. 거의 비슷한 단계까지는 올라가지만 결코 완전히 같은 수준에 이르지 못한다는 것입니다. 반면에 코치가 자기 선수들을 독창적인 방식으로 지도하면, 다른 정상급 선수를 능가할 가능성을 갖게 됩니다. 나는 벨라의 이론에 전적으로 동의합니다. 다른 사람처럼 되려 하면 시험에 통과할 수 있을지 몰라도 독창적인 방법으로 성장해 세상의 이목을 끌고 명성을 얻을 수는 없습니다!

대회는 어린 꼬마들과 언니들의 대결이 되었습니다. 우리는 체코나 독일 선수들만큼 노련하고 경험이 풍부하지 못했습니다. 팀원들 대부분이 여러 해 동안 훈련을 받았지만 토우리스체바 같은 선수처럼 여러 경기에 출전해본 경험은 없었습니다. 하지만 우리는 그동안의 연습과 훈련, 고된 노력을 발판으로 집중력을 발휘해 불꽃처럼 화려한 실력을 뽐냈습니다. 그동안 우리는 육체적으로나 감정적으로나 훈련에 엄청난 노력을 쏟았습니다. 꾸준히 체력을 관리한 결과 우리는 환상적인 힘과 기량을 가지고, 어린 선수들에게서 일찍이 볼 수 없었던 고난도 기술들을 완벽하게 연기했습니다.

벨라와 마르타는 경기 수준에 개의치 않고 우리를 철저한 프로로 훈련시켰습니다. 우리는 분주하고 복잡하게 돌아가는 대회 분위기에 익숙했습니다. 스트레칭, 머릿속으로 종목별 연기 그려보기, 실제 연기하기, 뜀틀 도약판의 위치를 측정해 다른 팀원의 준비 과정 돕기 등등. 이런 훈련 과정 덕분에 우리는 경험이 훨씬 많은 경쟁자들을 앞에 놓고 주눅이 들거나 초조해할 시간이 없었습니다.

마침내 나는 개인종합 금메달을 땄고 우리 팀은 은메달을 땄습니다. 우리는 감히 누구도 상상하지 못한 일을 해냈습니다. 국제 대회 경험이 전무한 꼬마 선수들이 세계 정상의 선수들과 맞붙어 승리한 것입니다.

내게 우승의 의미는 연단 위에 서서 목에 금메달을 거는 마냥 흐뭇한 의식 이상의 것이었습니다. 나는 관중석을 둘러보고 박수를 치고 환호하는 사람들을 보았습니다. 벨라와 마르타가 웃는 모습도 보았습니다. 옆에 선 경쟁자들의 볼에 키스를 했습니다…… 하지만 내 안의 드럼은 또 다른 리듬에 맞춰 울리고 있었습니다. 연단에 서서 루마니아 국기가 올라가는 모습을 보며 가슴 벅찬 긍지를 느꼈습니다. 한편으로는 머릿속으로 내 경기 내용을 재연하고, 허점, 실수, 개선점 등을 찾고 있었습니다.

친구여, 사람들은 승리에서 중요한 것은 영광과 명예라고 생각합니다. 하지만 틀린 생각입니다. 이상하게 들릴지 모르지만 승리는 어찌 보면 무척 주관적인 것이고, 개인마다 다르게 느껴지는 것입니다. 열 살 때 내가 영광이니 명예 따위에 대해 무엇을 얼마나 알았겠습니까?

나에게 경기는 그저 계속해서 다음을 준비하는 과정이었습니다. 하나가 끝나면 다음 경기, 그리고 이어서 또 다른 경기가 기다리고 있는 것이었지요. 또한 내 몸과 정신력을 향상시킨다는 점에서 중요했습니다. 몸과 정신력의 향상이란 좌절·분노·질투를 극복하고, 모두의 이목이 집중되는 빛나는 순간에 내 몸이 흔들림 없는 집중력과 열망으로 움직이는 완벽한 도구가 되게 한다는 의미였습니다.

친선경기 우승 이후 내 목표는 체조선수로서 발전하는 것뿐이었습니다. 이후 3년 동안 나는 온갖 것을 시도해보았습니다. 나는 날이 가고, 달이 가고, 해가 감에 따라 더욱 강인해지고, 집중력도 좋아지고, 힘도 세졌습니다. 그렇다고 그동안 좌절도 하지 않고, 새로운 기술을 배우는 어려움도 겪지 않고, 출전하는 경기마다 우승했다는 의미는 아닙니다. 그렇지만 나는 아무리 힘든 기술도 마다하지 않고 배웠고, 어떤 시련이 닥쳐도 목표를 달성하려는 투지를 버리지 않았습니다. 어린아이의 힘은 어른의 힘에 비해 수천 배로 강합니다. 그들은 한계를 모르기 때문이지요. 이제 1975년 노르웨이에서 열린 유럽선수권대회 이야기를 하겠습니다.

처음에 루마니아체조연맹은 노르웨이에서 열린 유럽선수권대회에 오네슈티 체조학교 학생은 아무도 보내지 않을 생각이었습니다. 루마니아에는 클럽 디나모Club Dinamo라는 다른 체조팀이 있었습니다. 자금 동원 능력이 좋아서 훌륭한 교육 프로그램에다 매우 재능 있는 선수들을 갖춘 곳이었습니다. 체조연맹은 중요한 대회가 있으면 (과거 우수한 실적을 거둔 기록이 있기 때문에) 디나모 선수들을 선발해 내보내곤 했습니다. 우리 학교 선수들이 디나모 선수들보다 우수한 실적을 보여준 뒤에도 마찬가지였습니다. 공식 발표에 따르면 노르웨이 유럽선수권대회에 세 선수가 출전할 예정이었고 세 선수 모두 디나모 소속이었습니다.

하지만 벨라는 연맹의 결정에 승복할 수 없었습니다. 유럽선수권대회는 너무나 중요했습니다. 올림픽을 한 해 앞둔 상황에서 열리는 대회라 국제적인 이목을 끌 좋은 기회였고, 선수가 올림픽에서 자기 능력만큼 충분한 평가를 받으려면 반드시 사전에 이름을 알려야 했습니다. 이미 이름이 알려진 선수라야 심판들이 눈여겨보고, 심판들이 눈여겨보아야 고득점을 할 기회를 갖게 되니까요. 심판들이 주의 깊게 볼 만하고, 높은 점수를 받을 만하고, 메달을 받을 만하다는 사실을 사전에 알려둬야 한다는 것입니다. 올림픽 피겨스케이팅을 생각해보세요. 사람들은 해당 종목에서 3위 안에 드는 여자 선수의 이름을 대부분 알고 있을 겁니다. 전혀 모르던 선수가 혜성처럼 나타나 올림픽에서 메달을 따는 경우는 드뭅니다. 보통은 이전부터 관심을 끌고 각종 기사에 소개되어 사람들이 주시해온 선수가 메달을 땁니다.

1975년 벨라는 (우리 학교에 자금을 지원하고 있던) 교육부 관계자에게 도움을 청하고 우리 팀 중 한 명을 노르웨이로 보낼 방법을 궁리했습니다. 벨라와 교육부 관계자들은 후보 선수를 두기로 했습니다. 결국 디나모에서 세 명, 우리 팀에서 후보 선수로 한 명이 노르웨이로 가게 되었습니다. 그렇다면 과연 누가 가야 할까? 좌절과 질투, 자신의 감정을 다스리는 어린아이의 능력이 제 역할을 할 시점이었습니다.

1975년 당시 우리 팀에서 가장 우수한 선수는 도리나였습니다. 도리나는 몇 달 앞서 팀에 합류했는데, 나는 즉시 도리나가 잘한 다는, 그것도 아주 잘한다는 사실을 알 수 있었습니다. 우리는 친 구가 되었지만 경쟁자이기도 했습니다. 벨라는 의도적으로 연습, 전지훈련, 시합 등에서 도리나와 나를 한 팀에 배치했습니다. 둘 다 경쟁을 즐기고, 경쟁을 통해 오히려 활기와 힘을 얻는다는 것 을 간파했기 때문입니다.

벨라가 유럽선수권대회에 내보낼 선수를 결정하기 위해 팀 내 경기를 갖겠다는 발표를 했을 때, 나는 도리나 아니면 내가 될 것 임을 알고 있었습니다. 확실한 것은 바로 그날이 내가 진정한 체 조선수로서 도약을 시작한 시점이라는 사실입니다. 벨라는 도리 나가 유럽선수권대회에 참가하게 되리라고 거의 확신하고 있었습 니다. 하지만 나는 그날 컨디션이 아주 좋았습니다. 결국 내가 유 럽선수권대회 출전자로 선발되었지요.

과거 수십 년 동안 많은 이들이 벨라 카롤리라는 사람과 그의 지도 방식을 비난해왔습니다. 하지만 나는 휘하 선수들의 권익을 지키기 위해 벨라처럼 치열하게, 목청 높여 싸우는 코치를 알지 못합니다. 드물지만 벨라가 옳고 그름, 공정함과 부당함 사이에서 모호한 입장을 취했던 것은 사실입니다. 하지만 어린아이 입장에 서는 그가 자기 편이라는 사실만으로도 큰 힘이 되었습니다. 그의 미소와 칭찬에서 느껴지는 따사로움은 무엇과도 비교할 수 없는 귀중한 경험이었습니다.

유럽선수권대회와 관련하여 벨라는 무척 운이 좋았습니다. 디나모에서 배정받은 세 명 중 두 명만 대회에 내보내겠다고 결정했고, 벨라는 나머지 한 자리를 내 자리로 확보했습니다. 후보 선수가 아니라 정식 선수로 참가하게 된 것입니다.

나는 개인종합우승을 포함하여 네 개의 금메달을 땄습니다. 당시 세계 챔피언이자 올림픽 챔피언이었던 루드밀라 토우리스체바가 작은 여자 아이 앞에서 패배라는 고배를 마셨습니다. 그저 그런 작은 여자 아이가 아니었습니다. 부정적인 감정은 모조리 접어두고 최선을 다하는 데만 집중하는 당찬 여자 아이였습니다.

나는 결코 운이 좋았던 게 아닙니다. 체조라는 영역에서는 누구도 운으로 우승자가 되지 못합니다. 체조란 각자가 할 줄 아는 기술의 범주가 뚜렷이 드러나고, 제대로 하는지 못 하는지도 항상 드러나는 종목입니다. 연습 도중 마르타가 특정 연기를 다른 방법으로 하라고 지시했는데, 내가 연습에서 지시대로 하지 못했다면 경기에서도 못 하는 것입니다. 이단평행봉이나 뜀틀에서 회전 묘기를 할 때, 하늘에서 내려와 나를 보살펴주는 마법사 같은 존재는 없습니다. 못 하면 떨어지는 수밖에 없지요.

누구나 자기가 이룬 대로 갖게 되는 것이 삶입니다. 체조도 마찬가지입니다. 자신이 할 줄 아는 기술들을 보따리에 담아 가지고 다니면서 필요할 때 펼쳐 보여야 합니다. 보따리 안에 없는 기술은 꺼내 보일 수가 없지요. 당연한 이치가 아닐까요? 그러니 자기가 이미 할 줄 아는 동작을 연기하는 것은 문제가 안 됩니다. 문제는 연기 도중 집중력을 잃고 발을 헛딛는 데서 생기지요.

나는 항상 실수에 대해 자신에게 모질게 굴었습니다. 어린 시절에는 운에 맡기고 모험을 하기도 했지만 이제는 그렇지 않습니다. 지금은 항상 신중을 기하여 안전을 생각하면서 연기합니다. 어쩌면 나이가 들었기 때문에 자연스레 그리 되었을 겁니다. 당연히 실수란 엄청난 시간 낭비입니다. 하지만 어린 시절엔 벽에 코를 찧는 데서도 배울 것이 있다고 생각했습니다. 부딪쳐봐야 아픈지 안 아픈지 직접 알 수 있으니까요. 그러다 보니 코피를 흘린 적도 많았습니다. 이야기가 본론에서 벗어난 것 같군요. 내 실수에 대해서는 뒤에서 좀 더 이야기하겠습니다. 우선은 루드밀라 이야기로 돌아가보겠습니다.

고배를 마신 루드밀라가 내게 걸어와서 볼에 키스할 때 보여준 침착한 태도를 평생 잊지 못할 것입니다. 루드밀라는 나의 우상이었으므로 지금도 당시의 사진을 갖고 있습니다. 언어가 다른 우리는 대화를 나누지 못했습니다. 하지만 그 순간 루드밀라가 보여준 태도는 진정 챔피언다운 면모라고 생각했고, 그 우아한 몸가짐을 내 것으로 만들고 싶다고 생각했습니다. 나는 존경하는 사람의 태도나 행동을 모방하여 자신의 것으로 만들 수 있다고 믿습니다. 다른 사람의 체조 방법을 모방해서는 최고가 될 수 없지만, 다른 사람의 훌륭한 태도나 행동을 배우면 더 나은 사람이 될 수 있으니까요.

지금 생각해보면 당시 루드밀라가 얼마나 낙담했을지 이해가 됩니다. 유럽선수권대회는 2년에 한 번밖에 열리지 않는데, 루드밀라는 1971년과 1973년 우승자였습니다. 1975년에 우승했다면 3회 연속 우승자에게 주는 챌린지컵을 받았을 것입니다. 나중에 나는 1975년, 1977년, 1979년 3회 연속 우승하는 위업을 달성하여 챌린지컵을 받은 세계 최초의 선수가 되었습니다. 하지만 당시에는 기분이 날아갈 듯 좋다는 생각, 내 성공과 기쁨을 루마니아 국민과 나눴으면 좋겠다는 생각뿐이었습니다. 그때까지도 나는 유럽선수권대회 우승이 무척 중요하긴 하지만 그리 대단한 일은 아니라고 생각했습니다. 학교 수학 시험에서 10점 만점을 맞은 것처럼 말입니다(루마니아에서는 10점이 만점이랍니다). 1976년까지는 언론에서 나에게 관심을 갖지 않았습니다. 그러니 1976년의 갑작스런 관심이 당혹스러울 수밖에 없었습니다. 나의 작은 세계를 둘러싼 벽이 갑자기 사라져버렸으니까요. 스포트라이트를 비추고 여기저기서 카메라 플래시를 터뜨리자 나는 자동차가 질주하는 도로 한가운데 선 사슴처럼 놀라서 어쩔 줄 몰랐습니다.

친구여, 1976년 올림픽에 대해서 물었지요? 너무도 당연한 관심이고 질문이라 생각합니다. 사실 나는 그대가 지금의 내 모습에 더 관심을 가져주었으면 하는 마음입니다. 살아 있는 한 영원히 반복될 것 같은 그 질문에 상투적인 대답을 해주고 싶은 유혹도 느끼지요. 그런 질문이 가끔은 귀찮고 괴로운 것도 사실입니다. 나는 더 이상 당시의 작은 소녀가 아니니까요. 눈처럼 새하얀 바탕에 빨강, 노랑, 파랑의 가두리 장식이 된 체조복을 입고, 머리를 뒤로 질끈 묶은 소녀. 내가 그 소녀에 대한 모든 것을 제대로 기억하고 있는 건지 잘 모르겠습니다.

사람들은 내가 모든 것을, 도약이며 공중돌기, 내리기 따위의 세세한 부분까지 전부 기억하기를 바랍니다. 당시 나는 1976년 올림픽을 체조선수로서 참가하는 수많은 대회 가운데 하나로 생각했을 뿐입니다. 지금도 그 대회와 나의 연기가 갖는 역사적인 맥락, 즉 총체적인 관점을 다 알지는 못합니다. 하지만 정작 나를 괴롭히는 것은 그대의 질문 자체가 아닙니다. 정작 괴로운 것은 1976년 올림픽에 대한 나 자신의 당혹스럽고 복잡한 감정 때문입니다. 어쨌든 지금의 나를 알려면 운명적인 올림픽이 열렸던 1976년에 무슨 일이 있었는지, 그리고 이후에는 또 무슨 일이 있었는지 알아야 합니다. 그건 부정할 수 없는 사실이지요.

내가 스스로를 희생자로 포장하고 있다고 생각하지 마세요. '행운의 희생자'라는 게 있다면 모를까, 저는 결코 희생자가 아닙니다.

어쨌든 나는 이제 나이가 들었고 과거보다 지혜로워졌기에 화려한 명성에는 거대한 책임감의 바다가 뒤따른다는 사실을 압니다. 작은 여자 아이가 헤엄쳐 나가야 했던 거대한 책임감의 바다 말입니다. 항상 수면 위로 올라와 숨을 쉬려고 기를 썼지만, 가끔은 어쩔 수 없이 수면 아래로 몸이 가라앉는 걸 느꼈습니다. 솔직히 발버둥을 멈추고 그대로 차가운 어둠을 받아들이고 싶은 아찔

한 충동을 느낀 적도 있습니다.

그 시절에 대한 이야기를 어떻게 시작해야 할까요? 이야기를 시작하기 위해 오랜만에 뿌옇게 먼지가 앉은 진 우레^{Jean Ure}의 『루마니아 민간설화^{Romanian Folk Tales}』를 펼쳤습니다. 그중에 내가 특히 좋아하는 「필요」라는 설화에 의지하여 이야기를 시작해볼까 합니다. 그런 다음 '문제'의 올림픽에 대한 본격적인 설명을 하겠습니다. 그 안에서 화려한 스포트라이트를 받았고, 평생 거기서 벗어날 수 없었던 어린 소녀보다 오히려 바깥세상 사람들이 잘 기억할 것 같은 올림픽에 대해서.

옛날 옛적에 어떤 남자가 있었습니다. 남자에게는 신의 은총으로 태어난 외아들이 있었는데, 한 떨기 작약처럼 늘씬하고 수려한 외모를 지녔고 아버지가 부유한 덕분에 고생을 모르고 자랐습니다.

남자는 아들이 어려움에 대처하는 법을 배워 장차 농장을 잘 건사하기를 바랐습니다. 그래서 어느 날 아들에게 다소 낡았다 싶은 수레를 주며 숲에 가서 나무를 해 오라고 시켰습니다.

"애야, 명심해야 할 것이 있다. 수레가 그리 튼튼하지 않단다. 하지만 만약 부서지면 '필요'가 어떻게 하면 되는지 너한테 방법을 알려줄 것이다."

젊은이는 '필요'가 숲에 살면서 고장 난 물건을 고쳐주는 나이 많은 장인인가 보다 생각하며 나무를 하러 출발했습니다.

숲에 도착한 젊은이는 수레에 나무를 가득 싣고 점심을 먹은 다음 황소에 멍에를 씌워 수레를 끌게 하고 서서히 집으로 향했습니다. 길이 울퉁불퉁한 지점에 다다랐을 때 수레의 앞쪽 굴대가 두 동강이 나고 말았습니다. 동강 난 굴대를 잡고 다시 연결해보려 했으나 제 위치에 다시 고정시킬 수 없었습니다.

젊은이는 아버지의 말을 떠올리고 작은 언덕 위로 올라가 목청껏 소리쳤습니다.

"피—일—요—어이—어이—."

반대편 숲에서 대답하는 소리가 들렸습니다.

"어이—어이—."

젊은이는 반대편 숲으로 가면 '필요'를 만나 수레를 고칠 수 있겠지 생각하면서 달려갔습니다. 하지만 아무도 찾지 못했습니다.

암만해도 '필요'를 놓친 모양이라 생각하며 다시 계곡이 쩌렁쩌렁 울리도록 소리를 질렀습니다. 똑같은 대답이 들려왔습니다.

주변을 보니 머지않아 날이 저물 것 같았습니다. 시간이 많지 않다고 생각한 젊은이는 소리가 나는 방향으로 뛰어갔습니다. 이번에도 역시 아무도 찾지 못했습니다.

젊은이는 한 번 더 시도해보았지만 결과는 마찬가지였습니다. 젊은이는 '필요'가 와서 수레를 고쳐주기는 글렀다고 생각하면서 한탄하듯 중얼거렸습니다.

"숲에 있는 동안 날이 어두워지면 '필요'를 찾아 이리저리 뛰어다닌들 무슨 소용이 있겠는가."

젊은이는 그렇게 중얼거리고는 겉옷을 벗어 던졌습니다. 수레에서 짐을 부리고 길이가 적당한 나무를 고르자 눈 깜짝할 사이에 굴대가 준비되었습니다. 멀쩡한 굴대를 대자 수레가 고쳐졌습니다. 젊은이는 부렸던 짐을 다시 수레에 싣고 황소에 멍에를 씌우고 출발했습니다.

낮이 밤으로 바뀔 무렵 젊은이는 집으로 돌아왔습니다. 아버지가 수레를 살피더니 굴대가 새로 바뀐 것을 발견했습니다. 아버지는 아들에게 누가 굴대를 고쳤느냐고 물었습니다. 아들이 자초지종을 이야기하자 아버지가 웃으면서 말했습니다.

"잊지 마라, 아들아. '필요'야말로 최고의 스승이란 걸."

여기서 말하는 '필요'란 삶에서 길이나 희망, 선택 따위가 유일할 때 반드시 해야 하는 일을 의미합니다. 부족, 요구, 불가피성, 절박함, 조건, 의무 등과 비슷한 의미라 할 수 있지요. 어쨌든 1976년 올림픽에서 내게 절박하게 요구되었던 '필요'는 벨라 카롤리와 마르타 카롤리 부부의 지시를 따르는 것뿐이었습니다.

정부 지도자들은 세계 무대에서 드러나는 운동선수의 능력이 곧 국력을 상징하며, 루마니아가 선택한 체제와 생활방식의 정당성을 입증해준다고 생각했습니다. 때문에 올림픽 준비에 막대한 돈을 쏟아 부었습니다. 그 결과 종목별 올림픽 출전팀을 구성하는 과정에서 경쟁과 내분도 치열했습니다. 체조도 예외는 아니었습니다. 올림픽에서 좋은 실적을 거둘 경우 선수와 코치는 물론 가족에게도 특혜를 주었기 때문에 올림픽 팀에 들어가려는 알력은 말도 못 할 정도였습니다. 오네슈티 체조학교 선수들이 루마니아 전국선수권대회에서 여섯 개 분야를 석권하면서 능력을 입증했지만 체조연맹은 여전히 디나모의 손을 들어주었습니다. 벨라 코치는 당시 연맹이 디나모에서 네 명, 우리 학교에서 세 명을 선발해 올림픽 대표팀을 구성하려 했다고 회상한 바 있습니다.

"우리 선수들만으로 팀을 꾸릴 권리가 있습니다."

벨라는 정부 관료들에게 주장했습니다.

"나디아 코마네치는 유럽선수권 우승자이고 나머지 팀원들도 다른 국내 선수들을 능가하는 실력을 갖고 있습니다. 전국선수권대회에서 우리 팀이 우승하지 않았습니까!"

마침내 부쿠레슈티에서 대표팀을 선발하는 최종 결정전을 치르자는 결론이 났습니다. 오네슈티 대 디나모의 결전이 되는 것이었죠. 벨라는 팀을 부쿠레슈티로 데려갔습니다. 지독하게 더운 여름이었지만 우리는 더위에 개의치 않고 날이면 날마다 연습을 했습니다. 디나모 코치들은 날씨를 감안해서 특히 더운 날은 선수들에게 휴식을 허락했습니다. 해변에 가서 쉬라고 한 것입니다. 디나모 체조선수들이 연습을 쉰다는 걸 알고 얼마나 질투가 났는지 모릅니다. 지금도 생생하게 기억나는군요. 온몸이 땀에 절어 지내던 시절이었습니다. 당시 내가 느낀 질투에서는 결코 마를 날 없는 짭짤한 땀 냄새 같은 것이 났습니다.

찌는 듯이 무더운 어느 날 오후, 루마니아 문화체육부 장관이 예고도 없이 체육관을 방문했습니다. 모두 깜짝 놀랐지요. 벨라와 장관이 대화를 나누는 사이 우리 선수들은 더위 속에 헉헉대며 죽을 힘을 다해 연기를 펼쳤습니다. 대화 도중 장관이 디나모 선수들은 어디에 있느냐고 물었습니다. 벨라가 "해변에 갔습니다." 하고 대답했습니다. 장관은 디나모 선수들이 연습을 하지 않고 쉬는 것에 격분하여 다음 날 오전 두 팀을 소집하라고 지시했습니다. 장관은 더운 날씨라 선수들이 몸을 식힐 필요가 있다는 디나모 감독의 말을 이해하지 못했습니다.

　결국 장관은 벨라를 국가대표팀과 올림픽 대표팀의 감독으로 임명했습니다. 이제 벨라는 올림픽 대표팀 전원을 선발할 권한을 갖게 되었습니다. 두 팀의 연습 과정을 일주일 정도 지켜본 뒤 벨라는 결정을 내렸습니다. 그는 우리 학교에서 여섯 명을 선발하고 디나모에서 교체 선수 두 명을 선발하여 1976년 캐나다 몬트리올 올림픽에 출전하기로 했습니다. 벨라의 입장에서는 공정한 결정이었습니다. 우리 선수들의 실력이 디나모 선수들보다 월등했으니까요.

　친구여, 나는 그대가 당시 상황을 객관적으로 볼 수 있기를 바랍니다. 나를 포함한 루마니아 팀이 올림픽을 우리 삶에서 가장 중요한 대회로 생각했다는 착각을 하고 있을 테니까요. 사실은 그렇지 않았습니다. 1976년까지 나는 유럽선수권대회가 세상에서 가장 중요한 체조 대회라고 생각했습니다. 당시 체조 대회에 대해 내가 아는 것은 모두 코치와 정부로부터 들은 내용입니다. 세계 각지에서 벌어지는 체조 대회는 물론이고 올림픽 경기조차 텔레비전으로 보지 못했습니다.

1976년 올림픽에 출전하기 위해 몬트리올에 도착했을 때 얼마나 놀랐는지 모릅니다. 올림픽선수촌은 놀라움 그 자체였습니다. 어마어마한 규모에 놀라고 셀 수도 없이 많은 사람들에 놀랐습니다. 안전 요원, 코치, 기타 관리자들…… 선수들은 또 얼마나 많던지…… 내가 아예 듣도 보도 못한 종목들도 많았습니다. 가장 기억에 남는 것은 그곳의 모든 것, 그야말로 모든 것이 공짜라는 점이었습니다. 선수들에게 명찰을 나눠주는데, 명찰만 있으면 선수촌 극장에서 영화를 볼 수 있었습니다. 청량음료도 마실 수 있었지요. 옷, 가방, 모자, 핀 등도 세트로 받았습니다. 모든 것이 첨단이어서 내게는 무척 생경했습니다. 그리고 정말로 신이 났습니다. 첫날은 하나라도 더 보고 싶은 마음에 눈을 감기조차 싫을 정도였습니다.

당시에는 잘 몰랐지만 카롤리 부부의 생각은 전혀 달랐더군요. 두 사람은 선수들을 보호하기 위해 가급적 외부 세계를 보지 못하게 하고, 외부와의 접촉을 막았습니다.

남녀 숙소가 따로 있어서 벨라는 밤에는 우리를 감시할 수 없었습니다. 하지만 더없이 노련한 마르타가 있었습니다. 우리는 혼자서는 어디에도 갈 수 없었습니다. 7시 아침식사를 시작으로 훈련, 휴식, 점심 등등…… 일정도 모두 정해져 있었습니다. 루마니아에서 우리를 보살피던 의사도 몬트리올까지 동행했습니다. 그는 이미 익숙한 음식 이외에는 아무것도 먹어서는 안 된다고 강조했습니다. 고기나 샐러드 같은 평범한 음식만 먹어야 했고 색다르고 근사해 보이는 음식은 먹을 수 없었습니다. 피자, 코티지 치즈, 땅콩버터, 아침 대신 먹는 시리얼 등을 난생처음 봤습니다. 식당에서 나는 냄새는 정말 굉장했습니다.

처음 봤을 때의 두려움과 놀라움이 가시자 올림픽선수촌은 우리 팀이 다녔던 여느 대회 장소와 다를 바가 없었습니다. 우리는 그저 대회에 출전하기 위해 또 다른 개최지에 와 있을 뿐이었습니다. 우리는 개막식 행진에도 참가하지 않았습니다. 벨라가 다음 날 시작되는 경기를 앞두고 우리가 여섯 시간이나 서 있는 것을 부담스러워했기 때문입니다. 나는 개막식 행사 불참부터 올림픽 기간의 모든 결정에 대해 벨라의 의견에 동의했습니다. 나는 체조 연기에 방해가 되는 것은 어떤 것도 원치 않았습니다. 낯선 음식, 늦게 자는 것, 감기…… 뭐든지. 나중에 내가 좀 더 자라 독립심을 갖게 되었을 무렵에는 사정이 달라집니다. 그때는 내 생활 전반에 대한 카롤리 부부의 통제 때문에 그들과 갈등을 빚게 되니까요. 하지만 선수 생활 초기, 카롤리 부부의 방식이 내게 도움이 되었다는 사실에는 이의를 제기할 생각이 없습니다. 카롤리 부부의 엄격한 통제는 내가 훌륭한 체조선수로 성장하는 데 큰 도움이 되었습니다.

올림픽에 출전하는 나의 각오와 목표가 무엇이었냐고 물었지요? 한 언론에서 같은 질문을 던졌을 때 나는 굳이 거론할 필요도 없는 당연한 대답을 했습니다.

"메달을 따고 싶습니다."

이것은 겁 없는 발언이 아니라 지극히 당연한 포부였습니다. 대회에 참가해서 훌륭하게 연기를 해내고 싶었습니다. 익힌 대로 제대로만 한다면 어떤 메달을 받더라도 만족했을 것입니다. 나는 오로지 금메달만 생각하며 올림픽에 참가한 것이 아니었습니다. 사실 모두가 금메달만 생각합니다. 하지만 6위였던 사람이 3위로 올라가서 동메달을 땄다면 잘한 것입니다. 나는 그런 식으로 딴 모든 메달을 항상 귀중하게 생각했습니다. 최선을 다하여 은메달을 받았다면 내 실력이 그 수준인 것입니다. 은메달 이상을 바라려면 더 나은 실력을 갖춰야겠지요.

물론 올림픽에 출전하는 벨라와 마르타의 포부와 각오는 나와 달랐습니다. 그들은 휘하 체조선수들이 실로 다양한 능력과 가능성을 갖췄다고 믿었습니다. 그러므로 부디 우리가 대회에서 각자의 실력을 제대로 보여주기를, 그리고 결과적으로 자신들의 탁월한 지도 능력을 입증해주기를 바랐습니다.

체육관에서 나에게 50명의 아이들을 보여주고 재능을 평가해달라고 한다면, 나는 금방 재능 있는 한두 명을 구별해낼 수 있습니다. 체조선수로서 재능이 있다 함은 놀라운 유연성, 균형감, 욕망 그리고 불가사의한 어떤 특성을 지녔다는 의미입니다. 표현하기도 쉽지 않고 매우 드물게 발견되는 특성이지만, 보면 금방 알 수 있는 것이지요.

카롤리 부부는 수천 명의 아이들을 테스트한 뒤 오네슈티 체조학교 학생들을 뽑았고, 여기서 다시 고르고 골라 1976년 올림픽에 참가할 팀을 꾸렸습니다. 카롤리 부부는 자신들의 선택과 결정에 많은 기대를 하고 있었습니다. 정부는 그동안 그들이 실험적으로 운영하는 학교에 아낌없이 자금을 지원했고 지지해주었습니다. 계속 정부의 지원과 지지를 얻으려면 그만한 값어치를 한다는 사실을 보여주어야 할 시점이었습니다.

내게 1976년의 개인적인 목표, 누구와도 공유하지 않았던 나만의 목표는 나의 꿈을 찾고 만들어가는 것이 아니었나 싶습니다. 당시 나는 따르고 싶은 우상이 없었습니다. 부모님은 운동선수가 아니었기에 부모님의 뒤를 잇는 것도 아니었습니다. 내 꿈은 나를 발견하는 것, 내 능력을 아는 것, 스스로를 채찍질하는 것, 다른 누구보다 잘하는 것이었습니다. 왜 그런 개인적인 목표를 갖게 되었는지 궁금할 겁니다. 솔직히 적절한 대답이 떠오르질 않습니다. 그게 바로 내 방식이요, 나라는 사실밖에는.

올림픽에서 내 첫 번째 목표는 사전 연습을 훌륭하게 해내는 것이었습니다(실제 경기가 시작되기 전에 심판들 앞에서 연습을 하는 것입니다). 그래야 실전에서 실수를 하지 않으니까요. 이전에 벨라는 항상 연기를 펼치는 동안 구체적인 동작에 주의를 집중하라고 말했습니다. 손동작, 특정 기술 또는 음악의 변화 같은 것에. 1976년쯤에는 더 이상 이런 말을 하지 않았습니다. 한 가지에 집중하라고 말하면 내가 다른 데서 실수를 한다는 걸 알게 되었기 때문입니다.

정작 내가 집중해야 할 부분은 벨라의 생각과는 거리가 있었습니다. 그의 지시와 주문은 오히려 문제를 야기할 뿐이었습니다. 하지만 벨라가 1976년 올림픽에서 내가 빛을 발할 수 있는 환경을 조성해준 것은 사실입니다. 앞서 설명한 대로 선수들이 제대로 점수를 받으려면 언론, 관중, 심판들이 미리 선수를 알고 주목해야 합니다. 그저 가르치는 일만 하는 코치도 있습니다. 하지만 벨라와 같은 코치들은 다릅니다. 그들은 코치이면서 홍보 담당자, 대리인, 지지자 등 모든 역할을 통합적으로 해냅니다. 특출한 재능을 가진 선수가 아주 운이 좋아 벨라 같은 코치를 만나면 경쟁이 치열한 스포츠 세계에서 성공할 가능성이 훨씬 높아집니다. 자신은 운동에만 집중하고 홍보를 포함한 정치적인 일은 코치에게 일임할 수 있으니까요.

지난번 편지에서 내가 1976년에야 "진가를 드러냈다"고 표현했는데, 어떤 의미인지요?

나는 1976년 올림픽에서 열네 살 나이로 갑자기 두각을 나타낸 것이 아닙니다. 체조선수가 한 해 만에 갑자기 위대해질 수는 없습니다. 배우가 하룻밤 사이 스타가 될 수 없는 것과 같은 이치입니다. "자고 나니 유명해졌다"는 스타들도 실은 좋은 기회를 얻기 전에 오랜 무명 시절을 견디며 묵묵히 연습한 사람들입니다.

나는 이미 1976년에 위대한 체조선수였지만 미국이나 캐나다에서는 아무도 그런 사실을 몰랐습니다. 벨라는 나와 루마니아 팀을 아무도 모른다는 현실을 잘 알고 있었습니다. 모두들 소련과 독일 팀이 뭔가 큰일을 해낼 것으로 기대하고 있었습니다. 올가

코르부트 ^{Olga Korbut}나 루드밀라 토우리스체바 같은 선수들을 주목하고 있었지요. 그에 비해 루마니아는 사람들이 정확히 어디에 있는지도 모르는 작은 나라였습니다. 벨라는 세계의 이목을 자신이 데려온 작은 소녀들에게 집중시킬 방법을 궁리했습니다.

사전 연습은 실제 경기가 열리는 체육관에서 경기 때 사용할 기구들을 활용해 연습을 하는 것입니다. 참가 선수 모두에게 주어지는 기회이며, 각 팀은 기구별로 20분의 시간을 배당받습니다. 선수들은 최후의 순간에 긴장 때문에 생기는 부상 위험을 줄이려고 대부분 실전에 비해 느슨하게 연기를 합니다. 사전 연습 때도 관중석에는 언론인, 관중, 심판들이 가득합니다. 심판들이 잘 모르는 선수에게는 상대적으로 낮은 점수를 주는 경향이 있다는 말은 이미 했습니다. 1976년에 루마니아 팀은 전혀 알려지지 않은 상태였으니, 우승 기회를 잡으려면 어떻게든 그런 상황을 바꿔놓아야 했습니다. 물론 벨라는 그 필요성을 잘 알고 있었지요.

"이제 올림픽 경기장으로 루마니아 팀이 입장하겠습니다."

확성기에서 우리나라가 거듭 호명되는 소리가 들렸습니다. 예의상 뒤따르는 관중들의 정중한 박수 소리도 들렸습니다. 사전 연습을 위해 체육관으로 들어가야 할 시간이었지만, 벨라는 경기장으로 들어가는 터널에서 나가지 못하게 했습니다. 우리는 모두 똑같은 옷을 입었고, 머리도 하나같이 한 갈래로 뒤로 묶은 모습이었습니다. 벨라는 경기장으로 들어갈 때 군인처럼 행진을 하고 실수 없이 100퍼센트 연기를 펼치라고 지시했습니다. 확성기에서 우리나라 선수를 부르는 소리가 다시 들렸습니다.

"코치님, 우리를 부르는데요."

보다 못한 내가 용기를 내어 말했습니다. 벨라는 좀 더 기다리게 하자고 했습니다. 마침내 우리가 체육관으로 들어갔을 때 모든 관중이 출입구를 뚫어져라 보고 있었습니다. 여러 차례 불렀는데도 모습을 드러내지 않았기 때문이지요. 자연히 박수 소리도 좀 전보다 컸습니다. 우리를 향한 수천 명의 눈길을 느낄 수 있었습니다.

우리의 모습은 적어도 호기심을 불러일으켰습니다. (대부분 10대 후반에서 20대인) 다른 선수들에 비해 우리 선수들은 무척 작았고 똑같은 체조복을 입고 있었습니다. 다른 나라 선수들은 서로 다른 옷을 입고 나와 기구에서 기구 사이를 편안하게 이동했습니다. 하지만 우리는 달랐습니다. 우리는 자리에 앉지도 않고 곧바로 연기에 돌입했고 연기는 완벽했습니다. 내가 평균대 연기를 마치고 내려왔을 즈음에는 다른 나라 체조선수며 코치를 비롯한 관계자들이 우리 때문에 웅성거리고 있었습니다. 무명이었던 루마니아 팀은 다음 날 몰려드는 기자들을 피해야 하는 유명 팀이 되어 있었습니다.

친구여, 편지에 1976년 대회에서 내가 '자동 조작되는 기계', 말하자면 다른 사람이 시키는 대로 움직이는 작은 로봇 같았다고 썼더군요. 잘못된 생각입니다. 여섯 살짜리가 스스로 진로를 택하지 못한다는 말은 사실입니다. 아이들이 도대체 뭘 알겠습니까?

부모가 입혀주고 먹여주는 것은 물론 낮잠과 밤잠을 잘 시간까지 결정합니다. 아이를 위한 음악, 운동, 기타 여가 활동을 정하는 것도 부모지요. 마찬가지로 우리 부모님은 나에게 체육관에 가서 놀라고 했습니다. 내가 기억하기로는 그것이 전부였습니다. 내가 놀기 싫으면 집에 가도 무방했습니다. 체조처럼 복잡한 운동을 아이가 원하지 않는데 억지로 시키지는 못합니다. 하물며 지속적인 향상을 기대하기란 더욱 어렵지요.

나에게는 달리고 도약하고 비상할 기회가 생긴 셈이었고, 처음 체육관에 들어갔을 때부터 그런 기회가 생긴 것이 너무 좋았습니다. 열네 살이 되어 1976년 올림픽에 참가했을 즈음에는 이미 스스로 진로를 선택했습니다. 그러니 당시 나는 남이 시키는 대로가 아니라 내가 원하는 대로 했던 것입니다.

카롤리 부부와 루마니아 정부는 우리 가족은 엄두도 내지 못할 좋은 기회를 내게 주었습니다. 다른 나라에서는 체조선수로 성공하려면 개인적으로 돈을 들여야 합니다. 코치, 개인 강습, 체조복, 손목 보호대, 신발, 의료 서비스 등 모든 것에 돈이 필요합니다. 하지만 루마니아에서는 달랐습니다. 부모님과 남동생은 체조선수가 되려는 내 욕심 때문에 힘들었던 적이 없습니다. 나와 무관하게 각자의 삶을 열심히 살면서 내 성공을 즐길 수 있었습니다. 루마니아에서는 정예 운동선수로 선발된다는 것은 좋은 기회였고 크나큰 영광이었습니다. 개인적으로는 그럴 만한 여유가 없었지만 팀의 일원으로 여행도 많이 했습니다. 나는 열서너 살 무렵 해외 여러 나라를 여행하고 이런저런 물건도 샀습니다. 인형, 리본, 양말 따위…… 열서너 살 소녀에겐 무척 소중했지만 지금 보면 시시한 것들이지요.

1976년 올림픽의 중요성을 이해하지 못했지만 나는 분명 스스로 원해서 참가한 선수였습니다. 나에게는 선택의 기회가 있었고 전력을 다해 그 기회를 잡았습니다. (기계가 아니라) 사람의 힘으로 최선을 다해서 힘껏 붙잡았습니다.

몬트리올 올림픽 체조 규정종목 경기가 열리는 경기장에 들어섰을 때, 우리는 더 이상 어디에 붙어 있는지도 모르는 작은 나라에서 온 무명 팀이 아니었습니다. 사전 연습 때와 마찬가지로 모든 선수가 똑같이 머리를 뒤로 넘겨 한 갈래로 질끈 묶고, 가장자리에 줄무늬가 들어간 눈처럼 새하얀 체조복을 입고 있었습니다. 유례없이 많은 취재진이 몰려들어 벨라 옆에서 함께 움직이는 통에 와글와글 시끄러운 소리가 들렸습니다. 심판 다수가 소련 출신이었고 내심 소련을 편애하고 있었지만 경기장의 분위기를 주도하는 것은 분명 우리 팀이었습니다. 내가 이단평행봉 위에 올라갔을 때 우리 팀은 소련에 간발의 차이로 뒤져 2위였습니다.

그 순간 내가 역사에 길이 남을 일을 하리라고는 저 또한 몰랐습니다. 특별히 어떻게 하라는 지시나 주의 사항은 없었습니다. 이단평행봉에 오르는 것은 내가 항상 해오던 일상이었을 뿐입니다. 때로는 몸을 길게 뻗고 때로는 경쾌하게 움직이면서 내 수준에 맞게 각각의 기술을 펼쳐 보였고 마침내 내려왔습니다. 다른 선수들처럼 규정된 동작들을 연기했지만 '나디아만의 특성'을 담아서 했습니다. 내리는 순간 거의 보이지 않을 정도의 튀김 현상을 느꼈지만 충분히 훌륭했다고 생각했습니다. 완벽하지는 못했지만요.

나는 이단평행봉을 연기한 마지막 선수였기 때문에 곧장 평균대 준비운동을 하기 위해 이동했습니다. 바닥에 내려오는 순간 짧게 생각한 것 말고는 연기를 되짚어보지 않았습니다. 이미 끝난 것이고 경기는 계속되고 있었으니까요. 하루를 마무리한 뒤 카롤리 부부와 잘된 점과 잘못된 점을 이야기하리란 건 알고 있었습니다. 경기를 치를 때마다 그렇게 했으니까요.

평균대 준비운동을 하는데 전광판에 불이 들어왔습니다.

1.00

내 이단평행봉 연기 점수였습니다. 나는 무슨 일이 일어났는지 모른 채 준비운동을 계속하면서 다음 경기에 정신을 집중했습니다. 관중들은 혼란스러운 나머지 침묵하고 있었습니다. 처음에는 누구도 1.00의 의미를 이해하지 못했습니다.

벨라가 몸짓으로 심판들에게 내 점수가 얼마냐고 물었습니다. 벨라의 표정이며 몸짓은 금방이라도 싸울 기세였습니다. 스웨덴 심판이 열 손가락을 들어 보였습니다. 전광판에 1.00으로 보였던 것은 프로그램상 10점 표기가 불가능했기 때문입니다. 전광판을 설계할 때 그런 점수를 고려하지 않은 탓이지요.

벨라가 내게 오자 나는 되물었습니다.

"코치님, 정말로 10점이에요?"

벨라가 더할 수 없이 활짝 웃으며 그렇다고 말해주었습니다. 친구여, 앞서도 말한 것처럼 내가 밖에서 감정을 드러내는 경우는 정말 드문 일입니다. 그런 내가 미소를 지었습니다. 그리고 팀원 중에 누군가가 위로 올라가서 관중들에게 손을 흔들어주라고 하자 그렇게 했습니다.

그러고는 즉시 10점을 잊고 평균대를 향해 출발했습니다. 이후 경기에서 10점 만점을 여섯 번 더 받아 몬트리올 대회에서만 총 일곱 번 만점을 받았습니다. 하지만 10점 만점을 받았다는 사실은 경기에 임하는 내 자세에 조금도 영향을 주지 못했습니다. 오히려 심판들이 나한테 너무 잘해주는 건 아닌가 생각할 정도였습니다. 팀원들도 당연히 내 점수에 기뻐했지만 아무도 거기에 집중하지는 않았습니다. 우리는 이미 받은 점수가 아니라 나머지 경기에 집중해야 했습니다. 나는 항상 지금 하는 연기에 집중할 수 있었습니다. 평균대 연기를 할 때는 마루에서 울리는 음악 소리조차 들리지 않습니다. 뜀틀 연기 도중에는 연기를 끝낸 선수에게 보내는 관중들의 박수갈채 소리도 들리지 않습니다.

당시 이단평행봉에서 처음으로 10점 만점을 받아 만족스럽다는 생각을 했습니다. 그것만은 분명하게 기억합니다. 체조를 처음 시작했을 때부터 이단평행봉은 특히 좋아했던 종목입니다. 이단평행봉의 정밀함, 각도, 복잡함 등이 무척 맘에 들었습니다. 이단평행봉은 머리를 많이 쓰고, 구체적인 점과 선을 예로 활용하면서 정교한 계산을 해야 하는 종목입니다. 1976년 경기에서 연기한 '코마네치 살토'와 '코마네치 내리기'는 수많은 시간을 연습하고 무수히 떨어진 끝에 얻어낸 결과물입니다. 벨라와 내가 전에 없던 새로운 기술을 만들어낸다는 것 자체가 나를 흥분시켰습니다.

어쨌든 이단평행봉 연기에서 처음으로 10점 만점을 받았다는 사실은 내게 아무런 영향도 미치지 못했습니다. 동료 체조선수들은 여전히 내 친구였고 자매였습니다. 사적인 질투 따위는 전혀 없었습니다. 우리가 하는 모든 연기가 팀에 도움이 되고, 팀에 도움이 되면 결국 모두에게 이롭기 때문입니다. 벨라는 팀 감독으로 훌륭한 작전을 짤 책임이 있었고, 우리는 동요 없이 안정된 연기를 펼칠 책임이 있었습니다.

나는 이단평행봉과 평균대에서 개인 부문 금메달, 마루운동에서 동메달뿐만 아니라 개인종합우승을 차지했고…… 역사를 만들었습니다. 끝이 너무 싱거운가요? 용두사미 격의 김빠지는 이야기로 느껴지나요? 어찌 보면 그럴 수도 있을 겁니다.

덧붙이자면 메달 획득과 관련하여 굉장히 멋진 순간들이 몇 번 있었습니다. 당연히 기뻤지요. 하지만 이미 말한 대로 훌륭한 연기는 그저 '나다운' 일이었습니다. 마땅히 해야 할 내 일이었습니다. 나는 내 목표를 달성했고, 다른 사람들이 내게 기대했던 목표도 달성했습니다. 그래서 대회 우승이 그렇게 놀랍고 대단한 일은 아니었습니다. 우승하던 순간은 날아갈 듯 기분이 좋았습니다. 하지만 기쁨은 어디까지나 순간일 뿐 이내 피로와 가족과 일상이 있는 집으로 돌아가고 싶다는 열망으로 빛이 바랬습니다.

〈데이비드 레터만 쇼〉나 〈오프라 윈프리 쇼〉 같은 데 출연하는 일도 없었습니다. 잡지 표지를 장식할 사진도 찍지 않았습니다. IMG, CAA 같은 유명 스포츠 에이전시들이 집 앞으로 찾아와 사정하는 일도 없었습니다. 그들은 문을 두드리지도 않았습니다. 나는 올림픽 경기장에 와서 체조 연기를 해서 조국을 빛내고 리무진이 아닌 버스를 타고 경기장을 떠났습니다. 성취감을 맛보았지만 앞으로도 연습과 훈련, 더 많은 경기가 남아 있었습니다. 나는 올림픽은 끝났고, 끝난 경기를 다시 추억할 일은 없으리라 생각하는 순진한 아이였습니다.

친구여, 모든 것은 겉에서 보기와는 다른 법이랍니다.

목표 달성을 위한 생활 규칙

경기에 출전하여 실력을 겨루는 체조선수로서 내가 특히 좋아하는 뜀틀 연기는
처음 연기한 선수의 이름을 딴 '츠카하라 뛰기' 입니다. 앞으로 달려 구름판에서 도약한
다음, 옆으로 반바퀴 회전하면서 뜀틀로 돌진하여 손으로 뜀틀을 짚습니다.
이어서 발끝을 뾰족하게 세운 자세로 뒤로 공중돌기를 두 바퀴 반 한 다음 뜀틀을
바라보는 자세로 착지합니다. 나는 츠카하라 뛰기를 연기함으로써 여자 선수로는
처음으로 다중 공중돌기를 시도했습니다. 그전에는 손으로 땅을 짚고 하는 재주넘기를
뜀틀 위에서 변형시켜 연기하는 식이었습니다. 츠카하라 뜀틀 연기는 어떤 뜀틀 기술보다
어렵고 위험합니다. 내가 특히 좋아했던 것도 그런 특성 때문이었습니다. 나는 항상
가능한 범위에서 가장 어려운 기술을 하고 싶었습니다. 나는 츠카하라 뜀틀 연기를 했던
몇 안 되는 체조선수 중의 한 사람입니다. 그중에서도 내가 최고라고 평가하는
전문가들도 있었습니다. 기술을 창안한 츠카하라 미츠오 선수보다도 내 연기가
더 훌륭하다는 것이었습니다.

언론의 관심이 얼마나 많이 루마니아 팀,
특히 나에게 쏠려 있는가를 1976년 올림픽 도중에는 깨닫지
못했습니다. 우리는 텔레비전도 안 봤고 다른 나라 선수와 이야기
도 나누지 않았습니다. 그러니 언론의 폭발적인 반응을 알 길이
없었습니다. 더구나 언론 관계자는 올림픽선수촌에 들어올 수 없
어서 방송이든 신문이든 기자들과 직접 맞닥뜨릴 기회가 없었습

니다. 하지만 벨라와 마르타는 상황을 파악하고 있었습니다. 그들은 루마니아 정부에 경기가 끝나자마자 귀국할 수 있게 허락해달라고 요청했습니다. 외부의 관심이 가히 두려울 정도로 폭발적이어서 팀을 안전하게 지키고 싶었던 것입니다. 직항편이 없어 캐나다에 있는 청소년 캠프장으로 갔는데, 말하자면 '뒷풀이' 같은 것이었습니다. 내가 올림픽에서 무척 잘했다고 생각했지만, 우리나라로 돌아가면 국민적 영웅 대접을 받을 거란 생각은 전혀 못 했습니다.

친구여, 그대가 지난번 편지에서 1976년 올림픽 이후 루마니아 귀국에 대해 호기심을 표명한 것을 충분히 이해합니다. 아마 운동선수들이 승리 후 의기양양하게 귀국하는 장면을 수없이 봤을 겁니다. 흩날리는 색종이 속을 지나는 행진, 환영 연설, 환호하는 팬들을 기대할 수도 있겠지요. 1976년까지 우리나라에서는 한 번도 그런 일이 없었습니다. 그러니 내가 무슨 일이 있을지 어떻게 알고 준비할 수 있었겠습니까?

비행기가 부쿠레슈티에 도착했을 때도 나는 전혀 몰랐습니다. 비행기 문을 나와 계단을 내려올 무렵에야 사람들이 보였습니다. 수많은 루마니아 국민이 귀국하는 우리를 보려고 몰려든 것입니다. 사실 저는 수많은 인파에 압도되었습니다. 이전에도 수없이 많은 중요한 대회에 출전했지만 환호하는 팬들이 공항에서 우리를 맞은 적이 없었습니다. 니콜라예 차우셰스쿠가 우리의 귀국에 맞춰 축하 행사를 열라는 명령을 내린 적도 없었습니다. 당시 나는 손에 인형을 들고 있었는데, 누군가 인형 다리를 당기는가 싶더니 인형을 잃어버렸습니다. 때문에 울었던 것으로 기억합니다. 무서웠습니다. 오랫동안 아무도 관심을 가져주지 않더니 엄청난 인파가 몰려들어 밀치고 당기면서 나를 만지려고 난리였습니다. 너무 갑작스러웠습니다.

우리는 시상식장으로 인도되었습니다. 차우셰스쿠가 직접 카롤리 부부와 선수들에게 루마니아 정부에서 주는 상을 시상했습니다. 차우셰스쿠를 만난 것은 그때가 처음이었습니다. 아이가 일국의 대통령을 만났을 때의 기분은 어느 나라든 똑같을 것입니다. 당연히 큰일이었고 영광이었습니다. 당시 정치는 '먼 나라' 이야기였고 나와는 아무 상관도 없었으니까요.

그 결과 무엇이 바뀌었는지 궁금할 것입니다. 아무것도 바뀌지 않았습니다…… 적어도 처음에는. 오네슈티로 돌아가서 학교에 다니고 수업을 받고 연습을 했습니다. 아버지는 여전히 차가 없었습니다. 어머니는 여전히 가정주부였습니다. 내가 받은 메달 때문에 정부에서 포상금이 나왔지만 대단할 것 없는 액수였습니다. 어쨌거나 나는 공산주의 국가에 살고 있었으니까요. 나는 일류 체조 선수로서 정부로부터 매달 수당을 받았지만 돈을 관리하는 건 순전히 어머니의 몫이었습니다. 어머니가 그 돈을 쓰지 않고 모아두었던 건 나한테는 정말 다행이었습니다. 훗날 그 돈이 정말 긴요하게 쓰였으니까요.

모두들 그렇게 오해하고 있습니다만, 내가 1976년 개인종합우승을 차지한 뒤 부자가 되었을 거라 생각하지 마십시오. 나와 편지를 주고받는 그대도 그런 소문을 들었으리라 생각합니다. 당시 우리나라는 외국 언론을 철저히 통제하는 사회였고, 정부가 원해서 내보낸 정보만 바깥세상에 알려졌습니다. 물론, 그런 정보가 사실일 때도 있었습니다. 하지만 대개는 정부의 이익을 위한 선전일 뿐 현실과는 괴리가 있었습니다. 나는 여전히 집에서 몇 분 거리인 작은 기숙사에 살았습니다. 주말이면 집에 갔지만 솔직히 말하면 집에 있는 것이 지루했습니다. 기숙사에는 함께 놀 친구가 스무 명이나 있었으니까요. 그리고 집에 가면 어머니는 아직도 나한테 설거지를 시켰습니다.

이미 얻은 명성과 영광에 흡족해하며 음미할 시간 따위는 없었습니다. 우리는 올림픽만을 위해 길거리에서 선발된 것이 아니었습니다. 계속 노력하고 앞으로 나아가야 했습니다. 어머니와 내가 처음에 생각했던 것과 달리 체조는 이제 나한테 단순한 취미가 아니었습니다. 내가 세계 최고가 되는 꿈을 꾸는 한 결코 단순한 취미일 수 없었습니다. 더구나 벨라는 나에게 완벽하니 그만 해도 좋다고 말해줄 사람이 아니었습니다. 벨라는 항상 더 잘할 수 있다고 말했고, 나는 그의 말에 따라 생활했습니다. 벨라는 내가 큰 성공을 거둔 과거에 집중하지 않았습니다. 벨라가 강조하고 집중한 것은 항상 다음이었습니다.

학교로 돌아오자 규율에 따라 엄격하게 관리되는 일상이 시작되었습니다. 날마다 일찍 일어나 7시에 아침식사를 하고, 체육관으로 가서 8시부터 11시까지 1차 훈련을 받았습니다. 11시부터 2시까지 수업을 받고 두어 시간 휴식을 취한 다음, 체육관으로 돌아가 7시 30분까지 2차 연습을 했습니다. 2차 연습이 끝난 다음 저녁을 먹고 숙제를 하고 10시면 불을 끄고 잠자리에 들었습니다.

우리의 식사는 엄격하게 관리되었는데, 주로 구운 고기, 생선, 샐러드, 과일로 구성되었습니다. 파스타나 빵은 전혀 먹지 않았습니다. 팀원들의 건강을 챙기는 의사가 파스타나 빵은 균형 잡힌 식사에 필요한 성분이 아니라고 생각했기 때문입니다. 의사는 매일 단백질, 야채, 과일, 우유 등 어떤 영양소가 필요한가에 주안점을 두고 식단을 짰습니다. 우리에게 식사는 맛보다는 영양을 위한 것이었습니다. 그러니 좋아하든 싫어하든 접시에 놓인 음식을 무조건 먹었습니다. 몇 가지 기다려지는 메뉴도 있었습니다. 나는 기름에 튀긴 치즈를 좋아했는데, 의사는 일주일에 한 번 먹어도 좋다고 했습니다. 매일 훈련을 시작하기 전에 하나씩 먹는 달콤한 초콜릿은 어린 선수들 모두 좋아했습니다. 의사는 초콜릿이 열량을 낸다고 생각해 매일 먹도록 했습니다. 지금도 나는 초콜릿이라면 사족을 못 씁니다. 어렸을 때 너무 작은 양만 허락되어 한이 맺힌 탓인지도 모릅니다.

지난번 편지에서 그대는 벨라 카롤리가 냉혹한 코치였다는 말이 사실이냐고 물었지요? 답하기에 앞서 그대에게 몇 가지 질문을 던지려 합니다. 벨라 카롤리라는 사람을 균형 잡힌 시각으로 총체적으로 볼 필요가 있으니까요. 차우셰스쿠 정권 아래서 살아

남으려고 발버둥쳤던 한 남자의 고충을 그대는 얼마나 압니까? 진정으로 이해할 수 있습니까? 어린 딸을 남겨두고 아내와 망명을 하는 사람의 심정을 얼마나 이해합니까? 카롤리는 딸을 루마니아에서 빼내려면 오랜 세월이 걸릴지 모른다는 걸 잘 알면서도 어쩔 수 없이 망명을 택했습니다. 어린 소녀가 자신의 잠재력을 깨닫고 자신의 꿈(그것도 보통 꿈이 아니라 극소수 인간만이 도달하는 거대하고 높은 꿈)을 실현하도록 돕는 데 얼마나 많은 노력이 필요한지 아십니까? 그와 관련해 과연 나는 벨라를 진정으로 이해하고 있을까요? 내가 말할 수 있는 건 그저 당시에 내가 느꼈던 것, 그리고 지금 내가 생각하는 것뿐입니다. 내 이야기를 듣고 그대가 알아서 결론을 내려야 할 것입니다.

벨라 카롤리는 훌륭한 코치였습니다. 어린 선수들의 의욕을 고취시키는 데 능했고, 활력이 넘쳤으며, 여느 사람처럼 복잡한 감정들을 갖고 있었습니다. 코치로서 벨라가 다른 선수들과 어떤 관계에 있었는지는 자세히 모릅니다. 하지만 그가 훌륭한 사람이라는 건 확실히 압니다. 벨라는 자신의 성격에서 나오는 순수한 내면의 에너지로 나를 비롯한 모든 선수에게 의욕을 불어넣었습니다. 우리가 최선을 다하면 그는 믿기지 않을 만큼 즐거워하고 활기가 넘쳤습니다. 우리가 그를 실망시키면 얼마나 낙담하고 풀이 죽는지 모릅니다. 선수들 모두 벨라가 유능한 코치이고 공정한 사람이라는 걸 알았기 때문에 그의 가르침을 진지하게 받아들였습니다. 벨라는 우리의 감정을 파악하는 데도 능숙했습니다. 우리가 지쳤다 싶으면 근육 발달 및 체력 유지에 도움이 되는 재미있는 놀이를 끝도 없이 궁리해냈습니다. 예를 들면, 몸을 뒤로 젖힌 채 손으로 땅을 짚고 달리기, 한 사람이 물구나무를 서고 다른 사람이 물구나무 선 사람의 발을 잡은 상태에서 2인 1조가 되어 달리기 등입니다. 벨라는 놀이와 훈련을 결합시키고, 선수들의 강한 욕망과 개성을 자신의 그것과 결합시켜 동기를 유발하고 자극했습니다.

벨라와 내가 항상 의견이 맞았던 것은 아닙니다. 내가 자라면서 둘 다 관계 변화에 대처할 시간을 갖고 거리를 둘 필요가 있었습니다. 하지만 벨라가 가혹하거나 잔인하게 나를 대한 적은 한 번도 없었습니다. 그는 열정적이었습니다. 정말로 그랬습니다. 그는 또한 엄한 교사였습니다. 맞습니다. 그리고 항상 공평했습니다. 게다가 유머 넘치는 유쾌한 사람이었습니다. 미국으로 건너온 다음에는 유머 감각을 별로 보여주지 않았다고 알고 있습니다. 어쩌면 언어와 통역의 문제였을지 모릅니다. 어쩌면 문화의 차이 때문일 수 있겠다 싶습니다. 루마니아와 미국의 문화에는 분명 큰 차이가 있으니까요.

벨라는 미국에 도착한 지 4년 만에 메리 루 레튼^{Mary Lou Retton}을 일류 체조선수로 변모시켰고, 레튼은 1984년 올림픽에서 금메달을 땄습니다. 한동안은 모두 벨라가 대단하다고 감탄했습니다…… 하지만 행복은 잠시였습니다. 벨라의 지도 방식을 둘러싸고 뜨거운 논란이 일어났습니다. 벨라는 혈혈단신으로 미국 체조계의 관행을 바쳤습니다. 벨라는 가르치는 선수들에게 소련과 루마니아에 경쟁력을 가지려면 하루에 세 시간이 아니라 여섯 시간씩 연습을 해야 한다고 주장했습니다. 물론 벨라도 적게 연습하고 훌륭한 성과를 거둘 방법을 찾고 싶었을 테지요. 하지만 그것은 불가능했습니다. 성공의 비결은 세 시간의 추가 연습에 있었으니까요. 다들 벨라의 말을 따랐고 실력이 향상되었습니다. 당시는 미국이 체조에서 메달을, 그것도 많은 금메달을 따기 시작한 역사적인 시기였습니다. 성공에는 돈도 따르지만 운 나쁜 사람들의 표적이 될 위험도 상존하는 법입니다. 당연한 얘기지만 성공 대열에 합류하지 못하고 실망하는 선수와 부모들도 생겨났으니까요. 벨라가 늘 옳은 일만 했다고 말하려는 것은 아닙니다. 항상 옳은 일만 한다는 건 인간으로서는 불가능한 일입니다. 하지만 당시 상황과 진실을 아는 이는 당사자인 벨라와 체조선수들뿐입니다. 나는 그 자리에 없었습니다. 그러므로 내가 말할 수 있는 건 어디까지나 나의 코치였던 과거의 벨라 카롤리입니다.

벨라는 가르치는 선수가 열심히 하지 않아도 무방하다고 생각했습니다. 대회에 나가 이기려면 일정 강도 이상의 노력과 훈련이 필요하지만 아이가 원치 않으면 강요하지 않았습니다. 동시에 벨라는 목표 달성에 자기만큼 열중하지 않는 선수에게 자신의 귀중한 시간을 낭비할 생각도 없었습니다. 그게 잘못된 것일까요? 아이가 그저 놀이로 체조를 하고 싶어 하면 놀이용으로 계획된 교육 프로그램에 등록시키면 됩니다. 아이가 하늘의 별을 따려는 대망을 품고 있다면 벨라와 함께 배우고 연습하면 되겠지요. 훌륭한 선수를 훈련시키는 데는 훌륭한 코치가 필요합니다. 하지만 코치와 선수 사이에도 궁합이라는 게 있습니다. 모든 코치가 특정 선수와 효율적으로 작업을 하는 것은 아닙니다. 아이에게 동기를 부여하고 열의와 욕망을 끌어내줄 적당한 코치를 찾기란 쉽지 않습니다. 선수가 더욱 열심히 노력해서 실력이 향상될 수 있게 돕는 것이 코치의 중요한 역할입니다. 체조가 아닌 인생으로 범위를 넓혀서 봐도 마찬가지입니다. 자신의 최선을 끌어낼 수 있도록 자극하고 격려해주는 사람을 만나는 것은 인생에서 무척 중요한 일입니다. 벨라는 나한테 그런 사람이었습니다. 나는 우리의 만남이 행운이었다고 생각합니다.

내가 알기로 벨라는 아이에게 뭔가를 하라고 강요하는 법이 없었습니다. 그는 "이렇게 하는 거야." 하고 방법만 일러주었습니다. 벨라의 훈련 방법이 효과가 있다는 사실은 이미 입증되었습니다. 부모 입장에서 그런 방법이 싫거나 아이에게 맞지 않으면 아이의 특성에 맞는 방식을 찾아 바꿔주면 그만입니다.

솔직히 나는 벨라의 지도 방식을 놓고 지금까지 벌어지고 있는 온갖 소동이 이해가 안 됩니다. 친구여, 만약 벨라의 방식이 미덥지 않으면 체조에 관한 책을 사서 읽어보십시오. 요즘엔 비밀이 없습니다. 과거를 돌아보면 당시 우리는 아는 것이 많지 않았습니다. 하지만 지금은 모든 것이 책에 나와 있지요. 벨라는 나를 합당하게 대해주었습니다. 하지만 시기도, 장소도 다른 과거의 이야기고, 당시 나는 체조에 푹 빠진 어린아이였습니다. 나는 벨라를 믿고 체육관에서 내 목숨을 맡겼습니다. 그는 내가 부상 당하지 않도록 항상 지켜주었지요. 나는 그를 믿고 나의 체조선수 경력을 맡겼습니다. 아마 거의 들어본 적이 없을 이야기를 하나 해줄까 합니다.

1974년 프랑스 파리에서 있었던 일입니다. 프랑스 정부가 체조 시범경기를 준비하고 있었는데 선수가 부족했습니다. 프랑스 정부가 루마니아 정부에 선수를 보내달라고 요청하자, 루마니아 정부는 벨라를 불러 선두 둘을 훌륭한 행사에 데려가라고 지시했습니다. 벨라는 도리나와 나를 데려가기로 했습니다. 파리에 가본 적이 없는 우린 둘 다 신나서 어쩔 줄을 몰랐지요. 그런데 파리 공항에 도착했을 때 마중 나온 사람이 없었습니다. 우리 셋 다 프랑스어나 영어를 하지 못했습니다. 책임자인 벨라가 우리를 경기장에 데려갈 방법을 어떻게든 찾아내야 했습니다. 시간 여유가 거의 없는 상태에서 마침내 운전사를 만나 구불구불한 도로를 달리기 시작했습니다. 경기 시간에 맞추려고 신호까지 무시하면서 달렸지요. 도착하자 벨라는 우리를 차에 남겨두고 장소가 맞나 확인하러 갔습니다. 틀린 장소였습니다.

프랑스는 루마니아에서 그렇게 어린 소녀들을 보내리라고 예상하지 못했습니다. 우리가 루드밀라 토우리스체바 등과 나란히 연기할 수 없으리라 판단하고 우리를 청소년팀 경연장으로 보냈습니다. 벨라는 격분했습니다. 어쩔 수 없이 청소년팀 시범경기에 나가기로 했지만 한편으로 시니어 경기에 참가할 방법을 찾았습니다. 담배 냄새가 지독한 작은 체육관에서 연기를 펼친 다음, 우리는 부리나케 다시 차를 타고 다른 경기장으로 달렸습니다. 어린 도리나와 나는 흥미로운 모험 정도로 생각했지만 벨라는 엄청 심각했지요.

경비원이 경기장 입구에서 우리를 제지했습니다. 통역사가 우리가 누군지 설명하는 동안 시간이 흘렀고 벨라는 점점 초조해졌습니다. 벨라는 우리에게 입구를 막은 장애물 가까이 가라고 한 다음 직접 장애물을 밀치고 들어갔습니다. 우리는 산더미처럼 쌓인 매트 뒤로 가서 숨었습니다. 시범경기는 반쯤 끝나가고 있었고 선수들은 뜀틀 시범을 보이고 있었습니다. 루드밀라가 마지막 순서로 뜀틀 연기를 끝내자마자 벨라가 나에게 경기장으로 뛰어가서 츠카하라 뜀틀 연기를 선보이라고 말했습니다. 도움닫기를 계산하거나 구름판이 어디 있는지 재볼 여유가 없었습니다. 벨라는 내가 어떻게든 해낼 것이라고 말했고, 나는 시키는 대로 했습니다. 나는 벨라를 100퍼센트 신뢰했습니다.

벨라의 말대로 나는 뜀틀 연기를 완벽하게 해냈습니다. 당황한 대회 관계자들이 우리 통역사를 찾아내 우리가 누구이며 어느 나라에서 왔는지 물었습니다. 내가 겨우 열두 살이라는 말을 듣자 관중들은 흥분했습니다. 하지만 주최측은 대회 도중 끼어들면 안 된다고 우리에게 주의를 주었습니다. 벨라는 알았다며 동의했습니다. 하지만 루드밀라가 평균대 연기를 끝내자 다시 나를 내보냈습니다. 관중들이 다시 흥분했고 주최측은 도리나와 나의 마루운동 연기를 허락할 수밖에 없었습니다. 우리는 모두가 혀를 내두를 만한 훌륭한 연기를 선보였습니다.

벨라는 어떻게든 기회를 포착해 유럽선수권대회 전에 우리를 좀 더 알리려고 했던 것입니다. 하지만 이 일화가 말해주는 것은 그뿐이 아닙니다. 내가 세상 사람들 따위는 신경 쓰지 않고 온전히 벨라의 요구에 집중할 자세가 되어 있었음을 보여줍니다. 당시 나는 훌륭한 체조선수가 되게 해준다고만 하면, 벨라를 따라서 불구덩이에라도 뛰어들 태세였습니다. 정말 그가 불공평하고 잔인한 사람이었다면 내가 그렇게 깊이 신뢰할 수 있었을까요?

벨라는 다양한 면모를 가진 사람입니다. 그는 민간요법 신봉자였지요. 대회 참가를 앞두고 학교에 독감이 만연했던 때가 있었습니다. 벨라는 생마늘을 매일 먹으면 감기에 걸리지 않는다고 믿었습니다. 연습 도중 땀을 흘리다 보면 지독한 냄새가 났기 때문에 우리는 마늘을 싫어했습니다. 대회 몇 주 전부터 우리는 매일 마늘을 한 통씩 통째로 먹었습니다. 벨라는 빻은 치즈 같은 음식에도 마늘을 넣도록 했습니다. 그것도 생마늘을!

우리는 한 사람도 독감에 걸리지 않고 대회에 나갔습니다. 대회장에 온 뒤에도 벨라는 우리에게 마늘을 먹였습니다. 다른 나라 선수들이 독감에 걸렸을 수도 있었기 때문입니다. 다른 나라 코치들은 우리가 어떤 음식을 먹는지, 그것이 우리 연기에 어떤 도움이 되는지 관심이 많았습니다. 그러고는 우리의 식습관을 모방하기 시작했습니다. 머지않아 유럽의 체조선수들이 모두 생마늘을 먹게 되었습니다. 먹기 싫은 마늘을 먹을 때마다 스스로에게 '이건 마늘이 아니야. 훈련의 일환이야!' 하고 말했던 기억이 납니다. 우리한테는 마늘도 열심히 하는 과정일 뿐이었습니다.

우리는 정말로 열심히 했습니다. 벨라는 나를 잘 알았습니다. 아니, 자신이 데리고 있는 모든 선수를 아주 잘 알았습니다. 벨라는 우리가 말하지 않아도 우리의 몸짓을 보고 상황을 간파했습니다. 이단평행봉을 향해 출발하기 전에 선수들은 손에 분필 가루를 묻힙니다. 보통 소요 시간은 10초 정도지요. 새로운 기술을 익히려는 시점인데 선수가 분필 가루를 묻히는 시간이 50초로 늘어났다면, 벨라는 그 동작만으로 선수가 아직 새로운 기술을 익힐 준비가 안 되었음을 간파합니다. 그러면 계획을 수정해서 재미있으면서도 새로 배울 기술에 도움이 될 운동을 생각해냅니다. 어떤 기술이든 처음 배울 때는 두려움을 주기 마련이니까요.

선수가 특정 기구운동을 시작하거나 새로운 기술을 익힐 준비가 되면 벨라는 항상 선수와 함께 움직여주었습니다. 벨라는 결코, 절대로 선수들이 바닥에 떨어지게 하는 법이 없었습니다. 이미 말했듯 그가 대가로 바라는 것은 복종입니다. 우리는 일분일초도 틀리지 않고 제시간에 와야 했습니다. 규칙을 어기면 대회에 출전하지 못하고 집에 있어야 하는 벌칙이 뒤따랐습니다. 우리는 벨라가 요구하는 대로, 정확한 횟수만큼 각각의 기술을 반복해서 연습해야 했습니다. 그리고 취침하라는 소리가 들리면 곧바로 불을 꺼야 했습니다. 이야기든 뭐든 열 일 제치고 침대로 뛰어들었습니다.

우리가 지시를 어기고 늦게까지 깨어 뒹굴고 낄낄대는 모습을 벨라가 본 적이 있습니다. 그때 일을 아마 평생 잊지 못할 것 같습니다. 벨라가 오는 소리를 듣고 급히 불을 끄자마자 그가 기숙사 안으로 들어왔습니다.

"불이 켜져 있더구나."

벨라가 미소를 지으며 말했습니다. 우리는 침대에 누운 채 아니라고 했습니다.

"졸리지 않는 모양이구나. 좀 더 피곤해야 잠이 올 모양이다."

벨라는 우리를 잠옷 바람으로 데리고 나가 달리기를 시켰습니다. 우리는 벌을 받는 동안에도 내내 웃고 낄낄거렸습니다. 하지만 다음 날이 문제였습니다. 일찍 일어나서 연습하고, 학교에 가고, 다시 연습하고, 숙제도 해야 하는데 너무 피곤했습니다. 이후로는 제시간에 불이 꺼지지 않은 적이 없었던 것으로 기억합니다.

1976년 이후 벨라는 훨씬 엄해졌습니다. 벨라에게는 우리가 십대 중반이라는 사실을 받아들이는 게 무척 어려웠던 모양입니다. 내가 보기에 그는 과잉보호에 고압적인 모습을 보였습니다. 나로선 이해가 안 되는 대목이지만, 그는 주변의 과도한 관심이 우리를 망치고 있다고 생각했습니다. 나는 그저 당시 언론의 관심이 높았다는 것만 기억합니다. 언론에서는 우리의 훈련 방식이 어떤지, 어떤 것이 허락되고 금지되는지, 그 이유는 무엇인지 등을 알고 싶어 했습니다. 벨라는 그런 관심을 병적으로 기피했습니다.

1977년 무렵, 나는 벨라와 의견 차이를 보이며 티격태격하기 시작했습니다. 처음에는 사소한 정도였지요. 나는 날고 싶고 자라고 싶어서 온몸이 근질거리는 십대였습니다. 여느 십대와 마찬가지로 독립하고 싶은 욕구도 강했습니다. 데이트를 하고 영화를 보러 다니고 차를 운전하는 또래들을 보며 나도 그들처럼 해보고 싶었습니다. 갑자기 과거와는 다른 것들에 끌리기 시작했습니다. 더구나 내가 열여섯이고 체조선수 이력이 머지않아 끝나리라고 생각했기 때문에 관심사가 달라졌습니다. 길게 체조를 하기에는 나이가 좀 많다고 생각했던 것입니다. 나는 연습에 늦기 시작했습니다. 나의 반항은 벨라에게는 너무 생경한 일이었습니다. 그전까지 나는 항상 규칙을 따랐습니다. 그래야만 발전할 수 있다고 믿었으니까요.

그렇다고 해서 내가 규율에 따른 삶 자체를 부정했다는 오해는 마십시오. 나는 잘 통제된 규칙적인 생활의 중요성을 믿는 사람입니다. 가끔 심하다 싶을 만큼 그런 생활을 지향합니다. 물론 어떤 종류의 삶을 원하는가, 삶에서 달성하고자 하는 것이 무엇인가에 따라 다른 시각을 가질 수도 있겠지요.

지금도 나는 규칙에 따라 행동하는 습관을 갖고 있고, 덕분에 출장을 가도 어긋남이 없이 목표를 달성하곤 합니다. 오후 2시에 기자회견이 있으면 거기서부터 시간을 거슬러 올라가면서 필요한 사항들을 철저히 계획합니다. 샤워를 한 다음 차를 몰고 현장에 도착하기 전에 할 수 있는 일이 무엇인가를 미리 생각해둡니다. 나는 매사를 아주 사소한 부분까지 완벽하게 계획하는 편입니다. 만약 30분 동안 운동을 한다면, 샤워하는 데 시간이 얼마나 걸릴지, 아침을 챙겨 먹을 시간이 있을지 아니면 일을 하면서 먹어야 할지 등등을 모두 계산하는 것입니다. 세심하게 준비하고 계획했을 때만 모두에게 최상의 모습을 보여줄 수 있으니까요. 그것이 바로 규율에 따른 삶, 잘 통제된 삶입니다.

우리 부모님의 생활 방식도 그랬습니다. 그러므로 내가 벨라와 마르타에게서만 그런 방식을 배운 것은 아닙니다. 아버지는 매일 일을 했으며 아픈 날이 거의 없었습니다. 어머니는 정리 정돈에 워낙 열심이어서 집 안 물건이 어질러진 모습을 보지 못했습니다. 나는 부모님의 습관을 그대로 익혔고 항상 놀라울 정도로 깔끔했습니다. 학교에서도 문구를 정확히 정해진 자리에 놓곤 했습니다. 예를 들면 파란색 펜은 이쪽, 검은색 펜은 저쪽 하는 식으로.

유별나다 싶고 어찌 보면 결벽증이 아닌가 싶겠지만 '정상적'인 모습으로 정상적인 행동만 해서는 결코 정상을 넘어선 높은 단계에 도달할 수 없습니다. 나는 항상 비범한 존재가 되고 싶었습니다. 어린 시절 경험은 규율과 통제가 효과적이라는 사실을 깨닫게 해주었습니다. 연습하고, 잘 먹고, 저녁 10시에 정확하게 불을 끄면, 충분한 휴식을 취한 뒤 다음 날을 준비할 수 있다는 사실을. 단순하지만 진정 유익한 삶의 방식이었습니다.

혼란스런 사춘기를 겪으며

뜀틀 연기에서 가장 중요한 부분은 도움닫기입니다. 구름판까지의 거리는 25미터입니다.
선수는 발걸음 수를 정해놓고 달리지는 않습니다. 달리면서 발걸음 수를 조절하여
매번 구름판의 같은 위치에서 뛰어오를 수 있게 하는 것이 관건입니다. 하지만 세계적인
선수들을 보면 대부분 도움닫기를 할 때 발걸음 수가 항상 같습니다. 도움닫기의
발동작 자체가 뇌와 근육에 깊이 각인되어 있기 때문이지요.
훌륭한 뜀틀 연기를 하려면, 무엇보다 도움닫기 속도와 뜀틀에서 몸을 띄울 때의
추진력이 중요합니다. 도움닫기 속도가 받쳐주지 않으면 본격적인 연기를 하기가 훨씬
어려워집니다. 뜀틀에 손을 댔다 몸을 띄울 때의 추진력이 부족하면, 훌륭한 착지 동작을
하는 데 필요한 충분한 높이와 회전 공간을 확보할 수 없습니다. 속도나 추진력이
충분하지 못하면 부상 위험이 따릅니다. 머리를 바닥에 찧으며 착지하거나,
회전을 제대로 못해 다리가 부러지거나, 발목이 접질리는 부상을 입을 수 있습니다.
나는 뜀틀 연기를 좋아합니다. 하지만 아침에 일어났을 때 괜히 빨리 달리기가
싫은 그런 날도 있었습니다.

십대가 되는 것은 생각만큼 간단한 문제가 아니었고,
1977년 프라하에서 열린 유럽선수권대회도 마찬가지로 만만
치가 않았습니다. 첫째, 루마니아 국민들의 관심이 지대했습니다.
올림픽 이후 차우셰스쿠 대통령을 포함한 모든 국민이 체조에 깊
은 관심을 가졌고 그 결과 경기를 텔레비전으로 중계하기로 했습
니다. 둘째, 1975년 우승자로서 또다시 우승을 지켜야 했기 때문

에 나에게는 무척 중요한 대회였습니다. 셋째, 유럽선수권대회는 유년기의 나디아 코마네치와 벨라의 관계가 끝나고, 고집 센 여학생과 주관이 뚜렷한 코치 사이의 복잡한 협력 관계가 탄생하는 것을 의미했습니다.

그해 유럽선수권대회는 10점 만점의 출현이라는 한 가지 이유로도 이전과는 달랐습니다. 1976년 이전까지는 체조선수와 코치들 대부분이 연기의 기술적인 측면에 많은 관심을 기울이지 않았습니다. 당연히 기술 향상을 위해 그만큼의 위험을 감수하려 하지도 않았지요. 하지만 유럽선수권대회가 열린 1977년 무렵에는 과거와 다른 새로운 유형의 체조선수가 등장했습니다. 외모부터가 다른 선수와 달랐습니다. 나이도 어리고, 몸집도 작고, 말랐습니다. 기본기 숙달은 물론이고 종목별로 기술의 한계에 도전하는 선수였습니다. 가장 어려운 수준의 기술을 연마하고 높은 점수를 받는 데 총력을 기울였습니다. 이로 인해 체조선수들의 수준이 전반적으로 높아졌습니다. 이는 경기 도중 실수할 여지가 거의 없다는 것을 의미했습니다. 아주 사소한 실수라도 하면 우승권에서 멀어지고 마는 것이었습니다.

나는 1975년 유럽선수권대회 우승자이자 1976년 올림픽 개인 종합 우승자였지만 경쟁자들도 만만치 않았습니다. 옐레나 무히나[Yelena Mukhina]는 소련 팀의 신예로 마리아 필라토바[Maria Filatova], 넬리 킴[Nelli Kim] 등에 필적하는 실력을 갖춘 선수였습니다. 동독 선수인 스테피 크레케[Steffi Kraker]도 강력한 라이벌이었습니다. 친구여, 편지에서 옐레나와 그녀가 당한 사고에 대해 알고 싶다고 했지요? 아는 대로 답변을 해주겠습니다. 하지만 당장은 프라하 유럽선수권대회 이야기를 끝내는 게 좋겠습니다. 아무것도 변하지 않으리라고 생각했지만 갑자기 모든 것이 변해버린 그런 시기였습니다.

신기한 것은 프라하 유럽선수권대회 이전 또는 대회가 진행되는 동안에는 아무 문제가 없었다는 겁니다. 대회 전날 밤 벨라는 모든 선수에게 일찍 잠자리에 들고 대회가 시작되면 훈련한 대로 하라고, 언론에는 신경 쓰지 말고 오로지 연기에만 집중하라고 지시를 내렸습니다. 다음 날 아침 대회가 시작되기 전, 도리나와 내가 지시 사항을 물었습니다. 벨라는 수준이 높아지긴 했지만 우리 둘 다 배운 대로만 한다면 우승 가능성이 높다고 말했습니다. 그리고 나에게 완벽한 자신감과 집중력 이외에는 아무것도 바라는 것이 없으며, 어떤 종류의 실수도 있어서는 안 된다고, 실수에는 결코 핑계가 있을 수 없는 법이라고 못 박았습니다.

첫날 경기가 끝나자 내가 개인종합 1위였고 옐레나가 2위, 넬리가 3위였습니다. 결승전이 모든 것을 바꿔놓았습니다. 그러나 앞서 말했다시피 외견상으로는 아무것도 이상하지 않았습니다. 평소처럼 벨라는 일부 점수가 부당하다며 선수들을 대신해 싸웠습니다. 싸웠다고는 하지만 말이 그렇지 심판이 불공정하다고 생각할 때마다 항의의 표시로 손을 치켜드는 정도였습니다. 이런 일은 어떤 대회에서나 있는 일이었습니다. 결승전에서 넬리와 나는 둘 다 좋은 점수를 기대하고 있던 뜀틀 연기를 했습니다. 최종 점수는 전날 예선전 점수와 합산되어 전광판에 표시됩니다. 전광판에 표시된 점수를 보니 넬리와 내가 동점으로 공동 금메달이었습니다. 메달을 받기 위해 연단으로 걸어가는데 은메달 수령자로 내가, 금메달 수령자로 넬리가 호명되었습니다. 어찌 된 영문인지 내 점수가 내려갔던 것입니다. 지금까지도 어찌 된 노릇인지, 누가, 왜 그랬는지 알지 못합니다.

뜀틀에서 당혹스런 일을 겪은 직후였지만 나는 이단평행봉 연기에 집중했고 완벽하게 해내 10점 만점을 받았습니다. 나는 평균대로 이동했고 다시 완벽에 가까운 연기를 펼쳤습니다. 내가 평균대에서 내려오자 벨라가 팀원들에게 짐을 싸라고 했습니다. 황당하게도 우리는 대회가 끝나기 전에 경기장을 떠나고 있었습니다. 루마니아 대사관에서 온 남자가 벨라에게 정부에서 귀국하라는 지시를 내렸다고 말했습니다. 나는 돌아가고 싶지 않았습니다. 대회를 마치고 싶었습니다. 바로 이 대회를 준비하느라 수없이 많은 시간 연습을 했으니까요. 하지만 내 바람 따위는 중요하지 않았습니다. 내가 경기장을 떠날 무렵 흘끗 뒤를 보니 내 평균대 점수가 나왔더군요. 10점 만점이었습니다.

정부 관리는 나중에 우리 팀을 경기장에서 데리고 나온 이유를 설명했습니다. 유럽선수권대회를 보던 루마니아 국민들이 편파적인 판정 때문에 격노했다는 것입니다. 우리나라 역사상 최초로 경기가 텔레비전으로 중계되었습니다. 국민들은 벨라가 노발대발하면서 심판들을 향해 주먹을 휘두르는 것을 보고 루마니아 팀을 부정의 구렁텅이에서 구해야 한다고 주장했습니다. 당시 국민들이 이해하지 못했던 것은 그런 불공정조차 체조경기의 일부라는 점입니다. 불공정 문제는 사안이 심각할 때도 있고, 사소할 때도 있고, 단지 인식의 차이일 때도 있지만, 완전히 없앨 수는 없습니다. 비행기를 타고 부쿠레슈티 공항에 도착했을 때 공항에는 우리 팀을 지지하기 위해 엄청난 인파가 모여 있었습니다. 일종의 집단 히스테리 상태에 빠져 있었지요. 그런 모습을 지켜보며 나는 마음이 두 갈래로 나뉘며 갈피를 잡을 수 없었습니다. 내가 생각하는 것과 국민들이 생각하는 것이 다를 때 어느 쪽을 믿어야 할지…… 어린 나에게는 참으로 어려운 과제였습니다.

1976년 올림픽 이후 내 삶이 어땠는지 알고 싶다고 했었지요? 계속 그대를 실망시킬 수밖에 없군요. 동화같이 근사한 결말, 대저택, 큰돈 따위가 도대체 어디에 있나요? 차우셰스쿠의 궁전에서 열렸다는 나의 열여섯 살 생일파티와 만찬 이야기는 또 어떤가요? 모두 현실과는 거리가 먼 허황된 이야기일 뿐입니다. 사실은 오히려 반대였습니다. 1976년 이후 나는 공산주의 국가에서 젊은 이로 성장하면서 어려움과 분노를 느끼기 시작했습니다.

벨라는 나라와 국민들의 폭발적인 지지와 관심이 선수들의 규칙적인 생활을 망가뜨리고 있다고 생각했습니다. 하지만 나는 그런 현상이 우리의 나이 탓이라고 생각합니다. 우리는 점점 나이가 들고, 아는 것도 많아졌고, 마침내 삶도 경기도 결코 공정하지 않으며, 복종은 선택이지 주어진 숙명이 아님을 알게 되었습니다.

우리는 십대였습니다. 십대란 의미 안에는 어떤 종류든 권위에 대해서는 반항하고 싶은 심정, 울타리를 뚫고 나가고 싶은 열정, 독립을 쟁취하고픈 욕구 따위가 포함되어 있지요. 더구나 '평범한' 십대들과 달리 우리는 최정상의 운동선수였습니다. 그러므로 실력을 유지하기 위해 여전히 엄격하게 정해진 일정을 따라야 하는 상황이었습니다.

십대가 되고픈 욕망과 훌륭한 운동선수가 되고픈 욕망이 서로 충돌했습니다. 십대란 누구에게나 힘든 시기입니다. 체조선수든, 고등학교 축구선수든, 학교 교지를 편집하는 평범한 학생이든. 그런 힘겨운 시기를 통과하는 최선의 방법은 되도록 후회 없이 보내는 것입니다. 당시 어머니는 훈련이 싫으면 그만둬도 좋다고 하셨습니다. 어머니는 빈둥거리며 돌아다니지 말라고 당부했습니다. 어머니 말씀 이외에도 경각심을 불러일으키는 사건이 많았지만 당시에는 제대로 듣지 못했습니다.

프라하 유럽선수권대회가 끝나고 2년 뒤 옐레나 무히나가 훈련 도중 목이 부러지는 사고를 당했습니다. 누구에게나 일어날 수 있는 사고였습니다. 사고에 대해 자세한 정황이나 원인 등이 궁금할 것입니다. 옐레나의 사고는 일반인들에게도 놀랄 일이었으니 뭐가 문제였는지 속 시원한 설명을 듣고 싶으리라 생각됩니다. 하지만 나도 정확한 원인은 모릅니다. 옐레나가 공중에서 방향감각을 잃었고 바닥에 부딪혔을 때 목이 부러졌으며 그 결과 몸이 마비되었다고만 알고 있습니다. 당시 체조를 하던 사람들 모두 무슨 일이 있었는지, 원인이 무엇인지 궁금해했습니다. 비운의 주인공이 엘레나였기 때문에 더욱 그랬지요. 오랫동안 뛰어난 제어 능력을 보여줬던 최고의 선수가 아닙니까? 그런 선수가 목이 부러지는 사고를 당했으니 다른 선수들은 어떻게 될까 하는 경각심이 생겼죠. 그런데도 나는 엘레나의 부상을 지독히 운 없는 사건 정도로만 받아들였습니다.

어머니 말씀이 맞았습니다. 체조는 여기저기 놀러 다니면서 할 수 있는 놀이가 아니었습니다. 진지하게 파고들거나 아니면 아예 하지 말 일이었습니다. 하지만 나는 아직도 철없이 물만 튀기고 있었습니다. 나는 십대였고 내가 무적이라고 생각했으니까요. 그렇다고 디스코텍에 다니고 밤 늦게까지 파티장에서 어울리는 생활을 원했던 것은 아닙니다. 특별히 이성에 관심이 많았던 것도 아닙니다. 그 시절엔 여자 아이들은 열두 살까지는 데이트를 시작하지도 않았습니다. 열여덟 살쯤 되어야 심각하게 이성을 사귀었지요. 더구나 나는 유년시절과 십대 초반을 오직 여자 아이들과 어울려 보냈습니다. 나는 남자 아이들 앞에서는 어떻게 행동해야 하는지 잘 몰랐습니다. 기껏 해봐야 몰래 낄낄거리고 멋있다고 생각하고, 어쩌다 음료를 마시러 나가는 정도였지요.

나는 속마음을 털어놓는 대상이 많지 않았습니다. 나는 친구가 많은 편이 아니었습니다. 한 명이라도 좋은 친구가 있으면 그것으로 족했습니다. 다섯 명 이상이면 오히려 시간 낭비라고 생각했습니다. 남동생은 제일 친한 친구였고 훌륭한 의논 상대였습니다.

진정한 친구를 찾기란 정말 어려운 일입니다. 나는 공정하고, 현실적이고, 진솔하여 내게 진실을 말해주는 사람을 좋아했습니다. 그렇지 않으면 친구로 여기지 않았지요. 내가 한 말을 쓸데없이 옮기는 경우에도 나는 친구가 될 기회를 주지 않았습니다.

너무 가혹하다 싶을지 모르지만 내가 도청이 빈번한 나라, 시민 세 명 중에 두 명이 비밀경찰이나 밀고자인 나라에 살았다는 사실을 잊지 마세요. 루마니아에서의 삶은 각박했습니다. 우리는 생존을 위해 필요한 조치를 취해야 했습니다. 그대는 이해하기 힘들 테지요. 우리는 경찰이 전화기나 집 안의 모든 방을 도청하는 나라에서 살았습니다. 더구나 나는 우리 정부의 통치 방식, 생활 방식의 정당성과 우위를 만방에 입증한 국가적인 보물로 인식되었습니다. 따라서 정부 관계자들은 어떻게 해서든 그런 이미지를 보존하려고 했습니다. 그런 상황이 상상이나 되나요?

1977년 나는 내가 얼마나 위태로운 상황에 있는지 충분히 이해하지 못했습니다. 주로 앞으로 뭘 하고 살 것인가를 고민하는 데만 골몰했습니다. 체조선수로서 나의 생명이 끝나간다고 느꼈고, 부쿠레슈티로 가서 대학 수업을 받아야 앞으로 공부하고 싶은 분야를 알 수 있을 거라 생각했습니다. 여느 십대처럼 나는 혼란스러웠고 불안했고 내 삶의 다음 단계를 준비해야 한다는 절박함을 느꼈습니다. 그동안 훌륭한 체조선수가 되려고 피나는 노력을 했습니다. 그런데 어느 날 갑자기, 그것으로는 충분치 않다는 생각이 든 것입니다. 뭔가 성취하고 완성하려는 열망이 결여된 내 모습은 도무지 나 같지가 않았습니다. 나는 항상 체조와 성공에 집중해왔습니다. 프로 근성, 동료와 코치에 대한 존경, 최고 수준의 실력 유지와 같은 스포츠 세계의 중요한 가치들을 믿고 소중히 생각했습니다. 하지만 각종 대회와 언론의 과도한 관심 때문에 지친 나머지 코치가 요구하는 것 또는 나의 체조 실력 향상을 위해 필요한 것, 팀을 위해 해야 할 것을 하지 못했습니다.

당시 내가 알기로는, 루마니아체조연맹은 코치들과 나를 당분간 떼어놓는 것이 최선의 방법이라는 결정을 내렸습니다. 얼마가 될지 기간은 미정이었고, 일단 '시험적으로 분리' 시킨다는 것이었습니다. 카롤리 부부와 나를 떼어놓는 공식적인 이유는 부부가 다시 신인 발굴 담당자가 되어 데바 마을에 새로운 훈련 센터를 설립하도록 하자는 것이었습니다. 나는 부쿠레슈티로 떠났습니다. 몇 년 더 훈련을 받고 대회에 나가게 되며 학교에 가서 공부할 기회도 갖게 된다고 들었습니다. 한편, 벨라는 내가 부쿠레슈티로 떠난다는 말을 사전에 전혀 듣지 못했다고 합니다. 어느 날 정기 훈련을 하려고 연습장에 왔다가 내가 떠났다는 사실을 알게 되었다더군요. 벨라는 완전히 망연자실했습니다.

부쿠레슈티에 간 다음, 나는 체육관과 숙식 시설이 함께 있는 단지에서 훈련을 시작했습니다. 새 코치는 벨라에 비해 훨씬 부드럽고 관대했습니다. 나는 여기저기 많이 놀러 다녔습니다. 영화도 보고, 공원에도 가고, 디스코텍에도 갔습니다. 실컷 잔 다음 텔레비전을 보고 다시 자러 갔습니다. 너무 편안하고 나른한 생활이었습니다. 아이스크림 등 전에는 먹을 수 없었던 온갖 음식을 맘껏 먹었습니다. 정해진 일정이 없는 자유가 좋았습니다. 하지만 무계획적인 생활을 진정으로 즐겼던 것은 아닙니다. 너무 나태한 것 같았고 불안했습니다. 그렇다고 직장을 다니기에는 너무 어렸고 딱히 할 줄 아는 것도 없었습니다. 나는 앞으로 뭘 하게 될까? 공장에서 일하게 되는 걸까?

이후의 여섯 달은 내 삶에서 잃어버린 시간입니다. 많은 십대들이 그런 시기를 거치는데, 무척 불편하고 불쾌한 시기지요. 사춘기인 데다 과식까지 해서 몸이 불었습니다. 내 몸이 변하고 있다는 사실도 잘 몰랐습니다. 게다가 부모님의 결혼 생활도 삐걱거리더니 결국 두 분은 이혼하기로 했습니다. 한때 온 가족이 함께 살았던 아파트에 덩렁 혼자 남은 아버지가 걱정되었습니다. 어머니는 남동생과 함께였습니다. 하지만 아버지는 혼자였고 나는 아버지가 걱정되고 그리웠습니다.

많은 아이들이 부모가 이혼했을 때 비슷한 감정을 경험하리라 생각합니다. 누구의 잘못인가? 부모님 중에 어느 한쪽이 쓸쓸해지지는 않을까? 아버지나 어머니가 다른 누군가를 만나 다시 결혼하게 될까? 부모님은 외롭고, 슬프고, 가슴이 아플까? 새로운 가족 또는 다른 딸이 내 자리를 대신하게 되지는 않을까? 어릴수록 부모의 이혼은 큰 충격입니다. 하지만 부모님의 이혼이 절대 자기 잘못이 아님을 알고 죄책감을 느끼지 않도록 유의해야 합니다. 부모님은 성인이고 중대 결정을 내린 것은 그들이며, 자식들은 그저 어린아이일 뿐이니까요. 당시 나는 부모님의 관계는 부모님의 일이고 나와 무관하다는 것을 알고 있었습니다. 하지만 부모님의 이혼에 따른 불안과 슬픔으로 어찌할 바를 몰랐습니다.

친구여, 지난번 편지에서 그대가 말한 '중요한' 질문 얘길 해야겠군요. 그런 질문을 했다고 해서 원망하진 않습니다. 그동안 떠돌던 수많은 허황된 이야기와 오해를 바로잡기 위해서라도 내가 달가워하지 않겠지만 물어볼 수밖에 없다는 그대의 생각에 동의합니다. 1978년 내가 무척 불행했던 것은 맞습니다. 하지만 그 소문은 사실이 아닙니다. 〈나디아〉라는 영화에서처럼 남자 친구가 다른 여자와 함께 있는 것을 보고 표백제를 먹고 자살을 시도하지는 않았습니다. 당시의 일에 대한 추측성 기사를 많이 봤습니다. 독일의 몇몇 신문에서는 내가 어떤 시인과 결별한 충격으로 실의에 빠져 살균제를 두 병이나 먹었다는 기사를 내보냈습니다.

부쿠레슈티에서 생활하는 동안 나는 과거에 비해 훨씬 많은 자유를 보장받았습니다. 문제의 그날 한 여자 공무원이 나한테 들렀다가 아파트 문 밖에서 마주쳤습니다. 어디 가느냐고 묻더군요. 짜증스러웠던 나는 빨래를 하려고 표백제와 살균제를 가지러 간다고 말했습니다. 나는 방으로 돌아와서 편지를 한 통 쓰고, 설거지를 하러 다시 나갔습니다. 밖에는 세 명의 공무원이 있었습니다. 카드게임을 하는 체했지만 실은 나를 감시하고 있었지요.

"지금은 어디 가니, 나디아?"

공무원이 짐짓 태연하게 물었습니다. 나는 발끈해서 불같이 화를 냈습니다.

"여기서 뭐 하고 계신 거예요?"

나는 따지듯 물었습니다.

"빨래하러 가는 데도 일일이 이런 심문을 받아야 해요? 감시자들이 사방에서 나를 노려보고 있는데, 내가 편안할 수 있겠어요?"

그러고는 경솔하게 한마디 내뱉었습니다.

"어쩌면 이 표백제를 마시고 자살해버릴지도 모르죠. 제발 나 좀 내버려두세요!"

나는 팔을 휘저으며 방으로 돌아가 문을 쾅 닫았습니다. 나는 온갖 규제와 조사를 받고 끊임없이 감시당하는 데 질려 진저리를 치고 있었습니다. 절망 속에서 내뱉은 한마디 때문에 꼬리에 꼬리를 무는 소문과 이야기가 생겨났습니다. 그리고 지금까지도 일부 사람들은 내가 정말로 자살을 기도했다고 믿고 있지요. 하지만 절대 사실이 아닙니다.

체조선수로서 내 생활이 이런 극적인 상황과 불행을 겪고 있을 무렵, 부쿠레슈티에서 전국청소년체조대회가 열렸습니다. 나는 육체적으로도 정신적으로도 대회에 나가 겨룰 준비가 되어 있지 않았습니다. 외야 관람석에서 경기를 지켜보았습니다. 카롤리 부부는 새로 키운 어린 선수들을 데리고 데바에서 왔습니다. 규정종목 경기가 끝났을 무렵 카롤리 부부가 데려온 선수들이 1위부터 6위를 모두 차지했습니다. 선택 종목이 끝난 뒤에는 그들이 모든 순위를 휩쓸었습니다.

우수한 실적을 거둔 결과, 벨라는 정부로부터 전국청소년체조대회 팀을 스트라스부르에서 열리는 세계선수권대회에 데리고 나가라는 제안을 받았습니다. 그런데 문제는 최상의 컨디션을 유지하고 있는 새로운 선수들이 아니라 과거 팀원들을 데려가라는 것이었습니다. 나만이 아니라 모든 팀원들이 과거에 비해 훨씬 해이한 생활을 하고 있었고, 세계선수권대회에 나갈 준비가 되어 있지 않았습니다. 벨라는 거절하려 했으나 정부는 경험이 부족한 새로운 선수들과 함께 과거 팀원들이 최소한 몇 명은 포함되어야 한다고 강력히 주장했습니다.

다음 날 벨라가 나를 보러 왔습니다. 내가 방문을 열었을 때 벨라는 충격을 받은 모양이었습니다. 경기 도중 관람석에 있는 나를 보았지만 설마 했다더군요. 과거에 비해 살이 많이 쪘고 건강도 좋지 않았습니다. 그러나 벨라는 화를 내지 않았습니다. 오히려 다정하고 부모처럼 따뜻하게 나를 대했습니다. 당시 내가 울었던 것으로 기억합니다. 지나간 시절과 과거의 영광을 생각하자 눈물이 났던 것이지요. 나는 좀체 우는 일이 없었고 특히나 사람들 앞에서는 절대 울지 않는 성격입니다. 내가 운다면 혼자일 때지요. 다른 사람 앞에서 꼴사나운 모습을 보이고 싶지 않아서입니다. 그날 나는 극도로 괴로웠던 것이 분명합니다.

"복귀할 수 있을 것 같니, 나디아?" 벨라가 물었습니다.

"모르겠어요…… 복귀하고 싶을 때도 있고, 도저히 못 할 것 같은 때도 있어요."

"복귀하고 싶은 마음은 있는 거니?"

나는 확신이 없었습니다.

"시작하면 끝을 보고 싶어요. 하지만 거기까지 갈 수 있을지 모르겠어요."

벨라는 무척 힘들 거라고 말했습니다. 어쩌면 내 삶에서 가장 힘든 일이 될 수도 있다고. 몸을 예전대로 되돌리고, 과거의 힘과 기술을 되찾는 것이 쉽지 않겠지만 내가 할 수 있으리라 생각한다고. 나도 그렇게 생각한다고 했습니다. 하지만 그야말로 100퍼센트 전력을 다하지 않으면 안 될 것이라고 덧붙였지요.

"나디아, 네가 최종 결정을 하기 전에 말해둘 것이 있단다. 나와 함께 돌아가면 무슨 일이 있어도 세계선수권대회에 나가야 한다. 절대로 안 갈 수는 없어. 정부에서는 다른 누구보다도 네가 스트라스부르 대회에 참가하기를 바라고 있다. 혹독한 체력 관리에 들어가야 할 거다. 고문을 받는 심정일 거야. 그리고 준비가 되든 안 되든 세계선수권대회에 나가야 할 거야."

체조에 싫증이 나기 시작했는데, 왜 그냥 은퇴하지 않았느냐고 물었죠? 아직도 내가 누구인지 모르는 건가요? 나는 결코 포기하지 않습니다. 나는 두렵다고 해서 시련을 피하지도 않습니다. 피하는 대신 시련과 맞서 싸웁니다. 공포로부터 벗어나는 유일한 길은 정복하여 발아래 놓는 것이니까요.

나는 도전을 좋아합니다

내 이단평행봉 연기 구성을 살펴보겠습니다. 저봉을 향하여 출발. 반바퀴 돌면서
점프. 차오르기로 고봉 잡기. 코마네치 살토, 앞으로 흔들어 저봉 두드리기. 등을 둥글게
말면서 뒤로 몸을 흔들어 한 바퀴 비틀기. 즉시 고봉을 잡았다가 저봉으로 이동, 저봉에서
차오르기, 앞으로 골반 돌기, '브라우스 살토'로 고봉으로 이동, 엇잡기로 고봉 잡기.
즉시 한 바퀴 비틀기, 저봉으로 내려오기, 차오르기, 고봉 잡기. 저봉에서 다리 벌리기,
저봉에 엉덩이 대기, 고봉으로 차올라 물구나무서서 반바퀴 틀기. 저봉 다시 치기,
위로 올라와 골반 돌기 후 물구나무서기, 다시 한 번 골반 돌기 후 물구나무서기,
연결하여 발끝을 고봉으로 가져온 다음 '코마네치 내리기'.

친구여,

1978년 데바로 돌아가겠다는 나의 결심은 생각보다 훨씬 힘
든 결정이었습니다. 결정하는 데 도움을 줄 만한 사람이 아무도
없었습니다. 어머니는 항상 같은 대답만 되풀이했습니다. "하고
싶으면 하렴. 원치 않으면 그만두고." 어머니가 달리 반응했다면,
나를 밀어붙이려고 했다면, 나는 처음부터 체조선수가 되지 않았
을 겁니다. 나는 그런 사람입니다. 남이 뭔가를 하라고 하면 오히
려 거부합니다. 남이 바란다는 이유만으로 어떤 일을 선택하면 절
대 성공하지 못한다는 것이 나의 확고한 지론입니다.

내가 내린 결론을 거듭 생각하고 득과 실을 찬찬히 따져본 뒤 나는 데바에 가는 데 동의했습니다. 어린 선수들이 생활하는 기숙사에 살기 싫다는 조건을 달았습니다. 루마니아체조연맹과 벨라는 타협안을 받아들였고 근처에 어머니와 남동생이 머물 임시 거처를 마련해주었습니다. 작은 집이었지요. 침실이 두 개뿐이어서 남동생과 내가 한 방을 써야 했습니다. 그렇지만 우리 집이어서 좋았습니다. 집에는 베키라는 개도 있었는데 깜찍한 친구가 되어주었습니다. 가족과 함께 집에 머물자 전에 없던 안정감이 생겼습니다.

벨라는 자신이 한 말에 충실했습니다. 훈련은 거의 고문 같았습니다. 벨라와 나는 매일 동이 트기 전에 일어나 달리기를 했습니다. 옷을 여러 겹 껴입고 달리면서 체력을 키우는 운동을 했습니다. 이어서 세 시간 동안 체육관에서 훈련을 하고, 다시 달리기를 했습니다. 그러고는 마사지, 근력 강화 운동, 사우나가 이어졌습니다. 사우나가 끝나면 마지막으로 짧게 달리기를 했습니다. 벨라는 훈련 내내 나와 함께 있었습니다. 몸에 붙어 있던 군살들이 대부분 빠졌지만 나는 기진맥진한 상태가 되었습니다. 훈련이 끝나면 비틀거리며 체육관을 나서곤 했습니다…… 걷기 힘들 정도였으니까요.

처음에는 체조를 많이 하지 않았습니다. 신체적인 조건이 갖춰지지 않은 상태에서 기술을 연기하라고 시키자니 마음이 편치 않았던 것입니다. 벨라는 그 부분에서는 무척 깐깐했습니다. 몸이 받쳐주지 않는 상태에서 기술을 연습하면 부상을 당할 수 있기 때문입니다. 나는 벨라의 뜻에 따랐고 벨라가 지시하는 대로 뭐든 했습니다. 꼭 예전으로 돌아간 것 같았습니다. 처음에는 샐러드와 과일만 먹었습니다. 다른 음식은 전혀 없었습니다. 금지 음식들을 먹고 싶어 미칠 지경이었습니다. 그런 음식의 맛조차 모르던 과거의 내가 아니었습니다. 한동안 연습을 게을리 하면서 아이스크림이며 달콤한 디저트들을 맘껏 먹었고 이미 익숙해져 있었으니까요. 처음 몇 주 동안은 마르타와 벨라의 집에서 지내야 했습니다. 두 사람이 나를 철저하게 감시하기 위해서였습니다. 두 사람이 감시하지 않았다면 금지된 음식을 먹고 싶은 유혹을 뿌리치지 못했을 겁니다.

처음 몇 주 동안 이뤄진 나의 식단이 살을 빼고 몸매를 만들려는 모든 사람에게 맞는 것은 아닙니다. 나는 오랫동안 좋은 식습관을 유지했고 덕분에 뼈와 몸이 건강한 상태였다는 걸 잊지 말아야 합니다. 그래서 몇 주 정도 극단적인 소식을 해도 몸이 상하지 않았습니다. 몸매에 대한 잘못된 생각과 거식증이나 과식증 같은 섭식 장애가 요즘 청소년들에게 크나큰 문제라고 알고 있습니다. 몸에 필요한 단백질이나 지방을 무조건 없애는 것은 전체적인 건강 유지에 도움이 되지 않을 겁니다. 나는 의사가 아니므로 이 문제에 대해 본격적인 조언을 할 입장은 아닙니다. 다만 균형 잡힌 식사와 운동이 건강한 몸과 마음을 유지하는 유일한 방법이라는 말은 확실하게 해줄 수 있습니다. 내가 아는 한 그렇습니다.

벨라와 마르타가 나의 식생활을 과거대로 되돌려놓은 뒤에는 어머니와 남동생이 있는 집에서 함께 살 수 있었습니다. 물론 과일과 샐러드만 있던 식단도 끝났고, 예전처럼 균형 잡힌 식생활을 하게 되었지요.

포기하고 싶었던 적이 없었냐고요? 물론 있었습니다. 하지만 벨라는 포기하라고 내버려둘 사람이 아니었지요. 나는 벨라와 나 자신에게 약속을 했고, 벨라는 내가 약속을 지키는지 지켜보고 있었습니다. 나는 서서히 몬트리올 올림픽을 비롯한 각종 대회에서 맛본 과거 전성기의 영광을 다시 꿈꾸기 시작했습니다. 현란한 기술에 대한 욕심도 생겼습니다. 무엇보다 내가 훌륭한 체조선수가 되길 간절히 원한다는 것을 깨달았습니다. 한때 나는 '평범한' 삶을 살려고 했지만 나에게 맞지 않는 옷이었습니다. 나는 다른 사람들과 같은 모습으로는 행복하지 않았습니다. 나를 특별하게 만들어줄 무엇이 간절히 그리웠습니다. 부쿠레슈티로 갔을 때, 나는 공식적으로 은퇴 선언을 하지 않았습니다. 은퇴를 위한 성대한 축하연이나 포상이 있었던 것도 아닙니다. 나는 열의 없이 훈련을 계속하면서 뒷문으로 조용히 사라졌을 뿐입니다. 그것은 나에게 어울리는 방식이 아니었습니다.

처음 몇 주 동안 연습을 하고 나자 다시 정상의 자리로 돌아가고 싶다는 욕심이 생겼습니다. 하지만 그대도 지난번 편지에서 지적했듯이 말하기는 쉬워도 실행은 어려운 법입니다. 훈련이란, 특히 일류 체조선수로서 하는 훈련은 반복적이고 때로는 지겹습니다, 고통스럽고 초조하기도 합니다. 혼자서 해야 하는 외로운 싸움입니다. 가족, 친구, 코치 등으로부터 아무리 많은 지원을 받아도 결국에는 자신의 힘으로 성공해야 합니다. 결과의 승패는 모두 각 개인의 몫입니다. 정상의 자리에 오르게 하고, 그 자리를 지키게 하는 힘은 각자의 내면에서 나옵니다. 나는 도전을 좋아합니다. 힘들수록 매력을 느낍니다. 남들이 뭔가 불가능하다는 소리를 하면 오히려 기분이 좋습니다. 아무도 해본 적이 없는 일을 하고 싶으니까요. 나는 새로운 지평을 여는 개척자가 되기를 간절히 바랍니다.

데바에 왔을 때 나의 목표는 확실했습니다. 과거에 내가 있던 자리로 돌아가고 싶었습니다. 세계선수권대회나 유럽선수권대회 혹은 몬트리올 올림픽을 말하는 것이 아닙니다. 언론과 세상 사람들이 불가능하다고 말하는 일을 내가 할 수 있다는 걸 보여주는 것입니다. 바로 그런 자리로 돌아가고 싶었습니다.

'나중에 은퇴하고 싶으면 하면 된다. 하지만 당장은 다시 최고가 되고 싶다. 확실한 마침표를 찍고 싶다.'

당시 내 생각은 그랬습니다. 1978년은 그런 굳은 결심하에 다시 현실로 돌아가는 해였는데, 적응 과정은 실로 험난했습니다. 충분히 준비되지 않은 상태에서 세계선수권대회에 나가야 했습니다. 마루운동 동작 연습을 마무리하려고 안간힘을 쓰던 시기였습니다. 5주 만에 제멋대로 지낸 1년의 공백을 메운다는 건 역부족이었습니다. 벨라는 세계선수권대회가 내가 자극을 받고 각성하는 좋은 계기가 될 것으로 보았습니다. 또한 대회 참가를 통해 정상의 자리로 돌아가려면 어떻게 해야 할지를 알게 될 것이라고 생각했습니다. 벨라가 옳았습니다. 마루운동과 이단평행봉은 최악이었습니다. 군살이 빠진 수준일 뿐 몸 상태가 예전 같지 않았습니다. 몸이 최적의 상태일 때도 몸을 공중으로 띄우거나 팔에 의지해 매달리는 것은 무척 힘든 일입니다. 그러니 몸무게가 늘어나면 어려운 기술 연기는 거의 불가능할 수밖에 없습니다. 속도와 강도 조절이 되지 않으니까요.

어렴풋이나마 과거의 화려함이 엿보이는 종목도 있었습니다. 특히 평균대가 그랬습니다. 결국 나는 평균대에서 금메달을 땄습니다. 평균대는 팔 힘보다는 다리 힘이 필요한 종목인데, 아직 하체의 힘은 남아 있었기 때문입니다. 하지만 전체적으로는 참담했고 어서 경기장을 떠나고 싶은 마음뿐이었습니다. 끝나자마자 머릿속에서 지워버리기로 마음먹은 참담한 경험이었습니다. 다른 누구의 잘못이 아니라 바로 내 잘못임을 잘 알았습니다.

'내 손으로 만든 상황이니 직접 극복하는 수밖에 없다.'

나는 내게 일어난 모든 사건을 그런 시각으로 보았습니다. 부정적인 태도는 덧없는 것일 뿐입니다. 부정적인 태도만큼 본인한테 해로운 것도 없지요. 그런 힘겨운 순간을 어떻게 극복했는지 궁금하다고 하셨지요? 상황을 총체적으로 넓게 봄으로써 극복했다는 대답밖에 달리 드릴 말씀이 없습니다.

나와 어린 선수들은 세계선수권대회에서 네 개의 금메달을 땄고, 벨라는 그런 우리의 노력에 만족했습니다. 차우셰스쿠는 대회 결과(우리 팀은 우승하지 못했습니다)와 나의 연기에 매우 실망했다고 합니다. 우리나라 지도자가 체조경기를 지켜보고, 내 연기에까지 신경 쓴다고 생각하면 참 이상한 기분이 듭니다. 차우셰스쿠가 내 체조 실력을 우리나라 국력과 정권을 대표한다고 믿었다니 상상이 안 되죠?

세계선수권대회가 끝난 뒤 언론은 내가 끝장났으며 내리막길을 걷고 있다고 평했습니다. 나는 언론에서 떠드는 소리에 신경 쓰지 않기로 했습니다. 공연한 시간 낭비일 뿐이니까요. 부정적인 반응에 신경 쓰는 건 누구에게도 도움이 되지 않습니다. 남의 흠을 찾아내려고 눈을 번뜩이는 사람은 세상에 수도 없이 많습니다. 그런 사람들의 말에 관심을 기울이면 결과적으로 그들의 말에 힘을 실어주게 됩니다. 이는 옳지 않습니다. 스스로 자신의 가장 든든한 지지자가 돼야 합니다. 그러면 언제나 내 편인 누군가를 갖게 되는 것입니다. 얼마나 든든합니까?

데바로 돌아왔습니다. 그리고 세계선수권대회 경험에 기죽지 않고 훈련을 계속했습니다. 나와 벨라의 관계도 달라지기 시작했습니다. 벨라는 이제 나를 성인으로 대하기 시작했습니다. 나의 훈련에 대한 생각을 묻고, 각종 아이디어에 대해서도 내 의견을 들었습니다. 필요한 기술의 반복 횟수에 대해 의견이 다른 경우도 있었습니다. 예를 들면 벨라가 평균대 착지 연습을 다섯 번 하라고 했는데, 나는 세 번이면 된다고 생각하는 것이지요. 벨라는 내가 내 몸 상태를 알고 대처할 수 있다는 사실을 신뢰하기 시작했습니다. 내가 나태하지 않고 영민하다는 걸 인정한 것이지요. 벨라는 또 내가 일부 어린 선수들에게 규정종목을 가르치도록 했습니다. 아이들을 가르치는 것은 무척 즐거웠습니다. 나는 기대치가 높은 욕심 많은 코치였지만 한편으로 이해심도 있었습니다. 선수가 마지막 남은 반복연습을 마무리하기에 너무 지쳤다 싶으면 "그만. 오늘은 됐어. 하지만 내일 두 번 해야 한다." 하고 끝내주었습니다. 물론 선수들은 미뤄뒀던 연습을 다음 날 어김없이 마무리했습니다. 선수들이 나에게 와서 이런저런 상담도 했습니다. 어린 선수들을 보살피고 도와주는 것이 즐겁고 뿌듯했습니다.

나의 일상적인 연습 내용도 바뀌었습니다. 어렸을 때는 기술을 배워야 하므로 수없이 반복연습을 했습니다. 앞서 말한 것처럼 보따리를 채워야 했던 시기지요. 경기 때마다 꺼내어 사용할 수 있는 내용물이 되도록 많아야 했으니까요. 1979년 무렵 나의 모든 기술들은 거의 '기계적으로' 나올 정도가 되었습니다. 어떤 기술이든 필요한 것은 모두 보따리 안에 들어 있었으므로 내가 신경 쓸 일은 체력 유지뿐이었습니다. 윗몸일으키기처럼 기술 강화에 필요한 반복 운동을 크게 줄이고 하루에 3시간만 훈련했습니다. 훈련은 달리기, 춤실력 다듬기, 이단평행봉 · 평균대 · 마루운동 부분 동작 연습, 스트레칭 등으로 구성되었습니다. 준비, 정리운동 등을 포함한 종목별 실제 연습 시간은 하루에 18분 정도였습니다. 생각해보십시오. 이단평행봉에서 펼치는 기본 연기 시간은

35초에 불과합니다. 그러고는 회복 시간이 10분 정도. 다른 종목도 마찬가지였습니다. 장비며 신발을 바꾸는 데도 약간의 시간이 들어가고, 준비운동과 정리운동 시간도 필요합니다. 그러다 보면 대략 18분 정도가 소요되었지요.

무엇을 하든 성공적이었습니다. 세계선수권대회가 끝난 지 7개월 뒤에 유럽선수권대회에서 개인종합우승을 차지했습니다. 나는 키가 크고, 날씬하고, 믿기지 않을 만큼 강한 힘을 보여주는 선수였습니다. 나는 새로운 나디아가 되었습니다. 근본적으로 변화한 것입니다.

최고가 된다는 것은 불가능을 넘어서도록 스스로를 채찍질한다는 의미입니다. 주변 모든 사람이 할 수 없다고 말할 때도 자신의 능력을 믿는 것입니다. 내리막이라고요? 어림도 없는 소리입니다. 나는 다시 정상에 섰고, 거기서 내려오느냐는 자발적인 선택과 결단의 문제일 뿐입니다.

친구여, 지난번 편지에 성공의 대가로 내가 유년시절을 희생했다고 썼더군요. 무슨 말인가요? 그대가 나를 이해하기 시작했다고 생각했는데! 나는 체조를 하는 것이 희생이라고 생각해본 적이 없습니다. 결코. 문제점만을 부각시킨 책이나 잡지, 신문 따위를 읽고 잘못 알고 있는 겁니다. 체조가 감정을 황폐하게 만든다, 코치와의 권위적인 관계가 어린아이에게 해가 될 소지가 있다, 먹는 음식에 문제가 있다, 신체적인 고통이 따른다…… 주로 이런 문제들을 부각시키고 있지요. 일부 체조선수들이 그런 문제로 고통 받는 것은 사실입니다. 그것까지 부정하지는 않습니다. 하지만 내가 그런 선수들을 직접 아는 것은 아니어서 뭐라 판단하기가 어렵습니다. 코치들이 하나같이 훌륭하다고 주장할 생각도 없습니다. 많은 어린 선수들이 섭식 장애를 겪고, 신체 이상이나 통증에 제대로 대처하지 못한다는 걸 부정하지도 않습니다. 다만 적어도 나는 그런 일을 겪어보지 않았다는 말입니다.

체조는 내게 결코 힘든 고문이 아니었습니다. 어린 나이에도 나는 누구나 먹고 살기 위해 뭔가를 한다는 사실을 알았습니다. 사람들은 일 때문에 여기저기를 돌아다니면서 또는 사무실에 앉아서 수많은 시간을 보냅니다. 그것 또한 말하자면 시간을 '희생' 하는 것이겠지요. 무엇을 위해서입니까? 공장 조립라인에서 자동차 만드는 일을 택할 수도 있고 부동산 중개업을 할 수도 있습니다. 내가 선택한 일이 그런 일과 비교해서 낫거나 못할 이유가 뭡니까? 삶이란 원래 무언가를 얻기 위한 희생으로 가득 찬 것입니다. 그렇지만 나는 내가 하는 일을 좋아했습니다. 나만큼 자기 일이 좋다고 말할 사람은 세상에 많지 않으리라 생각됩니다.

자신의 삶을 사랑합니까? 그렇다면 왜 굳이 남에게서 해답을 찾으려 합니까? 선정적인 언론에서 얻은 잘못된 정보를 토대로 한 질문이지만 그대의 편지에는 진지함이 있습니다. 진지하고 현실적이며 탐색적입니다. 그대가 오늘보다 나은 내일을 추구하는 진정성을 갖고 있기 때문입니다. 그대의 진지한 질문에 적합한 답이 될지 모르겠지만, 일단은 선배로서 내 경험을 기꺼이 나누고자 합니다.

나는 체육관에서 자랐습니다. 늘 매트며 분필 냄새가 나고 집 근처에 있는 또 다른 집처럼 편안하게 느껴지는 그런 곳이었습니다. 아동 학대 따위는 없었습니다. 오네슈티 체조학교 학생으로 우리는 많은 것을 누렸습니다. 방은 항상 따뜻하고 청결했습니다. 음식은 먹고 남을 만큼 충분했고, 요리와 설거지도 모두 남이 해 주었습니다. 우리가 해야 할 일은 체조뿐이었고 그마저도 억지로 시키지는 않았습니다. 당시 루마니아 사람들은 글자 그대로 '굶주리고' 있었습니다. 어쩌면 그런 현실 때문에 유년을 희생했다는 발상이 나한테는 가당찮게 느껴지는지도 모릅니다. 공산주의 국가에서 체조선수는 운동 때문에 잃는 것보다 얻는 것이 훨씬 많습니다. 물론 옐레나의 예처럼 비극적인 사고가 일어나기도 합니다. 하지만 우리가 체육관에서 하는 훈련을 생각해보면, 오히려 사고가 무척 드문 편입니다.

그렇다면 내가 체조 때문에 잃은 건 뭘까요? 아이들과 쇼핑몰에 가서 몰려다니는 것? 이성 관계를 감당할 만큼 정서적으로 성숙하기도 전에 남자 아이들과 데이트를 하는 것? 비디오게임? 루마니아에는 있지도 않았습니다! 나는 비디오가 뭔지도 모르고 자랐습니다. 내가 자란 오네슈티에서는 동네 산책 말고는 딱히 할 놀이가 없었습니다. 삶 전체로 볼 때 내가 체조선수였던 기간은 길지 않습니다. 하지만 짧은 기간에 실로 많은 것을 얻었습니다. 여섯 살에서 열여섯 살 사이에 아이가 할 수 있는 일이 뭘까요?

현실에서 가치 있는 일을 얼마나 할 수 있을까요? 체조선수를 하지 않았다면 지금 나는 아마 보잘것없는 40대가 되어 있을 겁니다. 내가 체조 분야에서 최고가 되지 못했다면 어땠을까요? 그래도 목표도 성과도 없이 보낸 것보다는 훨씬 도움이 되었을 겁니다. 목숨을 걸고 뭔가에 매달렸고, 끈기, 결단력, 추진력을 터득했기 때문입니다.

내가 체조에서 성공했기 때문에 쉽게 이런 말을 한다고 생각할지도 모르겠네요. 하지만 시종일관 성공만 했던 것은 아닙니다. 힘들었던 시간도 많았습니다. 나는 은수저를 물고 태어난 행운아가 아니었습니다. 나한테 대가 없이 주어진 것은 아무것도 없었습니다. 항상 내가 먼저 찾아 나섰고 때로는 얻고 때로는 얻지 못했습니다. 열심히 하면 누구나 어느 정도 만족할 만한 위치에 도달할 수 있습니다. 재능은 많지 않아도 열심히 노력하면 최고의 자리에 충분히 도전해볼 수 있습니다. 거기에 행운까지 따라준다면 목표를 이룰 수 있겠지요. 무엇보다 중요한 것은 놀라운 일을 하려는 욕망입니다. 그런 것에 목말라 하고 갈구해야 합니다.

언젠가 벨라가 체조선수들에 대해 한 말을 읽은 적이 있습니다. "선수들은 작은 전갈과 같습니다. 병 하나에 모두 넣으면 한 마리가 살아서 나옵니다. 살아서 나온 그 녀석이 바로 챔피언입니다." 나는 항상 살아남은 전갈이었습니다. 벨라의 말대로 어쩌면 그 결과 챔피언이 되었는지도 모릅니다. 성공과 무관하게 체조는 내게 자의식을 심어주었고, 정신적으로나 육체적으로 나를 강인하게 만들어주었습니다. 감정을 '황폐하게 한다' 느니 하는 말은 나에 겐 가당치 않습니다. 오히려 체조 덕분에 삶의 모든 것이 제자리를 찾고 안정되었습니다.

나에게는 희생과 체조가 동의어가 아니었다는 사실을 이해하겠는지요? 두 개념은 달라도 너무 달랐습니다. 별개의 우주 정반대 극에 있다고나 할까요? 어린 체조선수들을 보고 있으면 나보다 여건이 훨씬 낫다는 생각이 듭니다. 어른이 되어 어린 선수들을 보니 그런 것인지도 모릅니다. 하지만 꼭 그런 것만은 아닙니다. 구체적인 예로 기구가 훨씬 안전해졌습니다. 우리가 사용하던 평균대는 나무로 만들어졌는데, 지금은 훨씬 부드럽고 안전한 재료로 만듭니다. 마룻바닥도 훨씬 탄력이 좋아서 더 높이 뛰고 더 안전하게 기술을 펼칠 수 있습니다. 내가 열 살 때 이런 환경에서 연습하고 경기했다면 얼마나 좋았을까 싶습니다. 요즘 체조선수들은 생활에서도 선택의 폭이 훨씬 넓어졌습니다.

요즘 아이들은 과거 우리들보다 아는 것도 많고 똑똑합니다. 컴퓨터, 텔레비전, 각종 교육 프로그램 등 운동에 대한 정보를 접할 기회가 무수히 많습니다. 어느 나라에서 태어났든 어떤 아이도 하는 일이 싫으면 거기에 시간을 투자하지 않습니다. 물론 갈피를 잡지 못하는 부모와 아이들도 일부 있습니다. 미안한 이야기지만 억지로 하는 운동은 뭐든 좋지 않습니다. 나쁜 코치는 과거에도 지금도 항상 있습니다. 그러니 코치들의 경력을 알아보고 아이에게 어떤 사람이 최선일지 경험에 근거해 결정을 내리면 됩니다.

그리 어려운 일은 아니지요.

편지에서 심리적 중압감은 어땠느냐고 물었지요? 글쎄요. 이번에도 어디까지나 개인적인 의견을 말씀드려야겠습니다. 어린 선수들이 지나친 중압감을 느낀다고 주장하는 이들은 주로 미국 성인들입니다. 개인적으로 나는 아이들은 아무런 중압감도 느끼지 않는다고 봅니다. 어른들이야 쉽게 중압감을 갖습니다. 하지만 아이가 자신이 직접 어깨 위에 올려놓은 부담이 아닌 다음에야 어떻게 그런 것을 알겠습니까? 지금은 다를지도 모릅니다. 내가 어렸을 때, 적어도 1976년 올림픽 이전에는 저한테 기대하는 사람이 없었습니다. 언론의 압박도 없었습니다. 특별히 잃을 것도 없었습니다. 우리 어머니는 어땠을까요? 내가 체조선수로 성공하지 못하면 길거리로 내쫓기라도 했을까요?

어머니는 내 운동에 깊이 관여하지 않았습니다. 부모들이 다 그런 것은 아니지요. 부모가 지나치게 개입하는 모습도 종종 봅니다. 부모는 아이의 노력을 지원하되 각자의 일에 집중해야 합니다. 지나친 관여는 아이에게 좋지 않습니다. 자신이 지금 무엇을, 왜 하고 있는지 혼란스러워집니다. 어른, 아이 모두에게 목표가 흐릿해집니다. 바로 그런 순간에 문제가 생기게 되지요. 나는 부모들에게 이렇게 말해줍니다. 미국에서 체조를 어느 정도 할 줄 아는 아이들이 어림잡아 4백만 명에 달하지만, 실제로 올림픽에 출전하는 선수는 딱 여섯 명뿐이라고. 얼마나 낮은 확률이냐고 말입니다.

미국에는 체조 교육프로그램이 무척 다양합니다. 그중에서 다수가 무료로 운영되지요. 그러므로 아이가 체조에 흥미가 있나 없나를 알기 쉽습니다. 아이가 흥미를 보이는 순간부터 개인적인 노력과 재정적인 투자가 늘어나게 되지요. 루마니아에서는 집을 떠나 숙식 공간과 연습 공간이 함께 있는 단지에 살면서 배정받은 코치의 지도를 받으며 훈련만 하면 됩니다. 미국에도 훌륭한 코치들이 많습니다. 체조에 애착이 강한 일부 아이와 가족은 아예 단지 안으로 이사를 하기도 하지만 의무 사항은 아니지요. 루마니아와 미국의 방식에 우열이 있는 것인지, 그냥 다를 뿐인지는 잘 모르겠습니다.

내 생각은 어떠냐고요? 아이가 어떤 운동을 좋아하고 잘하는지 파악할 기회를 주십시오. 아이가 특정 운동을 싫어하면 다른 것을 하게 해야지요. 뭐가 되었든 지속적으로 운동을 하게 해야 합니다. 그게 아이의 몸과 정신에 좋으니까요. 특정 운동에서 아이가 가능성이 있다는 이유로 억지로 시키지 마십시오. 부모가 아무리 원해도 소용없습니다. 아이가 더 많이 원하고 더 높이 가고 싶어 해야 합니다.

물론 특정 운동에서 재능을 보여준 아이가 결국 올림픽에서 금메달을 딸 수도 있습니다. 하지만 아이들 내부분은 몇 주, 몇 달 또는 몇 년 이내에 하고 싶은 것이 바뀌게 마련입니다. 아이가 생각을 바꾸지 않고 계속한다고 무조건 성공하는 것도 아니지요. 네 종목을 두루 잘해서 정상급 체조선수로 성장하는 아이는 극소수입니다. 모든 종목에 능해야 하고, 기복이 없이 한결같은 실력을 유지해야 합니다. 결과적으로 '대부분'의 아이들은 성공하지 못한다고 해도 과언이 아닙니다. 그래도 무방하고요. 중요한 것은 아이들이 건전한 자긍심을 키워가는 것입니다.

일곱 살짜리 꼬마가 나에게 와서 '하늘의 별' 같은 최고의 체조 선수가 되고 싶다고 말하면 내가 어떻게 말할 것 같은가요? "말도 안 된다"는 대답 따위는 결코 하지 않을 겁니다. 모든 것이 가능합니다. 그러니 공연히 누군가의 날개를 꺾어버리고 싶진 않습니다. 아마도 이렇게 말하겠지요.

"그래. 넌 할 수 있어. 하지만 무척 어려운 일이란다. 내가 도와줄게. 그러려고 여기 있는 것이란다. 나는 평균대에서 손으로 땅 짚고 뒤로 재주넘기를 잘못했을 때, 속상할 때, 두려울 때 어떻게 되는지 잘 알거든. 나도 그런 적이 있으니까."

그리고 부모에게는 이렇게 말할 겁니다. '하늘의 별'은 너무 높고 먼 곳에 있으며 무척 고독하다고. 그리고 이렇게 말할 겁니다. 아이가 별을 찾아 여행을 떠날 때는 부디 신중하게 결정해야 한다고. 아이가 떨어지면 잡아주고, 예기치 못한 결과에 대처할 준비가 되어 있어야 한다고. 모든 아이가 나디아 코마네치처럼 운이 좋으라는 법은 없다는 이야기도 해줄 겁니다. 큰 부상을 당한 적이 없다는 사실이 가끔은 나 스스로도 놀랍답니다.

같은 체조선수였던 남편 버트 코너가 자신의 경험을 살려 오클라호마 주 노먼에 세운 버트코너체조아카데미 Bart Conner Gymnastics Academy

에서 운영하는 체육관과 교육 프로그램은 올림픽 출전을 꿈꾸는 일류 체조선수만을 위한 것이 아닙니다. 우리는 특별한 재능이 있는 아이든, 재미 삼아 하는 아이든 상관없이 아이들이 새로운 기술을 터득하고, 몸이 건강해지고, 자신감을 갖는 모습을 지켜보는 것이 정말로 좋습니다. 우리는 아카데미의 체조 특기 장학생들을 좋은 대학에 보내는 데 가장 역점을 두고 있습니다. 체조라는 운동을 대중화하고, 학비를 댈 여건이 안 되는 아이들이 체육 특기생으로 교육을 받을 수 있게 돕는 것이 아카데미의 취지입니다.

어쨌든, 그대가 던진 질문으로 돌아가봅시다. 체조 때문에 치러야 하는 육체적인 고통이나 대가에 대해서도 물었지요. 나는 살다가 무슨 일을 당했을 때 운동 탓이라고 생각한 적은 없습니다. 물론 사고는 있습니다. 하지만 사고는 선수가 무지하게 운이 나쁘거나, 준비가 미흡했을 때만 일어난다고 생각합니다. 대부분의 운동이 그렇듯 체조도 어느 정도 육체적인 고통이 따르긴 합니다. 나도 한창 체조선수로 뛸 때 여기저기에 통증을 느꼈습니다. 체조라는 운동의 강도나 특성을 고려해볼 때 흔히 있을 수 있는 증상이었습니다. 당시 나는 스스로 판단하고 결정을 내렸습니다. 몸이 전체적으로 좋지 않다 싶으면 몸의 신호에 귀를 기울이고 몸을 돌봅니다. 딱 한 번 텍사스 주 포트워스에서 열린 세계선수권대회 때 몸이 보내는 신호를 무시한 적이 있지요.

나는 막무가내이거나 고지식한 편은 아닙니다. 미국 체조선수 베티 오키노 Betty Okino가 오른쪽 팔꿈치에 스트레스성 골절 진단을 받고도 훈련을 중단하지 않았다는 기사를 읽었습니다. 결국 오키노는 팔이 부러졌지요. 뜀틀 도움닫기 도중에 무릎 아래 뼈의 힘줄이 찢어진 적도 있고, 등에도 스트레스성 골절이 생겨 결국은 척추 몇 개가 망가졌다고 들었습니다. 오키노는 올림픽 출전을 위해서 신체적인 위험을 감수했습니다. 오키노뿐 아니라 많은 일류 체조선수들이 그렇게 합니다. 오랫동안 여러 대회에 출전한 켈리 개리슨[Kelly Garrison]은 스무 번도 넘게 스트레스성 골절을 경험했다더군요. 미국의 유명한 체조선수 브랜디 존슨[Brandy Johnson]은 1989년 세계선수권대회 때 발에 스트레스성 골절이 있는 상태에서 경기에 임했습니다. 그런 선택을 한 개인적인 이유가 뭔지, 주변 어른들이 말렸어야 했는데 그러지 않은 것인지 그런 것은 잘 모릅니다. 다른 사람에 대해 이러쿵저러쿵 논하고 싶지도 않고요.

　세계적인 명성을 얻은 훌륭한 운동선수들 모두가 통증을 겪습니다. 몸이 강도 높은 훈련을 견디지 못해 고장이 나는 경우도 있지요. 저도 훈련 과정에서 통증을 경험했지만 대회 출전 도중 찢어진 힘줄이나 부러진 뼈, 부서진 척추 등으로 고통을 받은 적은 없습니다. 만약 그런 상황에 맞닥뜨렸다면 어떻게 했을지 모르겠습니다. 부상을 안고라도 뛰고 싶은 강렬한 욕망 속에서 냉정하게 판단하기란 쉽지 않습니다. 실망에 대한 두려움 때문에 분별력이 흐려지는 것은 생각조차 하기 힘듭니다. 일부 선수들은 매일 소염진통제인 이부프로펜을 복용합니다. 경기 전에 일단 진통제로 골절 통증을 둔화시킨 다음 경기가 끝나고 치료를 하는 경우도 있습니다. 그게 옳은 행동일까요? 아닙니다. 그렇다면 나는 선수로 뛸 때 어땠을까요? 정도가 약했더라도 저런 행동을 했을까요? 그렇습니다. 누가 나한테 강요했기 때문일까요? 절대 아닙니다. 오히려 당시 나는 아이였으므로 누군가 그러면 안 된다는 지적을 해주곤 했습니다.

정서적인 대가는 또 어떨까요? 그대는 일부 체조선수들이 목표 달성에 실패했을 때 정서적 공황 상태를 겪는다는 이야기를 들었다고 했지요? 그리고 내 생각은 어떤지 물었지요? 그런 상태에 연민을 느끼지만 공감하진 않습니다. 직접 겪은 적이 없으니까요. 나도 힘든 시기를 보냈습니다. 하지만 나는 굴하지 않고 정상으로 가기 위해 끊임없이 싸웠습니다. 그 과정에서 제가 배운 것은 값으로 따질 수 없을 만큼 귀중한 것이었지요.

체조는 어려운 운동입니다. 하지만 삶은 더 험난합니다. 체조선수로 활동하면서 깨달은 교훈들이 내 삶에 큰 도움이 되었습니다. 공연히 헐뜯는 사람들을 무시하고 목표에만 집중하는 과정에서, 도저히 이겨낼 수 없을 것 같은 시련을 극복하는 과정에서 터득한 소중한 교훈들이었습니다. 죽을 힘을 다해 시련을 극복해본 경험이 없었다면, 과연 고국과 가족을 떠나는 망명이라는 모험을 감행할 수 있었을까요? 망명은 낯선 나라에서 새로운 삶을 개척해야 하는 목숨을 건 모험이었습니다. 나는 유년기와 청소년기에 어려움을 극복하는 삶의 지혜를 배웠고, 이는 성인이 되었을 때 없어서는 안 될 귀중한 자산이 되었습니다. 금메달을 땄느냐 하는 것은 중요하지 않습니다. 중요한 것은 '최선을 다했는가?', '더욱 잘하기 위해 노력했는가?' 입니다.

겉보기에 화려한 운동 세계의 어두운 측면을 알고 싶다고 했지요? 체조와 거식증에 관한 질문에는 적절히 답하기가 어렵습니다. 섭식 장애를 겪은 선수들을 동정하긴 하지만, 이 또한 나는 겪어보지 못했습니다. 첫째, 당시 루마니아는 상황이 특수했습니다. 거식증은커녕 선수들 대부분이 하루 세 끼를 잘 먹게 되어 다행이라고 생각했으니까요. 둘째, 우리는 음식이며 양을 직접 결정하고 관리하지 않았습니다. 팀에 소속된 의사가 모든 식단을 짰고 우리는 그저 주는 대로 먹었습니다. 우리는 다른 선택이 가능하다는 생각조차 못 했답니다. 셋째, 사탕을 사러 가게에 가는 일도 없었고(사실 사탕 가게 자체가 없었습니다. 아마 가게가 있었어도 사탕을 사 먹을 여유가 없었겠지요.), 밤늦도록 돌아다니며 음식을 실컷 먹는 일도 없었습니다. 물론 여느 아이들처럼 우리도 친구들에게서 받은 사탕이나 기타 단 음식을 기숙사로 몰래 들여오려 했고, 성공한 적도 몇 번 있습니다. 더구나 우리는 정해진 훈련을 엄격하게 수행해야 했습니다. 우리가 해야 하는 운동량을 생각했을 때 도저히 살이 찔 수 없는 상황이었지요.

물론 몸이 너무 불었다면 훌륭한 체조선수가 되지 못했을 테고, 그 때문에 상처를 받았겠지요. 체조를 하는 한 그것은 부인할 수 없는 사실입니다. 체조선수라면 누구든 열량을 조절해야 적정 몸무게를 유지하고 사춘기를 지연시킬 수 있습니다. 여자 체조선수는 사춘기가 오면 선수 생명이 끝날 수도 있습니다. 비만인 체조 선수는 아무리 재능이 뛰어나도 적정 체중을 유지하는 선수만큼 강하지도 우아하지도 못합니다. 이는 냉정한 사실입니다. 불공평 하다 생각할지 모르지만 이는 체조라는 운동의 특성입니다. 축구 선수는 강인한 체력과 튼튼한 근육이 필요합니다. 미식축구 선수 는 빠르고 강해야 하며 억지로 몸무게를 늘려야 하는 경우도 있습 니다. 스케이트를 타는 사람은 우아한 몸 곡선을 가져야 합니다. 체조선수는 가볍고 날씬해야 합니다.

건강한 식생활을 하고 의사의 지시를 따른 덕택에 나는 튼튼한 몸과 뼈를 갖게 되었습니다. 어머니는 생각이 좀 다르시지요. 어 머니는 내가 건강한 것이 당신 덕택이라고 강조하신답니다. 태어 날 때 어머니 몸에서 온갖 좋은 것들을 가지고 나왔다면서요. 어 린 선수가 건강하고 균형 잡힌 식사를 하지 않으면 실제로 건강상 의 문제가 나타납니다. 나는 부모들에게 이렇게 말합니다. 체조선 수가 되는 것이 아이의 신체적, 정서적 행복을 위해 올바른 선택 인지 결정할 때 아이의 정신력, 체형, 필요 영양분 등을 두루 살펴 야 한다고 말이지요.

지금까지 체조선수가 되기 위해 지불해야 하는 신체적, 정서적 대가에 대한 그대의 질문에 나름의 관점에서 답해보았습니다. 1978년 세계선수권대회에서 부진한 모습을 보여준 지 불과 다섯 달 뒤에, 시련을 극복하고 유럽선수권대회에서 금메달을 땄다는 이야기도 했습니다. 지금까지 체조가 무척 긍정적인 방식으로 내게 영향을 미쳤다고 말했습니다. 아마 그대는 앞서 잠깐 언급한 텍사스에서의 일이 궁금할 것입니다. 내가 몸이 보내는 고통 신호를 무시했던 일 말입니다. 텍사스 포트워스에서 일어난 일을 말하기 전에 그날 나는 한계에 도전하긴 했지만 심각한 부상을 당할 만큼 위험한 상태는 아니라고 판단했습니다. 내 체조 경력이 그렇게 길고 성공적일 수 있었던 이유 중의 하나는 내가 보여준 상식에 기초한 판단력 때문이었습니다.

세계선수권대회와 유럽선수권대회 이후 네 달 동안 나는 훈련과 대회 출전을 거듭했고 성공에 성공을 거듭했습니다. 건강은 물론 몸매도 과거 어느 때보다 좋은 상태였습니다. 때문에 포트워스에서 열린 세계선수권대회에서도 좋은 성적을 거둘 것으로 생각했습니다. 하지만 텍사스에 도착하기도 전에 문제가 발생했습니다. 루마니아 정부는 세계선수권대회가 열리기 한 달 전에 우리를 멕시코로 보냈습니다. 미국에서 구입한 미국산 기구들이 있는 체육관에서 훈련할 기회를 제공하려는 의도였습니다. 기구에 익숙해진 다음 편안한 마음으로 대회에 나가게 하려는 배려였지요. 따지고 보면 기구의 차이는 미세합니다. 하지만 마룻바닥 재질의 감촉, 뜀틀과 평행봉의 크기 등에서 아주 작은 차이만 있어도 심리적 중압감이 더해지면 선수가 혼란을 느낄 수 있습니다. 정부는 또 선수들이 멕시코의 더위와 습도에 익숙해지기를 바랐습니다. 멕시코의 기후가 텍사스와 비슷하기 때문이었죠. 하지만 이런 배려가 대회 준비에 도움이 되기는커녕 선수들이 병에 걸리고 말았습니다. 설사와 구토 때문에 훈련하기가 어려웠습니다. 몸무게가 거의 4킬로그램이나 빠졌고 무척 허약해졌습니다.

　나는 집을 오랫동안 떠나 있는 것이 싫었습니다. 어머니한테 여러 번 편지를 써서 집이 그립고 양념을 많이 한 자극적인 음식들이 싫다고 말했습니다. 게다가 팀에서는 새로운 세대의 체조선수들이 대두하고 있던 시기였고 나는 떠나야 할 시점이었습니다. 전지훈련 내내 나는 어린 체조선수들과 동일한 규칙에 따라야 했습니다. 당시 나는 열여덟 살이었습니다. 벨라의 말에 복종했지만 그런 구속들이 싫었습니다. 우리는 다시 사소한 의견 차이를 보이기 시작했습니다.

　텍사스에 도착했을 때는 팀 전체가 수척하고 창백한 모습이었습니다. 서구 언론들은 즉시 우리가 과거의 활기 넘치고 깜찍하던 어린 소녀들이 아니라는 보도를 내보냈습니다. 굶주린 것 같고 불행해 보였다는 것입니다. 안타깝게도 그들은 우리 팀 코치에게 선수들이 왜 그렇게 수척하냐고 물어보는 수고를 하진 않았더군요. 당시 우리 중 그 누구도 언론이 우리에 대해 이러쿵저러쿵 말하고 있다는 사실, 사람들이 우리의 외모에 집중하고 있다는 사실을 깨닫지 못했습니다. 나는 힘겹게 규정종목들을 해냈습니다. 나는 팀의 주장이었고 어린 선수들의 기대에 어긋나지 않게 모범적인 모습을 보여줘야 했습니다. 내가 할 수 있다면 그들도 할 수 있을 테니까요. 선택 종목이 시작될 무렵 우리는 러시아에 0.2점 뒤져 있었습니다. 몸 상태가 나빴어도 종합금메달을 딸 가능성은 있었습니다. 그런데 나한테는 또 다른 문제가 있었습니다. 그동안은 그 문제가 내 연기에 영향을 미치고 팀의 우승 가능성까지 위협하리 라고는 생각하지 않았지요.

멕시코 전지훈련이 끝나갈 무렵 연습을 하다 손 보호대의 죔쇠에 손목이 긁혔습니다. 처음에는 대수롭지 않게 생각했습니다. 그런데 긁힌 부위가 분필 가루, 마찰, 땀, 먼지 등에 감염이 되었던 모양입니다. 처음에는 작고 붉은 혹 같은 것이 생겼는데, 시간이 지나면서 점점 커지고 열이 나기 시작했습니다. 나는 마사지가 필요하다 싶어 그렇게 했습니다. 하지만 악화될 뿐이었습니다. 선택 종목 경기가 치러지는 경기장에 들어갈 때에는 손목이 빨간 데다 많이 부어 있었고 통증을 상당히 느꼈습니다.

벨라가 상처를 보더니 준비운동을 할 때 상황을 보라고 했습니다. 각 기구에서 어느 정도까지 연기를 할 수 있는지를 보라는 것이었습니다. 이단평행봉을 해보았는데 팔목이 너무 부어 움직이거나 힘을 줄 수가 없었습니다. 벨라는 내 이름이 호명되면 실격당하지 않도록 기구에 손만 대고 오라고 지시했습니다(호명된 선수가 심판들 앞에 모습을 드러낸 다음 기구를 만지지 않으면 실격됩니다). 내가 연기를 펼칠 수 없는 상황임을 알자 팀원들은 동요했습니다. 주장이 없다고 생각하니 경험이 부족한 선수들이 두려움을 느꼈던 겁니다. 하지만 벨라는 당황하지 않고 얼굴 가득 미소를 지었습니다. 그러고는 선수들을 격려했습니다. 격려를 통해 의욕을 고취시키는 것은 벨라의 특기였습니다.

"너희는 마루운동, 평균대, 이단평행봉, 뜀틀에서 우승할 수 있다. 너희는 단체 금메달뿐 아니라 개인종합 메달도 딸 수 있다. 해보는 거다. 까짓것! 너희가 그동안 열심히 연습하고 부지런히 준비했다는 사실을 증명하고 싶다면 나가서 메달을 따라. 저런 얼간이들이 두려운가!…… 내가 장담하건대 누구도, 정말 누구도 너희들만큼 열심히 이 대회를 준비하지 않았다…… 최선을 다해라. 할 수 있겠나?"

팀원들은 벨라의 격려에 한껏 고무되었습니다. 팀원들은 점수가 높았고, 정신적으로도 러시아를 쳐부술 만반의 준비가 되어 있었습니다. 종목이 시작될 때마다 나는 심판들 앞에 모습을 보인 다음 기구를 만지고 자리로 돌아왔습니다. 전날 내 규정종목 점수(이 점수는 선택 종목 경기에 그대로 이월되어 선수의 총점에 보태집니다)가 충분히 높았으므로 내가 연기를 하다 두어 번 넘어져도 이길 수 있는 상황이었습니다. 하지만 선택 종목에서는 연기를 펼친 팀원들 중 상위 다섯 명의 점수만 종합 점수에 반영되므로 내가 무리를 해서 꼭 연기를 펼쳐야 할 이유는 없었습니다. 평균대에서 우리 선수 한 명이 떨어지기 전까지는 그랬습니다. 그 일이 생기자 갑자기 팀이 이기려면 내 점수가 반드시 필요한 상황이 되었습니다.

벨라는 당시 나에게 부탁했던 말을 기억하고 있더군요. "나디아, 팀원들에게 빚이 있다는 생각 해본 적 있니? 나는 네가 팀원들에게 빚이 있다고 생각한다. 네가 승리하는 과정에서 가장 어렵고 까다로운 부분을 수행해준 아이들이다. 오랫동안 전체적인 네 점수를 올리는 데 기여해준 아이들이야. 그러고도 널리 인정받지도 못한 아이들이다. 이 아이들은 네 승리의 가장 힘든 부분을 수행해온 말없는 전사들이야…… 그동안 나나 마르타에게 빚이 있다는 생각은 해본 적 있니? 그동안 우리가 너한테 해준 일과 배려를 생각했을 때 정말로 우리한테 빚이 있다고 생각되면, 지금 앞으로 나가서 멋진 연기를 보여주렴…… 평균대 연기를 말이다."

평균대 연기를 하기 전 벨라와 어떤 대화를 나눴는지 나는 잘 기억이 나지 않습니다. 팀원 중에 하나가 평균대에서 떨어진 뒤에 벨라가 나가서 연기를 할 수 있겠느냐고 물었던 것만 희미하게 기억합니다. 물론 나는 가능하다고 대답했습니다. 벨라가 내가 할 수 있다고 믿었기 때문이고 팀이 나의 연기를 필요로 했기 때문에. 벨라에게 기존의 올라타기 자세는 두 손에 힘이 들어가니까 다른 방법으로 하겠다고 말했습니다. 설령 연기를 하다 떨어지는 한이 있더라도 팀을 정상에 다시 올려놓을 기회가 내 앞에 있었습니다. 내게는 격려의 말이나 설득이 필요하지 않았습니다. 무슨 일이 있어도 팀원들을 도울 의지가 있었으니까요. 우리는 항상 자매처럼 서로를 도왔습니다. 죽지 않고 연기할 자신만 있다면 당연히 하고 싶었습니다. 다행히 오랜 경험 덕택에 내가 얼마나 할 수 있을지 어느 정도 알 수 있었습니다.

지금 생각해보면 당시 평균대 연기는 팀이나 코치를 위한 희생이 아니었습니다. 팔을 굽히지만 않으면 동작이 고통스럽지 않았습니다. 연기하는 내내 오른손을 사용했기 때문에 왼손 통증을 피할 수 있었습니다. 뒤로 재주넘기 같은 기술을 펼칠 때도 대부분의 압력이 오른손에 쏠리게 했습니다. 나는 두려움 없이 연기를 펼쳤고, 따라서 실수도 하지 않았습니다.

벨라의 말을 들어보면, 그날 내가 평균대 연기를 제대로 해낼 거라고 생각하지 않았다더군요. 평균대는 다리 동작이 중요한 경기고, 내가 한 손으로 물구나무서기와 한 손 짚고 재주넘기 등을 할 수는 있지만, 그래도 연기를 마무리하리라고는 생각하지 못했던 것입니다. 하지만 나는 그날 평균대 연기를 훌륭하게 마무리했습니다. 아픈 손의 세 손가락만을 써서 기술을 펼치는 동안 균형을 잡았고, 약간의 통증이 느껴졌지만 집중력으로 통증을 이겨냈습니다. 떨어지지 않았고 차분하게 착지했습니다. 내 점수는 9.95였고 팀은 다시 1위로 올라섰습니다. 나는 다른 종목에서는 겨루지 않았지만 우리 팀은 단체종합우승을 차지했습니다.

그날 나는 팔에 영구적인 손상을 입을 만한 큰 위험을 감수한 것이 아닙니다. 물론 벨라가 나를 그런 상황으로 몰고 갈 리도 없었지요. 그날 연기를 하겠다고 결심한 결정적인 이유는 팀원으로서의 의무감과 코치의 기대를 충족시키려는 열망이었다고 생각합니다. 과연 내 결단이었는지, 항상 벨라의 결정을 따랐기 때문에 그날 역시 벨라의 결정을 따른 것인지는 지금도 잘 모르겠습니다. 아마 영원히 알 수 없겠지요.

어쨌든 그대의 질문에 답은 된 것으로 생각합니다. 친구여, 나는 경기 하나만 바라보고 내 건강을 희생시킨 적이 없습니다. 그날 영웅심 같은 것은 없었습니다.

"노력 없이는 얻는 것도 없다."

단순하고 진부한 말 같지만 정말 맞는 말입니다. 운동선수가 통증을 전혀 느끼지 않으면 열심히 노력하지 않는다는 의미입니다. 어쨌든 나는 세계선수권대회에서 나름의 지식과 주변 사람에 대한 신뢰를 바탕으로 합리적인 결정을 내렸습니다.

선택 종목 경기가 끝난 그날 밤, 나는 병원으로 가서 손목 수술을 받았습니다. 의사가 마취를 시키고 감염 부위를 잘라냈습니다. 하루 동안 병원에 입원했다가 팔에 삽입된 배농관排膿管을 빼지 않은 채 병원을 나왔습니다. 의사가 수술 부위를 완전히 닫을 때가 아니라고 했기 때문입니다. 비행기를 타고 팀원들과 함께 부쿠레슈티로 가자 많은 의사들이 기다리고 있었습니다. 의사들은 병원으로 데려가려 했지만 나는 데바에 있는 가족들에게 가겠다고 했습니다. 간호사 한 명이 나와 동행했고 상처에서 고름이 완전히 빠지자 간호사가 꿰맸습니다.

지금도 당시 세계선수권대회 때문에 생긴 5센티미터 가량의 상처가 남아 있습니다. 나는 곤경에 부닥칠수록 강해지는 사람입니다. 당시 출전을 거부할 수도 있었지만 나는 그런 유의 사람이 아닙니다. 내가 뭔가 할 수 없다고 말한다면 그것은 나 자신을 속이는 행동이니까요. 어떤 이는 내가 다른 사람들보다 뛰어났던 이유는 어린 시절 남이 시키는 것보다 많은 노력을 했기 때문이라고 말합니다. 속지 마십시오. 열심히 했던 것은 사실이지만 나는 항상 내 몸을 챙기고 신중하게 행동했습니다.

작은 비밀을 하나 알려드리겠습니다. 오랫동안 훈련을 하고 경기를 치르는 동안 나는 항상 에너지를 다 쓰지 않고 남겨두었습니다. 예를 들어 내가 육상 경기장에서 열다섯 바퀴를 돌 수 있고, 스스로도 그런 사실을 안다고 칩시다. 그런 경우 나는 벨라에게 열 번이라고 말하고 약간의 에너지를 비축해둡니다. 만약 벨라가 열 번이 아니라 열두 번이라고 말하더라도 여전히 세 번을 더 돌 수 있는 에너지가 남아 있는 셈입니다. 나는 통증이 있어도 연습을 했지만, 참아도 되는 통증과 그렇지 않은 통증의 차이를 알고 있었습니다. 나는 본능적인 직감을 따랐고, 직감이 나를 안전하게 지켜주었습니다.

어쩌면 그대는 다른 선수들에게 흔히 일어나는, 건강을 해친 사례들을 말해주길 바랄지도 모릅니다. 하지만 그 질문에는 답할 수가 없습니다. 벨라는 나를 강하게 밀어붙였습니다. 하지만 벨라가 나를 결코 울리지 못했던 것은 나의 진정한 한계를 몰랐기 때문입니다.

정말 용기였을까요?

루마니아 팀의 이단평행봉을 위한 체력 운동은 강도 높게 진행됩니다. 우리는 차오르기-캐스트-물구나무서기 연결 동작을 한 번에 5회씩 하루 세 번 반복했습니다. 어깨를 앞으로 기울이고 발꿈치를 뒤로 차면서 물구나무서기 자세로 가게 되므로, 선수는 팔 힘으로 봉에 매달려 있는 몸 전체를 지탱해야 합니다. V-업도 10회씩 하루 세 차례 반복했습니다. V-업은 윗몸일으키기와 비슷한데 고봉에 매달린 채 발끝을 얼굴 쪽으로 치켜든다는 점이 다릅니다. 또한 날마다 수십 가지 이단평행봉 동작을 반복해서 연습했습니다. 세 가지 묘기를 연이어서 하거나 연기 끝부분에서 시작하여 마무리 동작을 한 다음 착지를 했습니다. 더하여 유산소운동도 오전에 두 번, 오후에 세 번, 하루에 총 다섯 번씩 했습니다. 이단평행봉 위에서 보내는 시간을 모두 합치면 하루에 1시간 15분이었습니다. 이단평행봉 연습은 극도로 힘이 드는 일이므로 그 이상 하면 우리 몸이 버티지 못했을 겁니다.

1979년 텍사스에서 열린 세계선수권대회를 마치고 데바로 돌아왔을 즈음 나는 혼란스러웠습니다. 팀에 있는 어린 선수들과 전지훈련을 다니고, 벨라와 마르타의 엄격한 규율 아래서 생활하기에 나는 너무 나이가 많았습니다. 나는 더 이상 줄을 당기는 대로 움직이는 꼭두각시가 아니었습니다. 스스로 통제하고 관리하고 싶었습니다. 하지만 자기통제란 망상이었습니다.

특히 공산주의 국가에서는. 그것은 내가 반복적으로 깨달아야 했던 뼈아픈 교훈 중의 하나입니다. 마침내 하느님(인간이 믿는 어떤 초자연적인 존재든)이 말하는 소리를 듣고 따르기 전까지는. 살다 보면 그런 일이 많이 일어납니다. 속삭이는 소리가 들리고, 어깨를 툭툭 치기도 하고, 머리 위를 맞기도 하고, 심지어는 차에 깔리기도 합니다…… 마침내 오래전에 깨달았어야 할 소리를 듣고 변화하기까지 여러 가지 모습으로 신호가 전달됩니다.

데바로 돌아간 뒤 계속 어머니와 함께 살았습니다. 어머니한테는 내 조언자 노릇을 해준 좋은 친구가 있었습니다. 그분은 내가 돌아오자마자 대학 진학을 생각해봤느냐고 물었습니다. 내가 아니라고 말하자 그분은 잘살려면 교육을 받아야 한다고 말했습니다. 학위를 가진 사람은 우선적으로 고용되지만, 금메달이 나한테 일자리를 주지는 않는다고 했죠. 나는 어떤 대학에 가야 하느냐고 물었습니다. 그분은 부쿠레슈티에 있는 전문대학을 추천했습니다. 거기 가면 여러 가지 운동과 관련된 학과뿐 아니라 체육교육에 관한 학위도 받을 수 있다는 것이었습니다. 열아홉이었던 나는 1년 더 체조선수 생활을 한 다음 대학에 지원하기로 했습니다. 1980년 올림픽에 출전할 생각이었지만 일단 데바에서의 생활과 훈련은 끝내기로 했습니다. 벨라와 마르타의 격려를 받으며 나는 부쿠레슈티로 돌아갔습니다.

그대도 머지않아 깨닫게 되겠지만 대가 없이는 아무것도 얻을 수 없답니다. 나는 부쿠레슈티에서 열심히 훈련하고 연습했습니다. 한편으로는 좌골신경통 때문에 고생도 했습니다. 다리 아래에 통증이 느껴졌습니다. 발가락 하나의 신경이 죽어가고 있어서 거기에 감각이 없을 때도 있었습니다. 물리치료도 많이 받았고 잠도 침대가 아닌 딱딱한 바닥에서 잤습니다. 훈련도 무리를 하기보다 시험을 통과하고 대회에 출전하는 데 필요한 최소한으로만 했습니다. 통증은 주로 앉아 있을 때 심했고 훈련할 때는 괜찮았습니다. 하지만 통증을 악화시키는 체조 기술은 피했습니다.

체조선수들은 대부분 등에 통증이 있습니다. 저도 마찬가지였지요. 그런데 좌골신경통으로 한동안 고생한 뒤에 어찌 된 일인지 등에 통증이 없어졌습니다. 이유는 아직까지도 모릅니다만. 앞서 말한 대로 나는 별다른 부상 없이 오래도록 체조를 했습니다. 내가 제법 큰 부상을 당한 것은 1994년 와이오밍에서 열린 시범경기 도중이었습니다. 그날 시범경기 전에 모니카 셀레스[Monica Seles]가 독일에 있는 테니스 코트에서 칼에 찔린 적이 있다는 것을 알게 되었습니다(1993년 4월 30일 경기 도중 슈테피 그라프의 극성팬이 스테이크용 나이프로 모니카 셀레스의 어깨를 찔렀다.—옮긴이). 그 말을 듣고 분노한 나머지 하루 종일 모니카 셀레스를 생각했습니다. 시범 연기 도중 이중 공중돌기를 하다가 집중력을 잃었습니다. 모니카 생각이 아니라 내 연기와 착지에 대해서 생각했어야 할 시점이었는데, 그러질 못했지요. 뭔가가 똑 부러지는 것 같더니 무릎에서 열이 느껴졌습니다. 나는 충격 속에서 몸짓으로 도움을 요청했습니다.

얼마나 기분이 묘했는지 모릅니다. 체육관은 내가 온전히 통제하고 있는 세상이었습니다. 적어도 그 순간까지는 그랬습니다. 뭔가를 완벽하게 통제한다는 생각 자체가 얼마나 큰 착각인지! 오랫동안 별 탈 없이 지낸 경험 때문에 너무 쉽게 내가 무적이라고 생각했던 모양입니다. 나는 뼈를 다쳐본 적이 없었지만 와이오밍에서 다치는 순간 뼈가 부러졌다고 확신했습니다. 일찍이 느껴보지 못한 낯선 통증이었습니다. 사람들의 도움을 받아 매트를 떠나면서 수술을 받게 될 거라 생각했습니다. 내 직감은 여전했습니다. 무릎 수술을 받았고, 다행히 수술은 성공적이었습니다.

여기서 잠깐 우리 어머니에 대한 이야기를 하겠습니다. 어머니도 나처럼 뛰어난 직감을 가진 분입니다. 체조선수 시절 내가 벌어들인 돈을 모두 저축해야 한다고 고집했던 사람이 바로 어머니입니다. 어머니가 아니었다면 아이들이 으레 그렇듯이 나도 돈을 써버렸을 겁니다.

데바를 떠나 부쿠레슈티로 옮겼을 때 어머니와 남동생도 같이 왔습니다. 우리는 살 집이 필요했습니다. 마침 어떤 아주머니가 망명한 남편을 따라 떠날 예정이라는 소리를 들었습니다. 우리는 그 부인의 집을 샀습니다. 내가 대회에 출전하여 받은 상금을 어머니가 모아놓지 않았다면 우리는 필요한 돈의 4분의 1도 감당하지 못했을 겁니다. 정부는 오랫동안 내 급료 중 일부를 내 숙식비로 별도로 보관해왔는데, 우리가 저축한 돈과 그 돈을 합쳐 겨우 집 계약금을 낼 수 있었습니다. 계산해보니 내가 예순 살쯤에나

잔금을 떨어버리고 집을 완전히 소유하겠구나 싶었습니다.

루마니아에서 내가 받은 '급료'는 한 달에 미국 달러로 치면 100달러 정도 되는 돈이었습니다. 내 월급만으로는 난방비를 감당하지 못해서 어머니가 지역 상점에서 계산원으로 일했습니다. 그래도 집 전체에 난방을 할 여유가 없어서 겨울에는 온 가족이 부엌에서 생활하고 잤습니다(침실이 세 개 딸린 집이었습니다). 그러는 동안에도 정부는 계속해서 내 급료의 일정 비율을 우리 집 융자금 상환용으로 떼어갔습니다.

이미 말한 대로 루마니아에서의 내 삶에 대한 가장 큰 오해는 왕족처럼 호화찬란한 생활을 했다는 것입니다. 사실과는 완전히 동떨어진 이야기지요. 데바에서 부쿠레슈티로 왔을 때 나는 가난을 들키기 싫어 친구조차 사귀고 싶지 않았습니다. 내가 누릴 거라고 생각하는 온갖 것들을 하나도 누리지 못하는 비참한 상황을 알리고 싶지 않았습니다. 나는 다음 올림픽을 준비하느라 구슬땀을 흘리고 있는 올림픽 챔피언이었습니다. 사람들은 내가 부족한 것 없이 안락한 생활을 하리라고 생각할 텐데, 비참한 현실을 알리기가 부끄러웠습니다.

갓 성인이 된 나로서는 타인의 기대치와 스스로의 기대치, 현실 사이에 놓인 엄청난 간극에 대처하기가 쉽지 않았습니다. 자신이 마땅히 받아야 한다고 생각하는 것과 현실이 들어맞지 않으니 분노할 수밖에 없었습니다. 남들이 내 삶을 현실과 너무 다르게 알고 있다는 사실에도 화가 났습니다. 내가 누리지 못하는 것들을 누리고 있다고 생각하니 어찌 억울하지 않겠습니까? 본인의 존엄과 행복을 타인의 시선이나 물질적인 것에서 찾아서는 안 됩니다. 자신의 내면에서 찾아야 하지요. 하지만 이는 인생에서 가장 깨닫기 어려운 교훈 가운데 하나입니다. 그 교훈을 깨닫기까지 실로 오랜 세월이 걸렸고 그것을 깨닫자 비로소 평화가 찾아왔습니다.

친구여, 루마니아에 살던 시절 나는 물질적으로 풍요롭지 못했습니다. 어머니가 저축한 돈으로 차를 한 대 샀지만 벤츠 같은 근사한 차가 아니라 싸구려 소형차에 불과했습니다. 물론, 루마니아 운동선수 중에 돈을 잘 버는 부류도 있었습니다. 예를 들면 축구선수들이 그랬습니다. 무슨 이유에서인지 그들은 국가적인 영웅 대접을 받고 성과에 상응하는 금전적인 보상을 받았습니다. 하지만 체조선수는 아주 적은 돈밖에 벌지 못했습니다. 시범경기를 하며 돌아다녀도 받는 돈은 얼마 되지 않았습니다. 정부에서 누가 개별 운동선수에게 돌아가는 돈의 양과 처우를 결정했는지 모르겠습니다. 하지만 누가 되었든 체조선수를 중요하게 여기지 않던 모양입니다. 루마니아 국민들은 나를 국민적인 영웅으로 생각했지만.

그 시절 공산주의 국가에서 올림픽에 출전한 선수들은 광고나 대중 강연 등을 통해서 돈을 벌 기회가 전혀 없었습니다. 요즘 미국에서 볼 수 있는 에이전트도 없었습니다. 굳이 말하자면 우리의 '대리인'은 정부였기에 정부가 우리한테 돈을 많이 주는 것이 타당하지 않다고 생각하면 그것으로 끝이었습니다. 지금은 세상이

달라졌습니다. 뛰어난 운동선수에게는 부와 명성을 얻을 수많은 기회가 주어집니다. 그것이 궁극적으로 선수 경력에 약인지, 독인지는 나도 모르겠습니다. 어쨌든 나는 돈 때문에 체조를 하지는 않았습니다. 하지만 그렇게 열심히 해서 국가의 영예를 드높이는 데 일조를 하고도 먹고사는 문제조차 해결하지 못해 발버둥을 친다는 사실은 굴욕적이었습니다.

부쿠레슈티에 와서도 연습을 계속했지만 마음속으로는 체조와 결별했습니다. 이번에는 진심이었습니다. 체육관에서 빈둥거리는 시간이 많았습니다. 그래도 체력과 몸매는 적절하게 유지했습니다. 나를 보러 온 벨라는 내 실력을 보고 깜짝 놀랐습니다. 반드시 루마니아 대표팀에 들어갈 거라고 하더군요. 루마니아 정부는 1980년 올림픽이 공산권 국가들만으로 치러지는 최초의 올림픽이라며 극구 선전했습니다. 미국을 비롯한 민주주의 국가들이 러시아의 아프가니스탄 침공을 비난하며 불참을 선언했기 때문입니다(하지만 결과적으로는 비공산권 국가 중의 일부가 참가했습니다). 불참 선언은 나한테는 크게 의미가 없었습니다. 나는 그런 행동이 정당한지에 대해서도 생각하지 않았습니다. 당시에 나는 정치에는 아무런 관심이 없었습니다. 내게 중요했던 것은 우리 루마니아 팀이 러시아 및 독일 팀과 겨루게 된다는 사실이었습니다. 두 나라가 가장 센 경쟁자였기 때문이지요. 그때만 해도 미국 체조선수들은 우리 수준에 미치지 못했습니다. 그러니 적어도 체조에서는 그들이 없어도 아쉬울 것이 없었습니다.

지난번 편지에서 내가 1980년 올림픽에 출전한 것이 얼마나 용기 있는 행동이냐고 말했었지요. 그 대목을 읽으며 다소 당황스러웠다는 말을 꼭 해야겠습니다. 다른 팀원보다 나이가 많기 때문에 대회 참가에 용기가 필요했으리라고 생각합니까? 그렇지 않습니다. 나는 분명 더 우수했으니까요. 모스크바 올림픽 경기가 그리 만만치 않으리란 생각은 했습니다. 하지만 따지고 보면 어렵지 않은 경기가 있었던가요? 나는 누구든 뿌린 대로 거둔다고 생각합니다. 나는 뛰어난 체조선수였기에 1980년 경기에 참가할 자격이 있었고 좋은 실적을 거둘 만했습니다.

모스크바 올림픽은 루마니아 팀으로서는 사자 우리로 들어가는 격이었습니다. 러시아의 홈구장이었으니까요. 하지만 체조 경기장으로 들어갈 때 나는 경기 시작 전이면 항상 느끼는 긴장 이외에 별다른 두려움을 느끼지 않았습니다. 가장 힘든 시간은 언제나 대기 시간입니다. 기다리는 시간은 나를 초조하게 하고 내장을 배배 꼬이게 합니다. 하지만 일단 경기가 시작되면 두려움은 사라집니다. 긴장을 극복하는 데는 집중 이외에 달리 뾰족한 수가 없습니다. 일단 집중하면 두려움이 사라진다는 사실을 경험으로 알고 있어야겠지요. 체조선수가 경기 도중 느끼는 두려움을 집중력으로 바꾸지 못하면 훨씬 힘든 경기를 하게 됩니다.

머릿속으로 연기를 반복하도록 훈련시키는 팀 소속 심리학자가 있다는 사실을 아십니까? 눈을 감고 경기에 대해 생각하면, 모든 움직임, 도약, 비틀기, 공중돌기 등을 머릿속으로 연기할 수 있습니다. 더불어 모든 기구의 감촉이 내 손에서 거의 실제처럼 생생하게 느껴집니다. 심리학자들은 또 문제 해결 능력도 훈련시킵니다. 그 일환으로 퍼즐이나 난해한 문제, 특정한 규칙에 따라 움직이는 다채로운 색깔의 육면체 따위를 가지고 씨름하게 합니다. 우리가 퍼즐을 풀다 얼마나 빨리 좌절하는가를 확인하고, 좌절감의 수위를 조절하는 훈련을 하도록 도와줍니다. 우리는 그런 식의 훈련을 수도 없이 했습니다. 벨라는 종종 훈련 시간에 밖에서 사람들을 데려왔습니다. 고함치고, 휘파람을 부는 등 각종 소음을 내어 연습 중인 선수들의 집중을 방해하기 위해서지요. 아예 준비운동 없이 곧장 연기를 시작할 때도 있었습니다. 만에 하나 그런 일이 생길 경우에 대비하는 것입니다. 새벽 3시에 갑자기 깨워도 나는 평균대 연기를 완벽하게 해냈을 겁니다. 우리는 만반의 준비를 한 상태였으므로 관중의 소소한 야유 따위는 전혀 영향을 미치지 않았습니다.

 올림픽 경기 첫날 벨라는 모든 선수의 등을 두드리면서 우리는 할 수 있다고, 멋지게 해낼 것이라고 말했습니다. 하지만 공교롭게도 나는 멋지게 해내지 못했습니다. 이단평행봉 연기 도중 떨어진 것입니다. 순식간에 일어난 일이라 어찌 해볼 도리가 없었습니다. 봉 위로 올라갔는가 싶었는데 다음 순간 매트 위에 있었습니다. 체조선수라면 당연히 그런 일이 없기를 바라지만 일어나고 말았습니다. 일단 그렇게 되면 되돌리거나 수정할 여지란 없지요. 체조뿐 아니라 인생에서도 그런 일이 일어납니다. '결과를 되돌리기 위해 무슨 짓이든 할 수만 있다면' 하고 간절히 바라게 되는 그런 일이 일어납니다. 하지만 그런 가정은 의미가 없습니다. 다시 시도하고 더 열심히 하는 것만이 유일한 극복 방법이지요. 내가 봉에서 떨어지자 많은 루마니아 국민이 러시아 사람들 또는 카메라 플래시 탓이라고 원망했다는 말을 들었습니다. 둘 다 내 실수와 무관합니다. 나는 다만 집중력을 잃어서 떨어진 것입니다.

믿기지 않을지 모르지만 떨어진 다음 다시 기구로 올라가는 데는 그다지 많은 용기가 필요하지 않습니다. 오히려 쉬운 일이지요. 일단 실수를 하고 나면 더 나빠질 것이 없으니까요. 실수는 이미 끝난 일이고요. 실수와 관련해 가장 힘든 부분은 연기를 끝낸 뒤에 밀려드는 낙담과 실의에 대처하는 일입니다.

떨어지고 나서 다른 선수도 떨어졌으면 하고 바란 적이 없는지 물었지요? 경기가 진행되는 내내 경쟁자들을 거의 보지 못한다는 말이 대답이 될 수 있을 겁니다. 경쟁자들이 연기를 하는 동안, 나는 보통 준비운동을 하거나 다른 종목 연기를 펼치게 됩니다. 모든 종목 연기를 마친 뒤라면, 아직 경기 중인 팀원을 위해 구름판을 옮기는 일이나 치수 재는 일을 돕습니다. 경기 도중 거의 모든 움직임이 이미 정해져 있습니다. 한가하게 딴 생각을 할 시간 따위는 없지요.

나는 두 가지 이유로 팀 동료가 연기하는 것도 거의 보지 않습니다. 첫째, 벨라는 서로의 경기를 보지 않는 것이 집중하는 데 도움이 된다고 했습니다. 동료들의 연기를 보는 것도 일종의 관심

분산이라는 것이지요. 둘째, 우리 선수 중에 경기를 엉망으로 하는 사람이 나오면 나한테 지나친 부담이 생깁니다. 각 종목마다 실수가 허용되는 것은 팀에서 한 사람뿐입니다. 가장 낮은 점수는 전체 점수에 포함되지 않기 때문이지요. 내가 연기를 하기 전에 누군가 실수를 했다면, 무조건 실수 없이 해내야 합니다. 그런 상황은 지나친 부담으로 다가옵니다. '만약 내가 실수를 하면 어떻게 되는 거지?' 하고 초조해하는 것은 연기에 도움이 되지 않습니다. 경기 도중 어떤 일이 생겨야 내가 이길 수 있을까를 계산하는 데 시간을 보낸 적이 없습니다. 그건 시간 낭비일 뿐이니까요. 팀 동료와 경쟁하는 것도 마찬가지로 시간 낭비에 쓸데없는 짓입니다. 동료가 잘하면 팀 전체가 득을 보니까요.

외부인들은 팀원들 사이에 경쟁이 치열하다고 생각하는 경향이 있더군요. 그런 생각을 하는 사람들이 모르는 중요한 사실이 있습니다. 팀원들끼리는 서로가 특정 종목에서 어느 정도 기량을 가졌는지 훤히 안다는 사실입니다. 그러니 몰래 염탐하거나 할 필요가 없습니다. 앞서 말한 대로 체조선수는 훈련할 때 연기했던 기술을 보여줄 뿐입니다. 실전에서 훈련 때보다 더 잘할 수는 없습니다. 불가능한 일이지요. 우연히 착지 위치가 달라졌는데 좀 더 나았다든가 하는 일은 가능합니다. 하지만 깜짝 놀랄 만큼 크게 다른 모습을 보여주는 건 불가능합니다. 체조선수의 경쟁 상대는 자기 자신입니다. 크게 보면 상대 선수가 누구인지는 큰 의미가 없습니다. 그런데도 언론은 라이벌 관계를 강조하고 영웅을 만들어내는 걸 좋아하지요.

1980년 올림픽에서 우리 팀은 전체적으로 잘해주었습니다. 단체전에서 러시아에 이어 2위를 차지했습니다. 초반에 이단평행봉에서 떨어지는 실수를 했지만 내 성적도 나쁘지 않았습니다. 개인종합 결승전에서 금메달을 딸 가능성은 남아 있었지요. 하지만 내 차지가 될 거라고는 생각하지 않았습니다. 네 종목 모두에서 실수 없이 잘해온 다른 선수가 나를 밀치고 정상의 자리를 차지할 가능성이 높았습니다. 단체경기 때 이단평행봉에서 떨어지면서 받은 낮은 점수가 개인 결승까지 계속 이월되기 때문입니다. 우승하려면 내가 모든 종목에서 거의 완벽에 가까운 연기를 해내고 다른 선수가 실수까지 해줘서 점수가 뒤바뀌어야 하는데, 가능성이 높지 않은 상황이지요.

지금은 규칙이 달라져서 초기 점수가 최종 개인전까지 이월되지 않습니다. 그러므로 단체경기 도중 평균대에서 떨어졌어도 개인종합 경기에서 불리할 것이 없습니다. 잘 바뀐 것이라 생각합니다. 덕분에 경기가 더욱 흥미로워졌고 모든 선수가 우승 가능성을 갖고 개인종합 경기에 임할 수 있게 되었지요. 운 나빴던 하루 또는 한 번의 실수가 올림픽 경기 전체를 망치지 않게 되었고요. 하지만 1980년은 아직 예전 규칙을 따르던 시기였습니다. 당연히 개인종합 우승을 차지하고 싶었지만 정황으로 볼 때 가능성이 높지 않았습니다.

1980년 경기에서 내가 연기할 마지막 종목은 평균대였습니다.

개인종합 1위를 달리던 옐레나 다비도바$^{Yelena\ Davydova}$는 이단평행봉을 마지막으로 연기를 마무리할 예정이었습니다. 옐레나가 실수를 하지 않는다면 개인종합 우승을 차지할 상황이었지요. 경기 순서상 나는 두 번째로 평균대 연기를 할 예정이었고, 옐레나는 이단평행봉을 여섯 번째, 즉 마지막으로 연기하게 되어 있었습니다. 간단하지 않습니까? 하지만 사실은 그리 간단치 않았습니다. 첫 번째 선수가 평균대 연기를 마치자 나는 심판들을 향해 내 차례임을 알릴 준비를 했습니다. 하지만 심판들은 다음 선수의 연기를 볼 준비를 하지 않았습니다. 대신 한자리에 모여서 뭔가를 의논했습니다. 나는 점수에 대해 상의하는가 보다 생각했습니다. 그러는 사이 이단평행봉 연기는 계속되었습니다. 첫째, 둘째, 셋째……나는 아직도 평균대에서 순서를 기다리고 있었습니다.

벨라가 나에게 마루에서 좀 더 준비운동을 하라고 지시했습니다. 앞서 지적했다시피 기다림이 가장 힘듭니다. 조바심이 난 벨라가 심판들에게 왜 중지한 것인지 물었지만 대답이 없었습니다. 마침내 옐레나가 이단평행봉 연기를 했습니다. 특기할 만한 실수는 없었고 점수는 9.95점이었습니다. 드디어 내가 평균대 연기를 시작했습니다. 아주 가벼운 흔들림 이외에는 안정적인 연기를 펼쳤고 9.85점을 받았습니다. 모스크바에서는 그것도 잘 받은 점수였습니다. 루마니아에서였다면 아마도 더 높은 점수를 받았을 것입니다. 홈그라운드 이점이란 상당한 것입니다. 완벽한 연기에는 아무도 이의를 제기하지 못합니다. 하지만 아주 가벼운 실수를 했는데, 다른 나라에서 겨루는 중이라면······ 그만큼 점수가 낮아집니다.

다비도바가 금메달을 땄습니다. 나는 크게 실망하지 않았습니다. 나는 은메달을 땄습니다. 하지만 벨라는 내 평균대 점수 때문에 분노했습니다. 9.95점을 받을 만한 연기였다고 생각한 것입니다. 더구나 벨라는 심판들이 공모하여 내가 평균대 연기를 하기 전에 다비도바가 이단평행봉 연기를 마무리할 수 있게 했다고 믿었습니다. 다비도바에 더 높은 점수를 주어 금메달을 확정 짓게 하려는 의도였다는 것이지요. 개인적으로 나는 그렇지 않다고 생각합니다. 하지만 어느 쪽이 맞는지 확인할 수는 없습니다. 벨라는 경기장 주변을 돌면서 개별 점수를 보여달라면서 공정해야 한다고 소리쳤습니다. 나는 그냥 매트 위에 앉아 그런 모습을 지켜보기만 했습니다.

루마니아 국민들도 텔레비전으로 경기를 지켜보고 있을 테고 우리가 속았다고 생각해 화가 났으리라는 생각은 했습니다. 하지만 1980년 올림픽 경기는 과거 여느 대회와 다르지 않았습니다. 내 입장에서는 이단평행봉에서 실수를 했다는 걸 잘 알고 있었습니다. 옐레나는 나보다 잘해서 금메달을 딴 것입니다. 그뿐입니다. 나는 점수가 얼마인지, 심판들이 공정했는지에 대해서는 생각하지 않았습니다. 나는 확실한 실수를 했습니다. 금메달을 놓친 것은 순전히 내 탓이었습니다. 그런 악조건에서도 나는 4위에서 2위로 올라섰습니다. 그 자체로 만족스러운 일이었습니다.

루마니아에 돌아간 뒤 벨라가 모스크바 올림픽에서 심판들의 채점에 공정성 문제를 제기하며 돌출 행동을 한 것 때문에 상당한 어려움을 겪었다고 들었습니다. 국민 모두가 그 일로 러시아 사람을 미워하고, 우리가 속았다고 생각한다는 이야기를 친구로부터 들었습니다. '내가 이단평행봉 연기를 할 때는 아무도 본 사람이 없단 말인가?' 나는 속으로 반문했습니다.

자신이 확실하게 알고 있는 사실이 언론이나 모국의 국민들이 하는 말과 상충될 때의 느낌은 참으로 묘했습니다. 상황이 당혹스러웠지만 당시 일어난 일을 확실히 아는 이상 남에게도 나에게도 거짓말을 하고 싶지 않았습니다. 자신에게 진실하지 않으면 그 사람의 삶은 거짓이 됩니다.

벨라가 부쿠레슈티로 호출되어 차우셰스쿠 밑에 구성된 중앙위원회에서 사안에 대한 보고를 했다고 들었습니다. 차우셰스쿠는 벨라가 헝가리 혈통이라는 사실 때문에 그를 좋아하지 않았고 항상 곤란에 빠뜨릴 구실을 찾고 있었다는 말도 있습니다. 루마니아 정보부 수뇌였던 이온 미하이 파체파Ion Mihai Pacepa 중장(그는 동구권 망명자 중에서 가장 계급이 높은 사람이었습니다)은 폭로성 글인『붉은 지평선Red Horizons』에서 차우셰스쿠가 광적인 민족주의자라고 주장했습니다.

"두 세대를 거슬러 올라갔을 때 인종적으로 루마니아인이고 루마니아 국경 안에서 태어난 사람만이 당원이 될 자격이 있으며 국가 안보에 영향을 미치는 정부 보직을 차지할 수 있다."

파체파는 저서에서 이렇게 말했습니다.

"DIE(해외정보부)에서 내가 맡은 일을 하려면 세 세대를 거슬러 올라갔을 때 순수 루마니아 혈통이어야 했다."

차우셰스쿠의 성격에 대한 파체파의 글은 크게 놀랍지 않았습니다. 하지만 차우셰스쿠가 카롤리 부부와 나에게 그렇게 많은 신경을 썼다는 사실은 새록새록 놀라웠습니다. 파체파는 다음과 같이 말했습니다.

"1977년 말 차우셰스쿠는 나디아의 코치를 바꾸기로 결정했다. '나디아의 명성을 그 더러운 헝가리계 부부와 공유하고 싶지 않소.' 차우셰스쿠가 말했다. '나디아를 위해 루마니아 코치를 찾아야 하오. 순수한 루마니아 혈통으로.'"

1977년 말이면 내가 부쿠레슈티로 간 시점인데, 정부에서 나와 벨라를 '시험적으로 분리' 하기로 결정했다는 것이지요. 자신과 관련된 역사를 다른 사람의 눈을 통해 해석하게 되니 기분이 참으로 묘했습니다. 그래도 나는 부쿠레슈티로 가는 것을 내가 선택했다고 믿고 싶습니다. 하지만 다른 가능성을 받아들이지 못할 만큼 순진하고 꽉 막힌 사람도 아닙니다.

차우셰스쿠와 그가 가장 신임했던 조언자 사이에 오간 대화와 상관없이 1980년 중앙위원회 본부에 도착했을 즈음의 상황을 벨라의 기억에 의지해 살펴보면 이렇습니다. 벨라는 탁자를 빙 둘러 앉은 사람들 앞에 서서 올림픽에서 소란을 피운 이유, 서구 언론에 이야기를 한 이유, '우리의 소련 친구들'을 모욕한 이유를 해명해야 했습니다(벨라는 당시 ABC 지국 기자에게 올림픽이 부패했다고 말했습니다). 자신의 행동이 루마니아와 차우셰스쿠에게 굴욕감을 느끼게 했다는 말도 들었습니다. 벨라의 부인은 남편이 '죄' 때문에 감옥에 갈 가능성이 높다는 협박성 발언까지 들었습니다. 나는 그 자리에 없었지만 당시에 루마니아 사람들은 위반 사항이 경미해도 감옥에 갔습니다. 당시 루마니아는 그런 나라였습니다.

한편 나는 대세를 따르면서 누구에게도 1980년 올림픽 경기에 대해 이야기하지 않았고 어떤 논평도 하지 않았습니다. 그렇게 부쿠레슈티에서의 내 삶이 자리를 잡아가고 있었습니다.

챔피언의 고달픈 삶

루마니아에서 체조선수로 활동할 당시의 마루운동 안무 과정을 살펴보겠습니다.
우선 안무가인 제자 포즈사르Geza Pozsar와 함께 작업을 시작합니다. 제자는 여러
종류의 음악을 연주하면서 체조선수들에게 모두 마루에 나와 춤을 추라고 시킵니다.
우리가 춤추는 모습을 관찰하면서 어떤 종류의 음악에서 가장 잘 움직이는가를 봅니다.
이어서 그는 각 선수에게 음악에 맞춰 특정 동작을 만들어보라고 시킵니다.
제자가 선수에게 어떤 종류의 안무가 적합할지 머릿속으로 구상하는 단계입니다.
나는 해리 벨라폰테Harry Belafonte의 음악에 맞춰 춤추기를 무척 좋아했습니다.
그래서 제자는 내 안무에는 해리 벨라폰테의 음악을 쓰곤 했습니다.
내가 선수로 뛰던 시절에는 테이프나 CD 따위가 없었습니다. 따라서 선수들은
피아노 연주자가 생음악으로 연주하는 음악 소리에 맞추어 마루운동 연기를 펼쳤습니다.
보조 악기는 딱 한 가지만 허용되었죠. 요즘 마루운동 음악과 비교하면 단순하다
싶을지 모르지만 좋은 점도 있었습니다. CD는 체조선수가 실수를 만회하게
기다려주지 않지만 피아노 연주자는 기다려줍니다.

1980년 올림픽 이후 부쿠레슈티에서의 생활은 기껏해야
평범한 일상이었습니다. 나는 학교에 다니면서 함께 살면서
역시 학교에 다니는 남동생을 부양해야 했습니다. 매달 중순을 넘
기면 빈털터리가 되어서 한 달을 어찌어찌 넘기기 위해 안간힘을
썼습니다. 그런 비참한 상황이 자랑이라 여기는 것은 아닙니다.
하지만 그대는 진실을 알아야 합니다. 더구나 나는 남과 다른 특

수한 처지 때문에 더욱 괴로웠습니다. 항상 '평범한' 사람으로 살았다면 남과 다르다는 생각조차 안 했겠지요. 하지만 나는 국제대회에서 수많은 상을 받고 국가의 명예를 드높이는 공을 세웠습니다. 그런데 결과적으로 빈털터리였습니다.

삶은 그리 공평하지 않습니다. 나도 그 정도는 알았습니다……하지만 그에 더하여 삶은 몹시 고단했습니다. 옷 공장에서 일하는 지인이 옷을 가져다주었습니다. 그러면 나는 항상 그날 먹을 과일과 야채로 바꿨습니다. 식단을 짜는 일은 무의미했습니다. 일단 과일과 야채가 생긴 뒤에야 저녁식사 거리로 만들 음식이 결정되었으니까요. 지금도 나는 특별히 아는 요리법이 없습니다. 그날그날 있는 재료로 즉석에서 만들어 먹는 편입니다. 나는 요리를 잘하고 요리를 할 때도 매우 창의적입니다. 남은 생선이 있으면 친구의 치즈와 맞바꿨습니다. 그런 일은 끊이지 않았습니다. 스무 살이었던 나는 내 삶의 무게뿐 아니라 가족의 삶의 무게까지 느끼고 있었습니다. 때로는 그 무게가 참기 힘들 만큼 나를 압도했습니다.

내가 받는 '특별한' 음식이라곤 제과점에서 일하는 친구가 주는 빵 두 덩어리였습니다. 정부가 아니라 친구로부터 받은 일종의 특혜였지요. 음식을 구하는 일은 루마니아 사람 누구에게나 무척 힘든 일이었습니다. 이웃에 사는 할아버지 알레카 페트레는 족히 일흔은 되었을 나이인데 얼음이 꽁꽁 어는 추운 겨울에도 새벽 4시에 일어나 식료품점 앞에 줄을 서서 혹 음식이 있나 기다렸습니다. 보통 식료품점에는 마요네즈, 겨자, 콩 등만 있었습니다. 그게 다였습니다. 알레카는 우리에게 우유를 가져다주기도 했고 아주 드물지만 고기를 가져다주기도 했습니다. 우리도 먹을 것이 많지 않았지만 항상 식사 시간에 그를 초대했습니다. 그게 루마니아 사람들의 방식이었습니다. 늘 가진 것을 나누며 살았습니다.

날마다 이웃과 뭔가를 나누고 교환하곤 했습니다. 농담 삼아 남의 집 묵은 고기뼈를 빌려다 수프를 만들어 먹는다고 말하곤 했지요. 그것은 누구에게나 비극적이고 힘겨운 삶이었습니다. 다들 자식에게 먹일 음식을 식탁에 차려놓을 수만 있다면 달리 바랄 것이 없었습니다. 한편 나라에서 생산되는 좋은 음식은 모두 수출되었습니다. 당시에는 몰랐고 나중에 신문기사와 책을 보면서 알게 된 사실입니다. 차우셰스쿠는 그런 방식으로 개인금고를 채우고 나라 이름으로 빌린 빚을 갚고 있었습니다(관심이 있다면 이에 대해서 나중에 상세히 이야기해주겠습니다). 체조를 그만둔 뒤에야 과거에 내가 얼마나 운이 좋았는가를 깨달았습니다. 체조선수를 하면서 내가 얼마나 잘 먹었는지 비로소 알았습니다. 그러니 내가 당시 생활에 대해 불평할 거리를 찾지 못하는 것도 무리가 아닙니다. 당시 나는 다른 사람들보다 훨씬 나은 생활을 했으니까요. 하지만 체조선수를 그만두자 루마니아의 다른 사람들처럼 불행한 상황에 놓이게 되었습니다.

삶은 불공평하고 고단했습니다. 하지만 나는 여전히 내가 운이 좋다고 생각했습니다. 그래도 학교에 들어갈 기회가 있었으니까요. 이는 공장이 아닌 다른 곳에서 직장을 잡을 수 있다는 의미였습니다. 대학의 체육학과 학사 과정은 4년 과정이었지만 학생들은 꼭 강의에 참석할 필요가 없었습니다. 책을 사서 집에서 과제를 하고 학기말에 다른 학생들과 함께 시험을 치렀습니다. 대학에 다니면서 무용팀의 안무가를 맡았습니다. 말하자면 첫 직장이었습니다. 그 때문에 니콜라예 차우셰스쿠 대통령의 아들, 니쿠 차우셰스쿠^{Nicu Ceausescu}를 만나게 되었습니다. 그는 나와 같은 건물에서 일하고 있었습니다. 니쿠 차우셰스쿠와 나의 '관계'에 대해 오랫동안 말들이 무성했습니다. 그대마저도 내가 체조선수 생활을 접고 루마니아 정부의 코치로 일할 때 니쿠의 여자 친구였느냐고 물었지요? 그동안 나는 니쿠와 어떤 관계였는지 수도 없이 질문을 받았습니다. 그대의 질문은 그나마 유한 편입니다.

니쿠와 나는 아는 사이였고 니쿠가 괜찮은 사람 같았다는 정도는 말할 수 있습니다. 그가 술고래에 바람둥이였다고들 합니다. 그것이 사실인지는 잘 모르겠습니다. 내가 들은 바로는 니쿠가 많은 사람을 도와주었다고 합니다. 그를 둘러싸고 풀리지 않은 수수께끼들이 많지만, 그것을 옳은지 그른지를 판단하는 일은 나의 몫이 아닙니다. 원래 떠도는 뒷말이란 것이 그렇지요. 남이 저지른 못된 짓과 실수에만 관심을 가지는 것이 대중의 심리니까요. 대중이 보기에 너무 높은 곳에 있다 싶으면 그를 깎아내리려 하는 것이 사람들의 천성입니다. 니쿠는 태어날 때부터 남보다 높은 신분이었습니다. 그는 니콜라예 차우셰스쿠의 아들로 태어났고, 죽는 순간에는 엄청난 대가를 치렀습니다.

니쿠에 대해 자세하게 이야기한 적은 없습니다. 실제 말할 것이 많지 않았기 때문입니다. 나는 니쿠와 나의 관계에 대한 사람들의 추측에는 관심이 없습니다. 그대도 그 점은 존중해주었으면 합니다. 일부 환영회나 파티 등에 같이 모습을 보였다는 이유로 사람들은 우리에 대해 이러쿵저러쿵 추측을 해댔습니다. 하지만 그런 자리에는 항상 십여 명 또는 그 이상의 사람들이 함께 있었습니다. 우리는 단 둘만 있어본 적이 없습니다. 그러므로 이 점은 명확히 밝혀두겠습니다. 니쿠와 나는 결코 연인 관계가 아니었습니다.

부쿠레슈티에서 지낸 초기에 언론은 나를 각양각색의 사람들과 연결시켰지만 나는 누구와도 진지하게 사귀지 않았습니다. 데이트를 하고 즐거운 시간을 가지긴 했지만 관계를 발전시키고 싶지 않다는 생각이 드는 순간 그만두었습니다. 나는 뭔가 아니다 싶으면 언제든 말을 하는 사람입니다. 상대는 늘 무슨 일인지, 자기가 뭘 잘못했는지 물었습니다…… 그렇지만 뭐라고 확실하게 답해줄 수가 없었습니다. 그냥 뭔가 아니다 싶고 이쯤에서 끝내야 한다는 느낌뿐이었으니까요. 남편 버트와는 그렇지 않았습니다. 평생에 한 번 정도는 중요한 인연을 만난다고들 합니다. 버트 코너는 내게 그런 사람이었습니다. 나는 그와 함께할 운명이었습니다. 하지만 우리가 진지하게 만나 사귀게 되기까지 나의 망명과 뒤이은 가슴 아픈 실패들이 있었습니다.

그럼 나의 첫 직장, 처음 맡은 코치 일에 대한 이야기로 돌아가겠습니다. 나는 민속무용단의 안무를 담당했습니다. 마루운동을 하면서 오랫동안 복잡한 안무와 무용 스텝을 익혀왔기에 그 일에 제격이었습니다. 처음으로 일을 해서 돈을 벌었는데, 액수는 많지 않았지만 꼭 어른이 된 기분이었습니다. 가끔 술을 마시자고 이웃들을 청하기도 했습니다. 우리 루마니아 사람들은 파티를 좋아합니다. 우리는 삶을 사랑하고 삶에 열심입니다. 돈이 생기면 결코 열흘 뒤를 생각하지 않습니다. 삶이란 내일 어찌 될지 모르는 불확실한 것임을 알기 때문이죠. 당시에는 식탁에 음식과 술만 있으면 우리는 행복했습니다. 공산주의 체제에서는 내일 무슨 일이 일어날지 알 수가 없습니다. 하룻밤 새에 세상이 바뀔 수도 있었습니다. 그래서 최대한 현재를 즐기는 것이 최선이었습니다.

1981년 루마니아체조연맹에서 전화가 왔습니다. 루마니아 체조선수들이 미국으로 가서 순회 시범경기를 한다는 내용이었습니다. 정부는 11개 시를 순회하며 체조 시범을 보여 25만 달러를 벌어들일 계획이었습니다. 거기에 참가하면 1,000달러를 주겠다고 했습니다. 1,000달러면 내게는 큰돈이었고(당시 일을 해서 하루 3달러를 벌고 있었습니다), 돈이 필요했기에 가기로 했습니다. 정부가 후원하는 일이므로 시범경기 때문에 자리를 비우는 것에 어려움이 없었습니다. 정부는 나를 이용해 돈을 벌 생각이었으니 당연히 내 결정을 지지해주었습니다.

벨라와 마르타가 전체 팀을 이끌게 될 것이라고 했습니다. 1980년 올림픽 이후 벨라가 어떤 어려움을 겪었든 그즈음엔 해결을 본 모양이었습니다. 체조연맹 회장도 사절단의 대표로 참가했고 비밀리에 활동하는 몇몇 정부 요원(외부에는 신문기자라고 소개했습니다만)도 만약에 대비해 동행했습니다. 회장이 일정, 숙소, 교통수단은 물론 우리의 여권 관리까지 모든 것을 총괄할 예정이었습니다. 나에게는 약간의 개인 시간이 허용되었습니다…… 행사 명칭 자체가 '나디아 81'이었으니 가능했던 것입니다. 내가 빠지면 있을 수도 없는 행사였으니까요.

순회 시범경기에서 가장 좋았던 부분은 미국 체조선수들과 같은 버스를 타고 이동했던 것입니다. 루마니아 선수들 모두 영어를 잘하지 못했지만 우리는 근사한 금발 청년들과 즐거운 시간을 보냈습니다. 그들이 들려주는 음악을 듣고, 언어는 달랐지만 어떻게든 이야기를 해보려고 했습니다. 커트 토머스Kurt Thomas와 많은 대화를 나눴지만 정작 멋지다고 생각한 선수는 따로 있었습니다. 버트 코너였습니다. 버트는 모든 사람에게 말을 걸면서 버스 안을 돌아다녔습니다. 무척 친근감 있고 재미있는 사람이었습니다.

순회 시범경기를 하러 떠날 무렵 나는 루마니아에서 크게 불행할 것이 없는 사람이었습니다. 내가 겪는 어려움은 루마니아의 다른 사람들에 비해 크지도 작지도 않았습니다. 루마니아가 아닌 다른 곳에서 살지도 모른다는 생각은 해본 적이 없었습니다. 망명은 내 머릿속에 들어 있지 않았습니다. 나는 마침내 오랫동안 갈망해 온 직업을 갖고 성인으로서 생활을 누리게 되었습니다. 물론 가난했지요. 하지만 가난에 익숙해지고 있었습니다. 모든 사람이 가난했고, 모든 사람이 아등바등 살고 있었습니다. 그리고 나는 우리나라를 사랑했습니다. 그것은 지금도 변함없는 사실이지요. 나는 시범경기를 하며 돌아다니는 동안 벨라와 마르타가 얼마나 좋지 않은 상태인지 몰랐습니다(데바에 있는 학교에 대한 정부의 지원금이 거의 끊긴 상태였다고 합니다). 나중에 그 이유를 알게 되었지요. 나로서는 다른 어떤 때보다 즐거웠던 여행이라고 말하면 당시 나의 상태를 알 수 있으리라 생각합니다. 예기치 못한 결말을 맞기까지는 그랬습니다.

벨라는 억지로 투어에 참가하여 팀을 이끌게 되었다고 합니다. 당시 그는 더 이상 국가대표팀 코치가 아닌데도 마지못해 일을 떠맡았던 것입니다. 정부와 올림픽 이후 정부의 처우에 혐오감을 느껴 가고 싶지 않았지만 체조연맹 회장이 선택의 여지를 주지 않았다고 합니다. 벨라는 어떤 외국 언론과도 대화를 해서는 안 된다는 별도 지시까지 받았습니다. ABC 기자에게 의견을 말한 사건 이후 정부는 그가 외국 언론과 접촉할 기회를 원천봉쇄했습니다. 벨라는 순회 시범경기 자체를 굴욕이라고 느끼고 있었습니다.

나는 돌아다니는 내내 하고 싶은 일이나 가고 싶은 데가 있으면 회장에게 보고를 했습니다. 회장은 내게는 그나마 관대했습니다. 외출할 때마다 '기자들' 중의 한 명을 대동하고 다녀야 했지만 그래도 나는 남자 선수들과 디스코텍에도 갈 수 있었습니다. 위험할 만한 상황은 만들지 않는다는 조건도 따랐습니다(당시 회장은 누군가 나를 납치할지도 모른다고 생각했습니다). 나는 느슨한 통제를 받고 있었습니다. 그때만 해도 나는 느슨한 통제도 어차피 통제이며, 어느 순간 질식할 만큼 강하게 조여질 수 있다는 사실을 깨닫지 못했습니다.

이어서 일어난 사건에 대한 기억은 사실 흐릿합니다. 확실히 아는 사실만 말해야겠지요. 벨라와 회장 사이에 큰 싸움이 있었던 것은 사실입니다. 그 결과 벨라, 마르타, 안무가인 제자 포즈사르가 망명 이외에는 선택의 여지가 없다는 결론에 이르게 되었습니다. 자신들의 목숨과 가족의 안전에 위협을 느꼈기 때문입니다. 하룻밤 새에 그들의 삶이 완전히 바뀌었습니다.

친구여, 1980년 올림픽 출전이 용기가 아니냐고 물었지요? 나는 그대의 질문을 넓게 해석해서 카롤리의 결정이야말로 용기라고 말하겠습니다. 성공하리라는 확신도 없는 상태에서 자신의 삶과 가족의 삶을 하룻밤 만에 결정하는 심정은 쉽게 이해하기 힘든 일이지요. 그로부터 9년 뒤에 나는 진정한 용기에 대해 좀 더 많은 것을 알게 됩니다. 벨라처럼 망명이라는 용단을 내렸던 시기지요. 하지만 지금도 가끔은 용기란 절망의 다른 말이 아닌가 생각합니다.

절규를 이해할 수 있나요?

훌륭한 마루운동은 다섯 가지 요소로 구성됩니다.

첫째, 각종 구르기 기술을 보여준 뒤 안정되게 착지를 해야 합니다.

마루운동은 근본적으로 구르기 기술로 구성된다 해도 과언이 아닙니다.

둘째, 기술을 펼칠 때 충분한 높이를 확보해야 합니다.

그래야 높은 점수를 받을 뿐 아니라 몸도 안전합니다.

셋째, 지구력이 있어야 합니다.

마지막 구르기를 하기 전에 지쳐버리면 곤란해지기 때문입니다.

넷째, 유연성이 좋아야 부상을 당하지 않습니다.

다섯째, 안무대로 훌륭하게 보여줌으로써 연기로 심판과 관중들을

사로잡아야 합니다.

친구 둘과 함께 길을 걷고 있었다.

해가 지고 있었다.

나는 약간 우울했다.

갑자기 하늘이 핏빛으로 붉게 물들고 있었다.

죽을 것 같은 피로감에 멈춰 서서 난간에 기댔다.

암청색 피오르드와 마을 위에 걸린

핏빛처럼 불타오르는 구름과 칼을 보았다.

친구들은 계속 걸어갔고, 나는 그 자리에 서서 두려움에 전율했다.

그리고 자연을 꿰뚫는 거대하고 끝이 없는 비명 소리를 들었다.
— 에드바르트 뭉크^{Edvard Munch}의 일기(1892년)에서

친구여, 에드바르트 뭉크의 〈절규〉라는 그림을 본 적이 있는지요? 한 남자가 캔버스를 대각선으로 가로지르는 난간 옆으로 난 길 위에 서 있습니다. 입을 크게 벌리고 손은 귀에 댄 채 눈을 동그랗게 뜬 모습이 심한 고통을 느끼거나 무서운 뭔가에 홀린 것 같습니다. 뒤에는 중산모를 쓴 두 남자가 있고 그들 뒤로는 노르웨이 오슬로의 산과 계곡 풍경이 펼쳐집니다. 뭉크는 〈절규〉에서 사람의 심리를 표현하려 했다고 합니다. 그대는 절규에 사로잡힌 사람의 모습을 상상할 수 있나요? 완벽한 공포, 광기, 불안의 순간을 이해할 수 있나요? 나는 상상하고 이해할 수 있습니다.

그림을 보자마자 나는 바로 알 수 있었습니다. 정말로 이해했습니다. 남자는 감옥에 갇힌 사람입니다. 그 남자는 뭉크가 그린 감옥 안을 결코 빠져나오지 못합니다. 결코 자유의 몸이 되지 못합니다. 자신들이 거짓의 함정에 빠졌음을 깨닫고 고국을 떠나 망명하는 것 이외에는 선택의 여지가 없음을 받아들여야 했을 때, 벨라, 마르타, 제자의 심정이 그러했으리라고 생각합니다. 아마 그들도 절규했을 겁니다. 다만 영혼 깊숙한 곳에서 흘러나온 절규는 두려움 때문에 끝내 밖으로 나오지 못했을 겁니다. 붙잡혀서 수갑을 찬 채 루마니아로 끌려갈지 모른다는 두려움 때문에.

지난번 편지를 보니 그대는 망명이라는 방법으로 고국을 떠나

는 행위가 함축하는 바를 충분히 모르는 것 같더군요. 잠시 유럽 여행을 했다고 했지요? 그대가 여행한 대부분의 나라에서는 영어를 공용어로 쓰고 있습니다. 하지만 루마니아어는 그렇지 않습니다. 더구나 그대는 늘 집으로 돌아갈 항공권을 갖고 있었습니다. 그렇지요? 익숙한 도시, 가족, 이웃, 삶의 방식을 그대로 두고 떠났지만 2주가 지나면 돌아가서 평소처럼 우편물을 확인하고 식료품점에 가고 친구와 식사를 하리란 걸 알고 있었습니다. 당신은 미국 여권을 소지하고 세계 어느 곳이든 갈 수 있습니다. 미국과의 관계, 나라 상황, 정부 승인 등과 상관없이 말입니다. 그리고 원하면 언제든지 돌아올 수 있습니다.

카롤리 부부와 제자가 망명을 결심했을 때 상황은 전혀 달랐습니다. 그들은 다시는 고국으로 돌아갈 수 없다는 것을 알고 있었습니다. 가족, 친구, 집, 기타 모든 소유물을 두고 떠났습니다. 작은 여행 가방만 들고 떠났습니다. 사진도 없었고 루마니아를 추억할 만한 기념품조차 없었습니다. 그렇다고 영어를 잘하는 것도 아니고 미국에 절친한 친구가 있는 것도 아니었습니다. 미국 체류 허가가 반드시 난다는 보장도 없었습니다. 망명을 시도했다는 이유로 감옥에 갇힐 것이 뻔한 고국으로 송환되지 않으리라는 보장도 없었습니다.

처음 벨라의 망명 계획을 들었을 때 기분이 어땠느냐고 물었지요? 벨라가 저한테 계획을 이야기했을 거란 추측은 맞습니다. 하지만 내가 벨라와 함께 가고 싶어 했을 거란 추측은 틀렸습니다.

1981년에 나는 망명이라는 엄청난 일은 감히 생각도 못했습니다. 투어 마지막 날이 되기 전에는 코치 부부와 안무가의 삶에 어떤 일이 일어날 것인지 알지도 못했습니다. 어쨌든 당시 상황이 어떻게 진행되었는지 말하겠습니다.

벨라의 기억에 따르면, 마지막 날 맨해튼에서 아침 모임 시간에 우리 모두에게 작별을 고했다고 합니다. 호텔로 돌아와 공항으로 가는 버스를 타기 전에 서너 시간 쇼핑을 할 계획이었습니다. 벨라는 너희는 훌륭한 운동선수이며 열심히 노력하고 훈련하면 좋은 성과를 낼 수 있을 것이라고 말한 다음 선수들을 한 명씩 포옹했습니다. 나는 그날 아침 일은 기억나지 않습니다. 하지만 벨라가 망명하기 전날 밤, 우연히 호텔 복도에서 마주친 일은 기억합니다. 늦은 시간이었고 나는 방으로 가서 짐을 쌀 예정이었습니다. 우리 둘만 있었는데 벨라가 작은 소리로 자기는 돌아가지 않을 생각이라고 말했습니다. 나는 농담이거나 나를 떠보는 게 아닌가 생각했습니다. 내가 혹시 망명을 생각한다면 말리려고 말입니다. "그러시든지요." 나는 미소를 지으며 그렇게 말하고 방으로 왔습니다. 아주 오랫동안 나는 어떤 것에도 쉽게 반응을 보이지 말라는 훈련을 받아왔습니다. 더구나 벨라의 말은 사실처럼 느껴지지도 않았습니다.

다음 날 오전은 루마니아로 돌아가기 선에 뉴욕에서 마지막으로 쇼핑을 하기로 되어 있어 선수들은 모두 들떠 있었습니다. 나가기 전에 벨라와 마주쳤는데, 자신은 돌아가지 않을 생각이라는 말을 다시 했습니다. 나는 다시 한 번 그의 생각과 함축하는 의미를 모른 체했습니다. 쇼핑을 하고 돌아와 방에 가서 짐 싸는 일을 마무리했습니다. 12시에 모이기로 했는데 벨라와 마르타, 제자는 오지 않았습니다. 아직도 쇼핑을 하고 있나 보다 생각했습니다. 방에 오자 전화벨이 울렸습니다. 어떤 여자였는데 "벨라 씨가 저더러 전화해서 당신이 미국에 남고 싶은지 루마니아로 돌아갈 생각인지 알아보라고 하더군요." 하고 말했습니다. 나는 "루마니아로 돌아갈 겁니다." 대답하고 전화를 끊었습니다.

그 순간 내가 여자의 질문을 진지하게 받아들이고 답한 건지 잘 모르겠습니다. 나는 공산주의 국가에서 자랐고 다른 세계는 전혀 몰랐습니다. 더구나 가족이 루마니아에 살고 있었습니다. 어떻게 그들을 떠난다는 생각을 할 수 있었겠습니까? 물론 삶은 고달팠습니다. 하지만 당시에는 어디 간들 사는 게 고달프지 않을까, 다 그런 거겠지 하고 생각했습니다. 체조를 하면서 여러 나라를 돌아다녔지만 사람들의 실생활을 접할 기회는 별로 없었습니다. 다른 나라 사람들은 우리처럼 끼니를 해결하려고 아등바등하지 않는다는 걸 알 만큼 충분히 보지 못했습니다. 그러니 알지도 못하는 세계를 위해 익숙한 삶을 버릴 수는 없었지요.

전화를 끊는 순간 어떤 상황인지 이해가 되었습니다. 호텔 방에 앉아 있는데 한기가 발끝에서 머리까지 온몸을 훑고 지나가는 기분이었습니다. 세상에, 정말로 그런 일이 일어난 건가? 그게 정말인 건가? 나는 프런트로 가서 벨라의 방 열쇠를 달라고 했습니다.

직원이 거절했지만 벨라의 방에 뭔가 놓고 왔는데 떠나기 전에 챙겨야 한다고 말했습니다. 방 안에 꼭 들어가야 한다고 거듭 강조하자 직원이 마침내 열쇠를 주었습니다. 그 순간 손안에 쥔 열쇠가 날카롭고 위험한 무기처럼 느껴졌습니다.

벨라의 방으로 가는 길은 참을 수 없을 만큼 길게 느껴졌습니다. 문을 열었을 때 방은 비어 있었습니다. 카롤리 부부는 없었습니다. 갑자기 그 말이 모두 사실이라는 확신이 들었습니다. 그들은 정말로 망명을 한 것이었습니다.

친구여, 벨라가 처음 말할 때 곧이듣지 않은 것 때문에 내가 아둔하다고 생각할지도 모릅니다. 하지만 당시 루마니아에서는 자신의 그림자조차 믿을 수 없는 상황이었습니다. 나는 벨라를 존경하고 좋아했지만 우리나라의 불문율에 따라 살았습니다. 누구도 완전히 믿지 마라. 하지만 벨라는 나를 믿었습니다. 벨라가 망명 계획을 이야기한 유일한 사람이 바로 나였습니다. 내가 좀 더 나이가 많고 현명했더라면 그의 말을 이해하고 그가 나를 믿었듯 그를 믿었을 것입니다.

오후 3시 체조선수들이 버스에 올라탔을 무렵에는 카롤리 부부와 제자가 사라졌다는 사실이 모두에게 명확해졌습니다. 회장은 우리에게 그들의 여권이 없어졌다고 말했습니다. 회장이 모든 여권을 관리하고 있었는데, 벨라가 그의 방에서 훔쳐 갔던 모양입니다. 비행기에서 회장은 내게 '여왕'이 자기와 함께 있고 루마니아로 돌아가고 있으므로 벨라 등의 망명은 그다지 중요하지 않다고 말했습니다. 물론 그가 말한 '여왕'은 나였지요. 만약 내가 망명했다면 자신은 사형을 당했을 거라고 그는 말했습니다.

비행기를 타고 가는 동안 나는 약간 울었습니다. 눈물이 난 주된 이유는 데바에 있는 어린 선수들이 어떻게 될까 싶어서였습니다. 나는 이미 성인이었지만 그들은 아직 어린아이들이었고 카롤리 부부와 제자에게 의존하고 있었습니다. 나 자신 때문에도 잠시 울었습니다. 벨라와 마르타는 내 삶에서 부모와 같은 존재였습니다. 하지만 그들을 걱정하지는 않았습니다. 분명 납치된 것 같지는 않았으니까요. 벨라가 체조연맹 및 정부 고위 관료들과 의견 차이를 확인하고는 스스로 망명을 결심했으니 더 나은 생활을 하게 되리라고 믿었습니다. 루마니아에서는 기회도 점점 사라지고, 입지도 좁아지고 있었습니다. 새로운 삶, 새로운 기회를 찾아 떠날 때가 된 거죠.

루마니아로 돌아가는 내내 모두 말이 없었습니다. 어찌나 조용했던지 동행한 관료들이 윗사람에게 망명 문제를 어떻게 보고해야 할지 고심하는 소리가 다 들릴 정도였습니다. 당연히 그들은 견책을 당하고 강등될 것입니다. 차우셰스쿠는 불같이 화를 내겠지요. 유명 인사가 망명했다는 사실은 루마니아 이미지에 좋지 않은 영향을 미치니까요. 루마니아로 가는 비행기 안에서 관료들은 대부분 종이 위에 펜을 올려놓고 보고할 내용을 생각하느라 고심했습니다. 내가 그 위치가 아니어서 다행이다 싶더군요.

카롤리 부부가 망명한 뒤에 내 삶은 크게 바뀌었습니다. 나는 루마니아 밖으로 나갈 수 없었습니다. 모스크바조차 갈 수 없었습니다. 체조연맹이 시범경기 참가자 명단에 내 이름을 올릴 때마다 옆에 삭제 표시가 되어 돌아오곤 했습니다. 매번 나는 명단에서 제외되었습니다. 정부는 벨라가 망명했으니 나도 결국에는 그렇게 하리라고 생각했던 모양입니다. 하지만 나는 이미 뉴욕에서 기회가 있었음에도 하지 않았습니다. 내게 의지하는 남동생을 버리고 떠날 생각은 없었습니다. 어머니, 아버지 그리고 나의 고국을 떠날 수는 없었습니다.

변절자 취급에 미치도록 화가 났습니다. 내가 왜 그런 취급을 받아야 하는지 도무지 이유를 알 수 없었습니다. 아무도 윗사람에게 나를 출국 금지시킨 이유를 묻지 않았습니다. 이유를 물었다가는 해고될 테니까요. 나는 체조연맹 회장에게 전화를 걸어 정부쪽에서 내가 외국에 나가는 걸 막는 이유가 뭐냐고 물었습니다. 하지만 회장도 잘 모르고 있었습니다. 정부 쪽에 높으신 분이 내가 나갈 수 없는 형편이므로 어떤 투어 리스트에도 내 이름을 올려 상황을 '번거롭게' 만드는 일이 없도록 하라는 지시를 내렸다는 정도만 알고 있었습니다. 다들 내가 '눈코 뜰 새 없이 바쁘다'고 알고 있었습니다. 하지만 나는 바쁘지 않았습니다.

친구여, 삶이 더욱 우울해졌습니다. 나는 우리 가족에게는 무척 중요한 약간의 가욋돈을 벌 기회조차 박탈당했습니다. 평범한 국민들은 외국에 나갈 기회가 있는데 나만 안 된다는 현실이 모욕적이기도 했습니다. 도대체 왜 나는 안 되는 건지 계속 의아했습니다. 내 앞에서 정면으로 나를 비웃는 사람도 있었습니다. "당신 꼴 좀 봐. 대단하신 나디아 코마네치께서 런던 여행도 못 하는 처지가 되었잖아."

저들로서는 체조선수 생활이 끝난 나를 굳이 행복하게 해주고 챙겨줄 필요가 없었습니다. 평생 그랬듯이 나는 그저 시키는 대로만 하면 그만인 존재였지요. 그리고 계속해서 희생해야 했습니다. 과거의 모든 것에 비해 상황은 굴욕적이었습니다. 벨라가 망명을 하지 않았더라도 나는 감시를 받았을 것입니다. 하지만 벨라의 망명은 나에게 스포트라이트가 비춰지는 계기가 되었고 빛이 너무 강렬해서 눈이 멀 정도였습니다. 감옥에 갇힌 죄수가 된 기분이었습니다. 실제로 나는 늘 갇혀 있는 죄수 신세였습니다. 옭아맨 사슬이 눈에 보이지 않아도 나라에서 자유를 허락하지 않으면 죄수나 다름없지요. 나는 속으로 절규하기 시작했습니다. 하지만 소리가 그다지 크지 않아 아직은 무시할 수 있었습니다.

어제가 오늘 같고, 내일이 또 오늘 같은 그런 시간이 몇 년쯤 흘러갔습니다. 나는 체육학과를 졸업하고 체조연맹에서 새로운 일자리를 얻었습니다. 부쿠레슈티, 데바, 기타 여러 도시에서 운영되는 체조선수 양성 클럽들을 둘러보며 선수들을 살피는 것이 내 임무였습니다. 살펴본 뒤에는 지도 방법과 훈련 시설 등에 대해 보고서를 올렸습니다. 나는 사람들과 잘 지냈고 일을 즐겼지만 별다를 건 없었습니다. 여느 월급쟁이와 같았습니다. 정부는 여전히 급료에서 일정 비율을 주택융자금으로 떼어갔습니다. 급료를 올

려달라는 요구는 꿈도 꿔보지 못했습니다. 정부에서 내가 정신 나
갔다고 생각할 테니까요.

나는 1984년에도 대학 다닐 때와 같은 액수를 벌고 있었습니
다. 정부는 내가 전 직장에서 받던 돈보다 더 줘야 할 의무가 없었
습니다. 급료를 올릴 유일한 방법은 아주 높은 지위에 임명되는
것이었습니다. 아마도 체조연맹 회장쯤. 하지만 불가능한 일이었
지요. 차우셰스쿠 바로 밑에 있는 누군가가 나를 회장으로 임명해
줘야 하는데, 아마도 그 사람이 나를 출국 금지시킨 장본인일 테
니까요.

설상가상으로 스물다섯 살이 되자 정부에서 매달 내 급료에서
더 많은 비율을 가져가기 시작했습니다. 아이가 없었기 때문입니
다. 그 나이에 자녀가 없는 모든 여성에게 적용되는 법칙이었습니
다. 이상하게 들리나요? 하지만 사실입니다. 차우셰스쿠와 그가
제정한 말도 안 되는 법률 등이 궁금하다고 하셨지요? 물어봐준
것이 오히려 고맙습니다. 과거 대통령을 알면 루마니아가 왜 그렇
게 황폐한 나라가 되었는지 알 수 있으니까요.

권좌에서 쫓겨난 국가 지도자에 대해서 말하기 전에 확실히 해
둘 사항이 있습니다. 내가 결코 개인적으로 차우셰스쿠나 그 부인
을 알지 못한다는 사실입니다. 어린 시절 딱 한 번 그를 만났고 공
식 석상에서 몇 마디를 주고받은 것이 전부입니다. 그러므로 어떤
식으로든 차우셰스쿠 부부를 평가한다는 것이 편치는 않습니다.
내가 얼마나 안다고 이러는가 싶은 마음인 거지요. 그러므로 무성

한 뜬소문이 아니라 당시 역사를 다룬 책과 널리 알려진 기사에서 답을 찾으려 합니다. 그래야 그대의 질문에 제대로 답할 수 있고, 차우셰스쿠와 그의 자손에게 공정할 것입니다.

책에 따르면 차우셰스쿠와 그의 아내 엘레나 페트레스쿠는 공산당 출신입니다. 차우셰스쿠는 공산주의자가 권력을 장악했을 때 농업부 장관이면서 국방부 차관이었습니다. 그는 계속 승진하여 마침내 1974년 루마니아 대통령이 되었습니다. 이때부터 그는 비밀경찰인 정보부를 이용해 언론을 탄압하면서 무자비한 철권통치를 했습니다.

내막을 잘 아는 사람들에 따르면, 차우셰스쿠와 부인이 나라를 공동으로 통치했다고 합니다. 보석 수집이 취미였던 엘레나는 각종 직함을 수집하는 데도 열심이었습니다(물론 노력해서 얻은 것이 아니라 남편이 하사한 것이지요). 엘레나는 산업화학 분야에 완전히 문외한이었지만 관련 박사학위를 받고 국립 과학연구위원회 위원으로 임명되었습니다. 엘레나는 또한 공산당 집행위원회 종신위원이었고, 부총리로서 비밀경찰을 감독하고 종교 반대운동, 낙태 반대운동 등을 이끌었습니다. 그리고 정부 관료들의 인사에도 영향력을 행사했습니다. 엘레나가 대통령보다 영향력이 강하고 무자비했다고 말하는 이들도 있습니다. 여하튼 차우셰스쿠의 통치는 전체적으로 기괴하고 무지막지했습니다.

1970년대 중반 차우셰스쿠는 루마니아 인구를 당시 2,300만 명에서 2000년까지 3,000만 명으로 늘리기로 결심했습니다. 통치

대상이 늘어나면 세금이 더 많이 걷힐 테니 말이지요. 목표 달성을 위해 그는 정책을 만들어냈습니다. "태아는 사회 전체의 자산이다. 출산을 기피하는 사람은 누구든 국가의 영속성에 관한 법률을 방기한 직무 유기자다." 이에 따라 낙태가 금지되고 나처럼 스물다섯 살이 되어도 아이를 갖지 않은 사람은 국가에 대한 의무를 다하지 않았다는 이유로 금전적인 불이익을 받았습니다.

기록에 따르면 차우셰스쿠의 이른바 '산아 정책' 하에서 루마니아의 출산율은 두 배가 되었습니다. 하지만 신생아와 산모에게 필요한 영양을 충분히 공급할 음식이 부족했습니다. 차우셰스쿠는 성교육을 금지시켰고 관련 서적은 모조리 '국가 기밀' 자료로 분류되었습니다. 45세 이하의 여성은 강제로 세 달에 한 번씩 진료소에 가서 임신 여부를 확인해야 했습니다. 병원 예약을 담당하는 정부 관리들을 '생리 경찰'이라고 불렀습니다. 적어도 나는 그런 검사를 받은 적이 없는 것으로 보아 어찌 되었든 정부에서 약간은 배려를 해주었던 모양입니다.

당시 루마니아에는 국민들이 먹을 충분한 식량조차 없었습니다. 1981년 무렵에는 상황이 나쁘다 못해 끔찍했습니다. 루마니아는 서구 국가들에게 100억 달러의 부채를 지고 있었는데, 1981년 차우셰스쿠는 해외로 팔 수 있는 것이면 뭐든 수출해서 부채를 전부 갚기로 마음먹었습니다. 그 결과 가구당 고기 배급량이 한 달에 400~800그램에 불과했습니다. 개인이 일주일 먹기에도 부족한 양이니 다섯 가족은 말할 것도 없었습니다. 식량 상황으로

봐서는 아이를 낳지 말아야 했습니다…… 하지만 그럴 수가 없었지요. 무엇보다 출산을 피하는 것은 범죄였으니까요.

이런 와중에도 차우셰스쿠는 돈을 물 쓰듯 써댔습니다. 필요가 없는 운하를 만들고, 호화스러운 저택들을 사들였습니다(그는 사십 채의 집을 갖고 있었다고 합니다). 그의 부인은 보석, 요트, 여행 따위에 수백만 달러를 펑펑 썼습니다. 여러 도시에서 하루에도 몇 번씩 전기가 끊기는 바람에 뜨거운 물조차 맘대로 끓이지 못했습니다. 신문 기사들을 보면 차우셰스쿠가 국민들에게 일주일 내내 일할 것을 강요하면서 동시에 급료는 깎았다고 합니다. 차우셰스쿠는 나라를 '재건' 하겠다며 수천 명을 대대로 살아온 땅에서 몰아냈습니다. 전통문화의 보존 따위는 전혀 신경 쓰지 않았습니다. 그동안 국민 대부분이 믿어왔던 종교마저 금지했습니다.

루마니아에 살 때는 이런 세세한 정황들을 전혀 몰랐습니다. 루마니아 언론이 차우셰스쿠의 변덕과 욕망 앞에 무릎을 꿇고 하수인으로 전락했기 때문입니다. 그러니 세월이 흐른 지금도 자체적인 정보에 의해서는 진실을 정확하게 말할 수가 없습니다. 누구나 접하는 똑같은 책과 기사에 의존할 수밖에. 나는 차우셰스쿠를 증오하면서 성장하지는 않았습니다. 하지만 루마니아에서의 삶이 얼마나 고단한지는 생생하게 알고 있었습니다. 때문에 차우셰스쿠와 영부인이 저지른 잔인한 행위와 과로, 굶주림으로 망가진 수많은 사람들 이야기를 알고도 놀라지 않았습니다. 나는 대통령과 영부인이 만든 엉터리 법률의 결과를 목도했습니다. 도시마다 길

거리에서 구걸하는 거지들이 넘쳐났습니다. 우리가 생산한 계란
과 소고기가 수출되는 사이 국민은 굶주리고 있었으며, 수천 년
역사를 자랑하는 아름다운 교회 건물이 허물어지고, 아이들은 병
과 굶주림으로 죽어갔습니다. 그래도 나는 여전히 망명할 생각을
하지 못했습니다.

　1984년 미국 로스앤젤레스에서 열리는 올림픽에 루마니아가
불참할 거라는 소문을 들었습니다. 소련, 쿠바, 동독을 비롯한 많
은 공산권 국가들이 로스앤젤레스 올림픽 출전을 거부함으로써
1980년 모스크바 올림픽 불참을 주도한 미국에 복수를 하기로 했
다는 것입니다. 차우셰스쿠가 무슨 마음으로 다른 공산국가들과
보조를 맞추지 않고 올림픽에 출전하기로 했는지 잘 모르겠습니
다. 다만 열심히 훈련한 선수들을 올림픽에 내보내기로 한 것은
훌륭한 선택이라고 평가합니다.

　우리나라에서는 올림픽에 출전하는 대가로 미국과 루마니아 정
부 사이에 모종의 협약이 있었다는 풍문이 돌았습니다. 그래서 누
구든 루마니아 사람이 올림픽 도중에 망명하면 본국으로 돌려보
내기로 했다는 것입니다. 그 말이 사실인지는 모르겠지만 1984년
올림픽 도중 누구도 망명하지 않은 것은 사실입니다. 대부분의 국
제대회에서는 망명자가 나왔습니다. 어쩌면 그런 풍문은 정부에
서 일부러 유포한 것인지도 모릅니다. 사실이든 조작이든 분명 효
과가 있었습니다. 망명 시도 후 본국으로 송환되는 끔찍한 상황은
누구도 원치 않았습니다. 송환 후에는 정보부 손에 떨어지는데,

모두가 정보부라면 치를 떨었기 때문입니다.

1984년 올림픽이 나와 관련이 있으리라고는 생각하지 않았습니다. 유럽 여행조차 허락되지 않는 상황에서 미국행이 허락될 리 없으니까요. 하지만 정부 관리로부터 내가 루마니아 대표단에 포함되었다는 전화를 받았습니다. 충격에 빠져 잠시 전화기를 멍하니 바라보았던 기억이 납니다. 정부에서 내가 비행기를 타도록 허락했다는 사실이 믿기지 않아서! 내가 맡은 일은 선수들을 보살피는 '보호자'였습니다. 시종일관 감시당할 것이 뻔했지만 그런 건 신경 쓰지 않았습니다. 미국으로 가서 맛있는 것도 먹고 쇼핑도 하고 재밌는 사람들을 많이 만나야겠다고 생각했습니다. 잠깐이지만 거의 자유의 몸이 된 것 같았습니다.

공식적으로 나는 참관자로서 올림픽 대표팀에 합류했습니다. 거기서 벨라가 최근에 길러낸 메리 루 레튼을 보았습니다. 레튼의 연기는 훌륭했습니다. 먼 발치에서 벨라를 보았고 나중에 인사를 하는 것을 허락받았지만 그와 대화를 나눌 수는 없었습니다. 벨라와 몇 분 동안 단둘이 있긴 했지만 너무 겁이 나서 아무 말도 하지 못했습니다. 사람을 얼어붙게 만드는 치명적인 두려움이 어떤 것인지 아나요? 벨라가 아니라 어머니가 그 자리에 있었더라도, 대화를 나누고 싶어 미칠 지경이었더라도 나는 망설였을 겁니다. 금지된 대화를 나누는 것이 발각되면 누군가가 내 목을 칠 테니까요. 루마니아 대표단의 관리가 나에 대해 어떻게 보고할지 알 수 없는 노릇이었습니다. 그저 모두의 기분을 거스르지 않게 행동해야 한다고 생각했습니다. 혹여 일이 잘못되지 않도록 말입니다.

내 말과 행동을 스스로 살피고 억제하는 이런 행동이 나한테는 거의 자동적으로 나타난다는 걸 이해할 수 있나요? 아예 입을 열지 않으면 사람들이 나에 대해 뭔가를 꾸며내지도 못하겠지요. 그래서 나는 한마디도 하지 않았습니다. 나는 정해진 각본 없이 내 생각을 솔직하게 말하는 것은 물론이고 아예 대화 자체에 무관심한 사람이 되어갔습니다. 전화, 렌터카, 호텔 방도 모두 도청당하고 있다고 생각했습니다. 나의 보호자 명목으로 따라온 중년 여인은 평생 정부 일만 했고 테두리 밖으로 나간다는 건 생각조차 안 했을 사람이었습니다. 그런 여인과 대표단에 섞여 있는 정부 요원들이 나의 일거수일투족을 감시하고 기록하고 있었습니다. 사람을 무기력하게 만들고, 엄청난 중압감을 느끼게 하는 그런 상황이었습니다.

그래도 벨라와 마르타가 미국에서 어려움을 극복하고 자리를 잡은 모습을 보니 기뻤습니다. 루마니아에서 터득하고 가르친 방식을 미국의 체조선수들에게 적용하고 있다는 사실이 자랑스러웠습니다. 어찌 보면 나도 그들의 성공에 작게나마 일조를 한 셈이었으니까요.

몇 주 뒤 나는 잠깐 동안의 휴식 덕분에 조금 나아진 기분으로 루마니아로 돌아왔고 똑같은 일상이 되풀이되었습니다. 다시 생존과 남동생 부양, 겨울에 우리 집을 부분적으로라도 난방을 하려고 발버둥치는 삶이 시작되었습니다. 사실 나는 성취감은커녕 한

마리 일벌처럼 일만 하며 지내는 생활에 점점 익숙해지고 있었습니다. 가끔 비명을 지르고 싶은 순간이 있었습니다. 하지만 보통은 스스로를 보호하는 안개에 갇혀 무감각하게 하루하루를 살았습니다.

친구여, 살다 보면 내면의 소리를 들을 힘과 날카로움마저 상실할 때도 있습니다. 그럴 때는 어서 안개 속에서 빠져나오라고 절실하게 깨우는 내면의 소리가 있어도 듣기가 쉽지 않습니다. 항상 내면의 소리에 귀를 기울이세요. 내면의 소리는 언제나 진실을 말한답니다. 듣고 싶지 않더라도 귀를 기울이세요. 진짜 삶을 사는 것보다 시늉만 하는 편이 쉬울 때도 있습니다. 하지만 나는 항상 가치 있는 삶이란 자각과 행동, 선택으로 가득한 삶이라고 자신을 일깨웠습니다.

내 삶에서 가장 암담하던 시절에도 밖에서 들려오는 이야기들이 있었습니다. 배 화물칸에 타고 프랑스, 스페인, 카디스 등을 거쳐 미국까지 갔다가 밀항했던 배에 실려 루마니아로 추방되었다는 남자의 이야기를 들었습니다. 열흘 뒤 그는 다시 밀항을 시도했습니다. 남자는 1년 4개월 동안 이탈리아, 프랑스 등지를 돌아다닌 끝에 마침내 미국에 도착했다고 합니다.

성공한 사람이 한 사람이라면 실패한 사람은 수도 없이 많았고, 그들의 이야기도 들었습니다. 추방되어 결국에는 감옥에 갇힌 사람도 많고 국경을 넘다가 등에 총을 맞고 죽은 사람도 많다고 했습니다. 망명을 하려고 배 밑바닥에 있는 화물칸에서 살았다는 사람들 이야기도 들었습니다. 이들은 좀 더 나은 삶을 찾기 위해 죽음까지도 기꺼이 감수하려 한 사람들입니다. 성공 여부가 확실치 않은데도 답답한 화물칸에 갇혀 바다를 건너는 고통을 감수할 만큼 삶이 열악했던 것이지요.

내가 마침내 망명을 결정한 정확한 시점이 언제인지 물었지요? 솔직히 콕 집어 말하기는 어렵습니다. 오래 계속된 생존을 위한 몸부림, 모욕감, 고난 등 수많은 요인들이 있습니다. 자유롭게 여행하고, 충분한 급료를 받는 일자리가 있었어도 그런 생각을 했을까요? 아마 아닐 겁니다.

어쨌든 어느 날 문득 내가 사는 것이 아니라 실은 죽어가고 있음을 깨달았습니다. 수완 좋은 정치적 인물이 되지 않는 한 우리나라에서는 발전을 기대할 수 없었습니다. 하지만 정치적으로 행동하는 건 내 천성과 맞지 않았지요. 지금보다 좋은 직장을 갖거나 많은 돈을 벌 희망도 없었고, 체조 대표단의 일원으로 세상을 구경할 가능성도 없었습니다. 심지어 나는 저녁식사로 무슨 요리를 할까도 마음대로 결정할 수 없었습니다. 구입할 수 있는 식료품이 없었기 때문이지요.

어느 날 내가 정말로 막다른 골목에 도달했음을 깨달았습니다. 주변의 모든 사람이 마음속으로 절규하면서도 참고 견디는 생활을 하고 있었습니다. 그들과 같은 길을 걸을 것인가, 아니면 스스로 삶의 방향을 결정하는 그런 삶을 찾아 떠날 것인가. 문득 행동하기에 따라 후자도 가능하다는 사실을 깨달았습니다.

그대는 선택의 여지가 없는 삶이 믿기지 않을 겁니다. 가위에 눌려본 적이 있습니까? 깨어나고 싶은데 꼼짝도 못한 채 무서운 꿈을 꾼 적이 있습니까? 거센 물살에 휩쓸렸는데 해변으로 갈 방법을 못 찾고 멀리서 육지를 바라만 보는 그런 꿈은? 차우셰스쿠가 통치하는 루마니아에서 성인으로 산다는 것이 그랬습니다. 문득 내가 다른 꿈을 원한다는 걸 깨달았습니다. 내 마음대로 하는 꿈을 꾸고 싶었습니다. 먼 해변까지 헤엄쳐 가서 모래 위에 발을 딛고 싶었습니다. 간절히! 마침내 내 안의 비명 소리를 들었고 귀를 기울였습니다.

망명 준비는 친구 집에서 열린 생일파티에 참석했을 때부터 시작되었습니다. 망명해서 이제는 미국 시민이 된 사람들 몇이 그 자리에 있었습니다. 한 남자가 플로리다에 살고 있다면서 항상 햇볕이 좋아 흐린 날을 보기 힘들고, 도처에 야자나무가 있고, 바닷물은 사시사철 수정처럼 맑고 따뜻하다고 했습니다. 남자는 사촌이 다뉴브 강을 헤엄쳐 루마니아를 탈출하는 것을 도왔으며 다른 사람들도 도와주었다고 했습니다. 그리고 앞으로도 계속 그런 일을 할 생각임을 넌지시 내비쳤습니다. 중키에 머리는 갈색이었고 콧수염을 기르고 있었습니다. 좋은 사람 같았고 이미 미국인이 되었으니 신뢰할 수 있었습니다. 그의 이름은 콘스탄틴이었습니다.

처음에는 콘스탄틴과 가볍게 대화를 했지만 나중에 동생에게 그 이야기를 했습니다. 동생을 방 안으로 끌고 가서 도청당하지 않게 음악을 크게 틀었습니다. 나는 우리 집이 도청당하고 있다고 확신했습니다.

"이제 그만둬야 할 때인 것 같아."

나는 아드리안에게 말했습니다.

"내 삶은 엉망이야."

아드리안은 듣고만 있었습니다.

"어떤 남자가 말하는 걸 들었어. 망명을 도와줄 수 있대…… 그 남자가 나한테 루마니아를 떠나고 싶으냐고 물은 건 아니야. 하지만 나는 떠나고 싶어."

남동생은 오랫동안 말이 없었습니다. 이어 내 눈을 들여다보더니 변화가 필요한 때라는 데 동의했습니다. 동생은 내가 루마니아를 떠나 새로운 삶을 찾아야 한다는 것을 이해했습니다.

드디어 희망을 선택하다

내가 마루운동에서 주로 하는 구르기 동작을 살펴보겠습니다. 통상 세 번 구르기 묘기를 펼칩니다. 도움짚기 하여 손짚고 뒤돌기, 웅크린 자세에서 이중 회전을 하며 뒤로 공중돌기. 도움짚기 하여 몸을 반바퀴 옆으로 회전한 다음 다리 뻗은 상태로 앞 공중돌기(아라비안 파이크Arabian Pike라고 불린다), 한 걸음 내딛은 다음 도움짚기 하여 손짚고 뒤돌기에 이어 뒤로 공중돌기, 다리 벌려 돌면서 착지하기. 이어서 도움짚기 하여 손짚고 뒤돌기 후 두 번 비틀면서 뒤로 공중돌기. 가장 어려운 기술은 이중 회전을 하면서 뒤로 공중돌기를 하는 것입니다. 이 기술을 안정감 있게 펼치는 선수는 세계에서 몇 안 됩니다.

친구여, 어렸을 때 〈잠자는 숲속의 공주〉라는 동화를 읽은 적이 있습니까? 사악한 요정 멀레피센트의 저주를 받은 오로라 공주에 관한 이야기지요. 저주에 따르면 오로라는 열여섯 살 생일에 물레에 손가락이 찔려 죽게 됩니다. 하지만 선한 요정들은 오로라를 구하기로 마음먹고 저주의 내용을 바꿉니다. 공주가 손가락을 찔리면 깊은 잠에 빠지고, 진정한 사랑의 키스를 받으면 깨어나도록 한 것이지요.

우리 루마니아에도 비슷한 설화가 전해집니다. 과거 나는 잠자는 숲속의 공주가 되는 상상을 자주 했습니다. 왕자가 나타나서 키스를 해주면 마침내 성 안에서 깨어나는 공주, 그래서 왕자를 간절히 기다리는 공주가 되고 싶었지요. 그런데 문제는 루마니아에는 왕자가 없다는 것이었습니다. 설령 왕자가 있다 해도 난방도 잘 안 되는 집에 살면서 먼지가 뿌연 정부청사에서 일하는 나 같은 사람을 찾아올 리 만무했습니다. 나는 성은커녕 창고 같은 데사는 하찮은 존재였고, 삶에 도대체 희망이라곤 없어 보였습니다. 콘스탄틴과의 만남은 굳게 닫힌 창문에 균열이 생기면서 확 열리는 그런 느낌이었습니다. 갑자기 열린 창문으로 들어오는 신선한산들바람이 새로운 미래에 대한 희망을 전해주는 것 같았습니다. 체념하고 살아온 과거, 그리고 현재와는 다른 새로운 미래를.

망명을 꿈꾸면서 내 마음도 살아나는 것 같았습니다. 뭐든지 할수 있을 것 같았습니다. 내 상황은 사막에서 목마름으로 죽어가다가 갑자기, 어딘가에 물이 있다는 것을 알게 된 그런 형국이었습니다. 물을 손에 넣으려면 살아서 사막을 통과해야 했습니다······ 물은 사막 너머 저기에 있었으니까요. 마찬가지로 자유도 저기 너머에 있었습니다. 어떤 위험이라도 감수할 의지가 있다면 손에 넣을 수 있는 저곳에 있었습니다. 하지만 내게 과연 그럴 의지가 있었을까요?

동생이 자기가 콘스탄틴을 만나봤으면 좋겠다고 했습니다. 우리는 다음번 '사교' 모임에 같이 갔습니다. 정보부의 누구도 의심의 눈초리를 들이대지 않는 모임이었습니다. 콘스탄틴은 아드리안에게 나를 루마니아 밖으로 내보낼 방법을 알고 있다고 말했습니다. 헝가리 국경 근처에 가족이 사는 친구가 있다는 것이었습니다. 우리가 파티 참석을 이유로 그 집을 자주 방문하는 게 좋겠다고 했습니다. 정부에서 내가 국경 근처 사람들과 사귀는 데 익숙해지도록 하자는 것이었습니다. 딱 한 번만 가면 의심하겠지만 여러 번 갔다가 돌아오는 모습을 보여주면 경찰도 경계가 느슨해지리라는 계산이었습니다. 경찰이 긴장을 늦추면 나를 비롯한 몇몇 사람이 국경을 넘을 충분한 시간을 벌게 되니까요.

동생은 대화를 나눈 다음 콘스탄틴이 믿을 만한 사람이라고 했습니다. 콘스탄틴은 허풍을 치는 게 아니었습니다. 콘스탄틴을 믿고 목숨을 건 모험을 하려는 사람이 나 말고도 여섯 명이나 더 있었습니다.

"이 나라에선 누나가 기대할 것이 아무것도 없어."

아드리안이 말했습니다.

"정부의 누나에 대한 처우는 굴욕적이야. 망명하고 싶다면 노력해봐야 해."

내게 너무 큰 힘이 되는 말이었습니다. 나와 헤어지더라도 내가 행복해지기를 바라는 동생의 마음을 확인했으니까요.

국경 근처에 사는 콘스탄틴의 친구들을 방문하자는 제안을 받아들였습니다. 거기서 망명하려는 다른 여섯 사람을 만났습니다. 여자가 둘, 남자가 넷이었는데 한 명은 세 번이나 시도했다가 실패한 사람이었습니다. 헝가리까지 가는 데는 성공했지만 헝가리 당국이 번번이 그를 돌려보냈다고 했습니다. 헝가리 국경을 무사히 넘는다 해도 체류 허가를 받는다는 보장이 없었습니다. 당시 헝가리에서는 망명 희망자의 지적 수준, 보유 기술, 사회발전에 공헌할 만한 능력 등을 검토하여 그만한 가치와 생산성이 있다고 판단되면 체류를 허락했습니다. 그렇지 않으면 루마니아로 돌려보내는 식이었지요. 루마니아로 돌아온 뒤에는 감옥에 갇히게 됩니다. 우리가 만난 사람도 돌아와서 수감되었다고 했습니다. 그래도 그는 포기하지 않고 네 번째 망명을 시도하고 있었습니다.

자유를 얻는다는 생각이 점점 구체화되었습니다. 과거에는 막연했으나 현실로 다가오면서 두렵기도 하고 설레기도 했습니다. 그러면서도 아버지와 어머니에게는 내 계획에 대해 한마디도 할 수가 없었습니다. 말을 하면 부모님까지 위험에 빠뜨리게 될 테니까요. 위로의 말 몇 마디 듣자고 그런 위험을 감수하고 싶지는 않았습니다. 비밀리에 필요한 서류 작업들을 진행했습니다. 내가 망명에 성공했을 때 동생과 올케가 집을 빼앗기지 않도록 동생 명의로 바꿔야 했습니다. 내 이름으로 두고 떠나면 정부는 동생네를 길거리로 내몰 테니까요. 부디 그런 서류 작업이 효과가 있어 아드리안을 지켜주기를 바랐습니다.

정말로 망명을 하게 될지 아직도 확신이 서지 않았습니다. 계속해서 콘스탄틴의 친구들 집에서 열리는 '파티'에 참석했습니다. 집이 국경에서 무척 가까웠기 때문에 경찰이 인근을 지켰습니다. 집에 들어가려면 검문소에서 서명을 하고 나올 때도 마찬가지로 서명을 했습니다. 거기에 있는 동안에는 음악을 틀어놓고 특별할 것 없는 잡담을 나누었습니다. 내심으로는 집단 안에 있는 모든 사람을 믿어도 좋을지 파악하는 과정이었습니다. 정보부는 몰래 첩자를 심어 망명하는 척하라고 지시한 다음, 결정적인 순간에 '범죄자'로 체포하기도 했습니다.

그 집에 갈 때마다 남동생과 올케가 동행했습니다. 시간이 흐르자 남동생 내외는 자기들도 망명을 해야 하지 않을까 생각하기 시작했습니다. 나는 심각하게 고민하라고 말했습니다. 함께 가다 붙잡히면 우리 모두 길거리에 나앉게 된다고. 최소한 두 사람은 집이 있고 의지할 배우자가 있지 않느냐고. 마침내 동생 부부는 너무 큰 위험이 따르는 일이고, 그런 위험을 감수할 만큼 자기들이 불행하지 않다는 결론을 내렸습니다. 사람이 얼마나 절박하면 망명을 생각하고 시도하는지 이해가 되나요? 실패하면 투옥되고 심한 경우 사형을 받을 수 있었습니다. 그러니 감수해야 할 위험과 추구하려는 삶 사이에서 신중하게 결정해야 했습니다.

'파티'에 갈 때마다 나는 동생 내외와 공공연하게 대화를 함으로써 비밀경찰들에게 나의 정확한 동선을 알려주었습니다. 나의 동선을 알려줘서 안심시키려는 의도였지요. 다른 사람들도 마찬가지였습니다. 우리 중에 누구도 국경 근처에 다니면서 관심을 끌고 싶지 않았습니다. 하지만 국경을 넘을 수 있는 희망이 있으면 국경 근처에서 망명하는 것은 필수였습니다. 그러니 우리 여행의 시작점이 그 집일 수밖에 없었습니다.

어쩌면 100미터를 채 가기 전에 등에 총알이 꽂힐지도 모르고,

국경을 넘은 직후에 죽음을 맞이할지도 몰랐습니다. 하지만 우리보다 앞서 망명을 시도했던 사람들이 그랬듯 우리 모두는 죽음의 위험을 감수할 만큼 절박했습니다. 최후의 순간에 다른 망명 희망자나 콘스탄틴이 배신자로 판명될 수도 있었습니다.

나는 동화는 그저 아이들을 위한 이야기라는 것을 알고 있었습니다. 왕자님이나 커다란 성이 아니라 나는 그저 좀 더 나은 삶을 원했을 뿐입니다.

국경 근처 집을 마지막으로 방문했을 때, 나는 검문소를 통과해서 돌아오지 않았습니다. 대신 어둠을 향해 앞으로 내달렸습니다.

목숨을 건 모험

1976년 올림픽에서 했던 내 평균대 연기를 살펴보겠습니다. 평균대의 옆면을 바라보는 자세에서 시작합니다. 손을 평균대에 놓고 다리를 L자 형태로 만들면서 뛰어오른 다음, 서서히 다리를 들어 올려 물구나무서기를 하고 이어서 한 발을 축으로 팽이처럼 도는 1/4 필루엣 스텝으로 평균대 위에 서기. 계속해서 우아하게 두 걸음 걷기, 손짚고 뒤돌기, 3/4바퀴 회전. 평균대 끝으로 두 걸음 걷기, 앞 공중돌기, 이어서 회전. 손짚고 옆돌기, 곧이어 손짚고 뒤돌기, 춤동작. 평균대 위에 앉은 자세에서 뒤로 돈 다음, 손짚고 돌아선 자세로 돌아오기(발데Valdez라고 불린다). 평균대 끝에서 다리 벌리고 도약, 손짚고 뒤돌기 두 번. 춤동작, 두 걸음 가서 손짚고 옆돌기, 곧이어 옆으로 두 바퀴 비틀면서 뒤돌기로 착지.

친구여,

지난번 편지를 보니 나의 망명 결심이 존경스럽다고 했더군요. 하지만 그대가 망명이 가지는 여러 복잡한 의미를 완전히 이해한 것인지 아직도 불안합니다. 정부의 통치와 법 밖으로 나간다는 발상이 얼마나 위험한지 정말로 이해했습니까? 망명 시도 자체가 얼마나 비상식적인 행동인지? 과연 차우셰스쿠의 힘이 어디까지 미칠지?

수많은 가정들이 기차가 지나가듯 내 머릿속을 빠르게 훑고 지

나갔습니다. 내 망명 결심 때문에 부모님이 피해를 입으면 어쩌나? 고심해서 일을 처리했는데도 남동생이 집을 잃고 거리로 나앉으면 어쩌나? 비밀경찰이 가족들을 감옥에 가두고 심문하고 고문하면 어쩌나? 이런 생각을 하면 의지가 꺾이고 행동을 저어하게 마련입니다. 루마니아 정부는 그런 심리를 이용하고 있었습니다. 공포 심리를 이용해서 국민들을 무력화시켰던 루마니아 정부의 능력은 이미 많은 증거들을 통해 입증된 사실입니다.

그렇다면 국경 근처 집을 빠져나와 어둠 속을 질주할 용기를 갖게 한 것은 무엇일까요? 모든 것이었습니다. 내가 듣고, 말하고, 경험하고, 동경하고, 아파하고, 바라고, 요구하고, 희망하고, 꿈꾸었던 모든 것. 너무나 보잘것없는 내 현실에 가려 있던 모든 것이었습니다. 두고 가는 부모님이 부디 잘 계시기를, 남동생이 부디 별일 없이 지내기를 기도했습니다. 창백하고 불안한 낯빛에 힘겹게 숨을 내쉬는 여섯 명의 동료가 어둠 속에서 그림자로만 보일 때도, 내가 부디 앞으로 계속 걸을 수 있기를 기도했습니다.

물론 내가 사라진 사실이 발각되지 않을 리 만무했습니다. 나는 정부 일을 하고 있었고 매일 일정한 시각에 직장에 모습을 드러내야 했습니다. 나는 날마다 여덟 시간씩 일했습니다. 내가 나타나지 않거나 몸이 아파 나가지 못한다고 전화라도 하면, 수많은 사람이 내가 사라진 것을 알게 될 테고 당장 경보가 울리겠지요. 관건은 시간일 겁니다.

마지막으로 국경 근처 집을 방문하기 전 동생 내외와 마을 근처

레스토랑에서 작별을 고하는 저녁식사를 했습니다. 그 식사 또한 공개적이어야 하고 여느 때와 다르지 않게 보여야 했습니다. 우리를 지켜보는 누구도 의심을 품지 않도록.

몇 시간 뒤에는 죽을지도 모른다는 생각을 하면서 사랑하는 사람들과 유쾌한 저녁식사를 하는 것처럼 연기를 해야 했습니다. 견딜 수 없을 만큼 가슴 아프고 힘든 일이었지요. 그날 밤 아드리안의 눈빛에는 걱정과 근심이 가득했습니다. 어찌 걱정이 안 되겠습니까? 동생이 아는 것은 오늘 저녁에 내가 국경을 넘어 헝가리로 출발한다는 사실뿐이었습니다. 내가 운이 좋아 국경을 넘는다 해도 앞으로 누나에게 언제, 어떻게, 무슨 일이 생길지 알 수 없는 노릇이었습니다. 식사를 마치고 내가 먼저 일어나 동생 내외를 남겨두고 걸어 나왔습니다. 돌아보지 않았습니다. 당시 나는 그것이 남동생 내외를 보는 마지막 순간이라고 생각했습니다. 진심으로. 그때 돌아보았다면 마음이 흔들렸을 겁니다. 계획대로 밀고 나갈 용기를 내지 못했을 겁니다. 어쨌든 나는 당시 심장 한쪽이 정말로 찢겨나가는 듯한 고통을 느꼈습니다.

특별히 계획이랄 것이 없었습니다. 콘스탄틴은 그날 밤 우리에게 전에 세 번 망명을 한 적이 있는 남자를 따라 여섯 시간 동안 얼어붙은 땅과 반쯤 언 호수, 울창한 숲을 지나 헝가리 국경을 넘게 될 것이라고 말했습니다. 11월이었고 기온이 영하였으므로 저체온증을 막으려면 계속 빠르게 움직여야 했지요. 콘스탄틴은 차로 국경을 넘어 우리를 기다리기로 했습니다. 그런 다음 모처에서 잠을 자고, 헝가리 당국자에게 가서 망명을 요청할지는 각자 결정하기로 했습니다.

집을 나가 어둠 속에서 국경을 향한 질주를 시작하기 직전에 과거 국경을 넘은 적이 있는 남자가 마지막 충고를 했습니다.

"플래시는 안 됩니다. 곳곳에 경비병이 있어요. 불빛이 보이면 우리 위치를 알게 됩니다. 뒤에서 소음이 들리면 뛰지 마세요. 경비병일 겁니다. 달리면 총을 쏠 수 있으니까요. 만약 붙잡히면 뛰지 마세요. 도망가려고 해도 경비병은 총을 쏠 겁니다. 조용히 움직여야 합니다. 말하지 말고요."

어둠 속으로 나가기 전에 우리는 앞 사람의 어깨에 손을 걸었습니다. 일단 집을 나간 뒤에는 어두워서 볼 수가 없으니까요. 앞 사람을 놓치면 무리에서 분리되어 길을 잃게 되겠지요. 발밑의 땅이 꽁꽁 얼어서 수없이 미끄러졌던 기억이 납니다. 시간이 더디 흐르다 못해 멈춰버린 것 같았습니다. 한없는 냉기와 터덜터덜 걷는 우리의 발소리뿐, 아무것도 느껴지지 않았습니다. 내 귀는 경비병의 외침 소리, 자박자박 걷는 부츠 소리, '찰칵' 총을 장전하는 소리 따위를 들으려고 시종일관 긴장해 있었습니다.

등에 총알이 박히는 것 말고 뭐든 다른 생각을 하려고 애썼습니다. 얼긴 얼었지만 단단하게 언 것 같지 않은 강에 도착했습니다. 단단히 얼지 않았고, 깊이는 얕아 보였습니다. 여기 말고 달리 건널 곳도 없었습니다. 얼음 위로 올라서자마자 일음에 금이 갔고 우리는 무릎 깊이의 물에 빠졌습니다. 정신이 바짝 날 만큼 차가웠습니다. 하느님, 부디 호수 밑바닥이 깊어져 내 머리가 물에 잠기지 않고 강을 무사히 건너게 해주십시오. 그렇게 기도했습니다. 그렇게 차가운 물에 머리까지 잠겼다가는 2분도 버티지 못했을 겁니다. 강을 건너는 데는 무척 오랜 시간이 걸렸지만, 차가움으로 인한 고통 때문에 다른 것은 느낄 여유가 없었습니다. 우리는 감각을 잃은 상태였습니다.

막상 행동을 개시하고 나니 얼마나 엄청난 일인지 새록새록 느껴졌습니다. 이후 여섯 시간 동안 나는 여러 차례 그 엄청난 무게에 압도당했습니다. 내가 정말로 망명을 결정했다는 사실, 목숨을 건 모험을 하고 있다는 사실, 부모님과 남동생을 다시는 못 볼 수도 있다는 사실이 믿기지 않았습니다. 그래도 돌아가야겠다는 생각은 들지 않았습니다. 어디로 간다는 것인가? 집으로? 난방조차 맘껏 못 하는 그곳으로? 막다른 골목이나 다름없는 직장으로? 국가의 영예를 드높인 공로 따위는 전혀 인정하지 않는 그곳으로? 미래가 없는 그곳으로? 그건 죽음과 다를 바 없지 않은가?

우리를 이끌고 있는 남자를 의심한 것도 여러 번이었습니다. 그는 '계속해서 왼쪽으로' 가야지 그렇지 않으면 루마니아로 돌아가게 된다고 말했습니다. '계속 왼쪽으로 가라…… 무슨 방향이 그런가?' 나침반이나 지도 같은 걸 보고 싶은 심정이었습니다. 하지만 어둠 속에서는 그 남자를 따라가는 수밖에, 부디 그 남자가 제대로 가고 있기를 바라는 수밖에 달리 도리가 없었습니다. 그는 5미터 넓이의 시커먼 진흙길을 지나면 국경이라고 말했습니다. 하지만 여러 번 진흙길을 지났는데도 아직 국경에 도착하지 못했습니다. '영 엉터린데.' 실제로 그렇게 생각했었습니다. '방향감각이 엉망인 남자를 따라가다 죽을지도 모르겠군.' 그래도 말을 하지는 않았습니다. 나뿐 아니라 누구도 침묵을 깨고 말을 할 엄두를 내지 못했습니다. 엉터리 같다는 말을 내뱉고 싶은 욕구를 억누르느라 이를 악물었습니다.

국경에는 철조망도 없고 경비병도 없는 곳이 여러 군데 있었습니다. 국가에서 자국의 국경 모든 곳을 통제한다는 것은 사실상 불가능합니다. 우리는 그런 곳을 골라 헝가리로 들어갈 예정이었습니다. 앞장선 남자가 콘스탄틴이 차를 타고 기다리는 곳으로 데리고 가기로 했습니다. 하지만 우리는 애초 넘기로 한 정확한 지점을 찾을 수 없었습니다. 콘스탄틴은 고사하고 그가 기다린다는 길도 찾을 길이 없었습니다. 심지어 우리는 헝가리 국경을 통과했는지도 몰랐습니다. z와 s가 유독 많이 들어간 지명이 적힌 표지판을 보고서야 국경을 통과했음을 알았지요. 분명, 루마니아 지명은 아니었으니까요.

흠뻑 젖은 데다 온몸이 먼지투성이인 우리 일행은 걷고 또 걸었습니다…… 경비병 두 명이 서 있는 바로 앞까지.

콘스탄틴은 '안녕하세요'라는 뜻이 헝가리 말을 가르쳐주며 헝가리에 들어간 다음 경찰을 만나면 그 말만 하라고 했습니다. 문제는 경비병이 "안녕하세요"를 넘어 질문을 던지기 시작했다는 겁니다. 우리는 모두 바보처럼 그들을 쳐다만 보았습니다. 게다가 일곱 명이 사람이 살지 않는 곳을 새벽 2시에 걸어간다는 것부터가 의심스럽기 짝이 없었겠지요. 도대체 그 시간에 그 행색으로 어디를 가고 있다고 생각하겠습니까? 경비병이 우리에게 함께 가자고 말했습니다. 그들은 우리를 차에 태워 헝가리 경찰서로 데려갔습니다. 차를 타고 가는 동안 아무도 말을 하지 않았습니다. 그들이 말을 못하게 해서가 아니라 우리 모두 완전히 겁먹은 상태였기 때문입니다.

망명 희망자 면담은 개별적으로 진행되었습니다. 경찰이 내 신분증을 보더니 즉시 헝가리에 남아달라고 요청했습니다. 내가 유명한 체조선수였으니 속으로 대어를 낚았다고 생각한 모양입니다. 지금 생각해봐도 그들이 내가 왜 그렇게 가치 있다고 생각했는지 의아합니다. 내 체조선수 경력은 이미 끝난 상태였습니다. 물론 좋은 코치야 될 수 있겠지만, 그 외에 내가 헝가리에 뭘 해줄 수 있었을까요? 나 이외에 일행 중 두 사람이 망명을 허락받았습니다. 나머지는 다음 날 루마니아로 돌아가야 한다는 말을 들었습니다. 그들은 울기 시작했습니다.

"이봐요."

나는 경찰에게 말했습니다.

"모두에게 헝가리 망명을 허락해야 나도 여기 남겠어요."

생각하고 말고 할 시간도 없이 그 말이 입 밖으로 튀어나왔습니다. 체조는 나에게 팀플레이어가 되라고 가르쳤습니다. 그리고 당시에는 동료 망명자들이 팀이었습니다. 나는 처우가 공평하지 않다고 생각했습니다. 우리 일곱 명은 모두 똑같은 위험을 감수하며 국경을 넘었기에 모두에게 체류가 허락되어야 한다는 생각이었지요.

"우리는 함께 왔으니 함께 남을 겁니다."

나는 선언하듯 말했습니다. 놀랍게도 경찰관이 내 말을 따라주었습니다. 그뿐 아니라 몸이 회복될 때까지 일주일 동안 호텔에서 머물게 해주고, 식량 배급증도 주고, 일자리 찾는 일도 도와주겠다고 했습니다. 장기적으로 헝가리에 머물 생각은 아니었지만 헝가리 정부의 호의를 받아들이기로 했습니다. 당장 춥고 배가 고팠으며 잠이 절실했으니까요.

한편 계획이 어긋났다고 생각한 콘스탄틴은 나름대로 우리를 찾고 있었습니다. 경찰서를 출발하기 직전에 우리를 찾아낸 콘스탄틴은 자기가 우리 일행을 호텔로 데려가겠다고 말했습니다. 말은 그렇게 했지만 콘스탄틴은 지정된 호텔로 가지 않았습니다. 콘스탄틴은 우리가 호텔로 가면 언론과 경찰에서 곧 들이닥칠 거라고 생각했습니다. 우리는 다음 행동에 들어가기 전에 약간의 여유 시간이 필요했습니다. 알다시피 헝가리는 우리의 최종 목적지가 아니었습니다. 일단 헝가리는 루마니아와 너무 가까웠습니다. 우리는 모두 오스트리아 국경을 넘어서 망명을 요청할 생각이었습니다.

우리는 한 방에 오글오글 모여 앉아 밤을 샜습니다. 다음 날 아침 내 사진이 신문 1면에 대문짝만 하게 나온 것을 보았지만 헝가리어로 된 기사 내용은 읽지 못했습니다. 사실 상세히 읽을 필요도 없었습니다. 내 망명 사실이 루마니아에 알려졌다는 사실을 확인하는 것으로 충분했습니다. '계속 움직여야 해. 망명이 정치 문제로 비화되면 헝가리에서 나를 루마니아로 돌려보낼 수도 있으니까.' 이런 생각을 하며 의지를 다졌습니다. 그날 정오가 되기 전 우리는 두 그룹으로 나뉘어 차를 탔습니다. 한 대는 콘스탄틴이 몰고 다른 한 대는 그의 친구가 몰았습니다. 오스트리아 국경을 넘으러 가는 것이었습니다.

오스트리아 국경까지는 차로 여섯 시간이 걸렸습니다. 도중에 우리를 따라오거나 두 대의 차를 감시하는 눈길은 없었습니다. 우리는 헝가리와 루마니아 사람들보다 한발 앞서 나갔습니다. 오스트리아 국경수비대가 차를 세우고 닥치는 대로 신분증을 확인했습니다. 콘스탄틴이 우리를 카페에 내려놓고 혼자 차를 몰고 가서 차를 세우는지 확인하기로 했습니다. 그는 돌아와서 실제로 제지를 당했다면서 차로 국경을 넘는 것은 너무 위험하다고 말했습니다. 우리는 다른 곳을 찾아 국경을 넘어야 했습니다…… 그것도 한밤에.

당시에 대해 뭐라고 말해야 할까요? 그저 앞으로, 앞으로 나아갔습니다. 다시 밤을 새워 국경을 넘을 거란 생각은 안 했지만 그 외에 다른 방법이 없었습니다. 콘스탄틴은 이번에도 국경 너머에서 기다리고 있겠다고 했습니다. 이 또한 거기 있겠다는 그의 말을 믿을 수밖에 달리 도리가 없었습니다. 체조를 할 때는 내가 직접 내 운명을 통제합니다. '내'가 잘하면 국가의 이름을 드높이고 메달을 받으니까요. 하지만 삶은 전혀 달랐습니다. 루마니아에서의 비인간적인 삶, 망명의 위험과 불확실성은 나를 둘러싼 환경을 통제하기가 얼마나 힘든가를 여실히 보여주었습니다.

콘스탄틴이 국경에서 어느 지점을 넘을지 알려주었습니다. 우리는 어둠이 내리기를 기다렸다가 걷기 시작했습니다. 첫 번째보다 훨씬 겁이 났습니다. 아마도 목표에 한층 가까워졌기 때문일 겁니다. 침착해야 한다고 나를 다독였습니다.

'호흡에 집중하고, 침묵하고, 길을 잃지 않도록 해야 해. 무엇보다 살아남는 데 집중해.'

일곱 번이나 철조망을 넘어가야 했습니다. 찔렸을 때의 통증은 기억나지 않지만 몸에는 날카로운 금속에 찔린 상처가 가득했습니다. 일행들 대부분이 피범벅이 되었습니다. 철조망을 모두 넘는 데 두 시간이 걸렸습니다. 콘스탄틴이 우리를 태우려고 기다리는 도로를 보았을 때 나는 초죽음 상태였습니다. 콘스탄틴은 경찰이 지나갈 수도 있으니 아스팔트 옆에 숨어 있으라고 했습니다. 두 차의 헤드라이트 하나씩을 고장 내서 차를 알아볼 수 있게 하기로 했습니다. 그런 차 두 대가 나타나면 숨어 있던 곳에서 나와야 했습니다.

우리는 배를 바닥에 대고 납작 엎드린 채 잡초 옆에 숨어 있었습니다. 그러고는 지나가는 차들을 지켜보았습니다. 한쪽 헤드라이트가 고장 난 차를 놓치지 않으려고 잔뜩 긴장하고 있었습니다.

헤드라이트가 하나뿐인 차 두 대가 줄지어 오는 모습이 보이자 벌떡 일어나 차를 향해 질주했습니다. 그날 밤 우리는 호텔 1인실 바닥에서 모두 함께 잤습니다. 헝가리에서 한 방에 모여 밤을 새던 때와 분위기가 다를 수밖에 없었습니다. 우리는 성공을 자축했습니다. 마침내 성공했다는 안도감과 기쁨으로 충만한 분위기였습니다.

일단 오스트리아에 도착한 뒤에는 나를 제외한 모든 사람이 독자적으로 움직였습니다. 대부분은 노숙자를 위한 보호소로 갔습니다. 보호소는 사람들이 일자리를 찾을 때까지 잘 곳을 제공합니다. 일단 일자리를 잡고 후원자가 생기면 오스트리아 정부에 시민권을 신청하게 됩니다. 나는 말도 통하지 않는 낯선 나라에서 혼자가 되지 않은 것에 감사했습니다. 콘스탄틴이 내 곁에 남아 나를 미국 대사관으로 데려갔습니다. 그는 내가 미국으로 가고 싶어 한다는 것을 알고 있었고 무척 돕고 싶어 했습니다.

지난번 편지에서 콘스탄틴에 대한 좋지 않은 소문들을 거론하며 궁금하다고 했지요? 사실 그대가 거론한 구체적인 예를 보고 당황했습니다. 그대는 떠도는 온갖 소문들을 믿는 모양이더군요. 미국에 도착했을 때 콘스탄틴이 나를 조정하고 사실상의 옥살이를 시키면서 내 망명을 이용해 돈을 벌려고 했다는 주장도 곧이곧대로 믿는 것 같았고요. 그런 소문에 대해, 무엇이 진실인지에 대해 앞으로 이야기할 예정입니다. 누구도 완전히 선하거나 악하지 않다는 걸 잊지 마세요. 우리는 모두 천사 같은 면과 악마 같은 면을 갖고 있습니다. 우선은 일이 어떻게 된 것인가를 이야기하겠습니다.

콘스탄틴은 나를 오스트리아 주재 미국 대사관으로 데려갔습니다. 내가 정치적 망명을 요청하려 했기 때문입니다. 대사관 문으로 들어가서 처음 만난 사람에게 나는 나디아 코마네치이며 망명을 하고 싶다고 말했던 것으로 기억합니다. 그러자 한바탕 소란이 일어났습니다. 내 이름을 언급하는 순간 잠시 대사관 업무가 마비된 게 아닌가 싶었습니다. 대사관 직원들은 유령이라도 되는 양 나를 빤히 쳐다보았습니다. 한 직원이 대사관 사람들도 내가 망명을 했다는 소식을 들었지만 어디서 찾아야 할지 아는 사람이 없었다고 말했습니다. 영어를 좀 더 잘했으면 지난 며칠 동안 나도 내가 어디 있는지 몰랐노라고 말해주었을 겁니다.

"무엇을 도와드릴까요?" 직원이 물었습니다.

"미국으로 가고 싶습니다."

"언제요?"

"최대한 빨리."

"2시간 뒤에 출발하는 팬아메리칸 항공 비행기가 있으니 그걸 타시지요."

직원이 미소를 지으며 말했습니다. 나는 소위 '특별한 능력을 가진 사람'으로 분류되었습니다. 과학자, 예술가를 비롯해 미국 사회에 공헌할 것으로 생각되는 사람들을 묶어놓은 범주였습니다. 그런 사람은 모든 과정을 초고속으로 통과할 수 있었습니다.

너무 험난했던 망명 과정이 갑자기 너무 쉽게 착착 진행되자 오히려 이상했습니다. 내가 죽어서 천국에 온 것인가 싶었습니다. 누워서 떡먹기라는 말이 실감날 정도로 이제 모든 것이 수월하게 진행될 것입니다. 나는 미국으로 날아가서 좋은 일자리를 얻고 엄청난 돈을 벌게 되겠지요. 대중은 과거의 찬란한 업적 때문에 나를 우러러볼 것이며, 나는 화려한 미래를 통해 망명에 대한 충분한 보상을 받을 겁니다. 만약 이랬을 거라 믿는다면 그대는 정말 속기 쉬운 순진한 사람입니다.

대사관은 필요한 서류 작업을 마무리한 다음 나를 경호원과 함께 경찰차에 태웠습니다. 팬아메리칸 항공 직원들은 친절하게도 내게 1등석을 내주었습니다. 1등석이라니요! 화물칸에 태웠어도 나는 개의치 않았을 겁니다. 마침내 자유의 몸이 되었고 미국으로 가는 비행기를 탔습니다. 중요한 것은 목숨을 건 망명에 성공했다는 사실이었습니다. 맛있는 식사를 하고 와인과 샴페인을 마시는 일은 성공을 확인시켜주는 부차적인 것에 불과했습니다.

비행기를 타고 가는 동안 남동생 생각을 많이 했습니다. 전화라도 해서 안전하다고 말해주고 싶었습니다. 루마니아 정부는 아마 내가 머리에 총상을 입고 죽었다고 했을 겁니다. 하지만 동생과 연락을 취해 진실을 말해줄 방법이 없었습니다. 마찬가지로 머릿속에서 사라지지 않는 걱정거리가 또 있었습니다. 미국에 내리면 어떤 일이 일어날까 하는 것이었죠. 콘스탄틴은 내가 잠시 자기 아내랑 아이들과 함께 살게 될 거라고 말했습니다. 나는 그에게 별다른 질문을 하지 않았습니다.

친구여, 제발 아무것도 모르는 다른 사람들처럼 비난의 잣대를 들이대지 마세요. 내가 비행기에서 콘스탄틴에게 이러저러하게 말했어야 한다고, 미국에 도착한 다음에는 또 어떻게 행동했어야 한다고…… 나를 비난하지 마세요. 그전까지 나는 평생을 주체가 아닌 객체로 살아왔습니다. 어렸을 때는 코치들이 어떻게 훈련하고 생활할 것인가를 지시했습니다. 이어서 체조연맹이 내가 대회나 시범경기에 나갈지 말지를 결정했습니다. 정부가 나를 이곳에서 저곳으로 이동시켰습니다. 내가 진정으로 자유로운 사람으로 살았던 순간, 내 생각이 정말로 중요했던 순간, 진정 내 목소리를 낸 순간이 단 한 번도 없었던 것으로 기억합니다. 주목받는 체조선수이다 보니 내가 하는 모든 말이 서구 언론에 활자화되어 실렸습니다. 독재 정권이 나를 감시하고, 따라다니고, 도청했습니다. 나는 비밀과 불신을 품고 사는 법, 그리고 침묵하는 법을 터득했습니다.

흥미로운 심리학 실험에 대해서 읽은 적이 있습니다. 개를 바닥에 전기가 통하는 우리 안에 가두고 전기 자극을 주어 반응을 알아보는 실험입니다. 전기 충격이 일관되게 왼쪽으로만 가해지면, 개는 오른쪽에서 사는 법을 터득한다고 합니다. 반대도 역시 마찬가지입니다. 전기 충격을 오른쪽에 가하면 왼쪽에서 살게 되는 것이지요. 하지만 전기 충격이 일관성이 없이 오른쪽 왼쪽에서 닥치는 대로 가해지면 개는 갈피를 잡지 못하고 마침내 미쳐갑니다.

나는 미쳐가고 있었기 때문에 루마니아를 떠났습니다. 세상 사람이 다 루마니아 정부나 체조계 또는 차우셰스쿠 같지는 않다는 사실을 처음엔 알지 못했습니다. 내게 그들은 모순투성이에 종잡을 수 없는 존재로 비쳤습니다. 미국에 처음 도착하자마자 차이를 깨닫고 대처하기란 쉽지 않은 일이었습니다. 내게는 적응할 시간이 필요했습니다.

내가 콘스탄틴이 비행기 안에서 지시한 대로 했다는 사실이 그렇게 이상한가요? 콘스탄틴을 믿고, 조언을 따르는 것이? 당시 나는 담당자의 지시를 따르면 생존 가능성이 높으리라고 생각했습니다. 나는 루마니아 정부가 누군가를 보내 나를 살해하려 할 것이라고 확신했습니다. 루마니아 정부가 '그들의 나디아'가 망명하게 내버려둘 리 없다는 생각이었습니다. 루마니아 국민에게도 당혹스러운 일이고, 차우셰스쿠 개인에게도 모욕적인 일이니까요. 미국에 도착한 뒤 교통사고를 당하거나 고층빌딩에서 떨어진다면 아무도 내 죽음을 의심하지 않겠지요. 나는 비밀경찰이 그런 방법을 쓴다고 생각했습니다.

뉴욕에 도착해 비행기에서 내리자 나를 기다리는 사람들이 존 F. 케네디 공항 회견장을 가득 메우고 있었습니다. 10시간 동안 비행기를 탄 뒤 나는 세관을 급히 통과해서 곧장 기자회견장으로 갔습니다. 콘스탄틴이 옆에 있었습니다. 나는 (썩 잘하지 못하는 영어였지만) 나름대로 최고의 영어 실력을 발휘하여 기자들에게 말했습니다. 미국에서의 생활이 다르리라는 것은 알지만 "아홉 번이나 미국에 와봐서 이곳 생활을 알고 있습니다."라고 말했습니다. 지금 생각해보면 문법적으로만 틀리지 않았을 뿐 너무나 미숙한 말이었습니다. 루마니아 정부가 나의 망명을 어떻게 생각할 것 같으냐는 질문을 받았을 때 "내가 알 바 아닙니다."라고 대답했습니다.

당시의 말들 때문에 나는 미국 사람들의 눈 밖에 나기 시작했습니다. 많은 미국인들이 내가 차갑고 무표정하다고 생각했습니다. 하지만 내가 고국을 떠나 막 망명했으며 사랑하는 모든 사람들을 두고 왔다는 사실을 생각해보세요. 내내 총에 맞을지도 모른다는 두려움에 떨면서 얼음처럼 차가운 강을 걸어서 건너고, 얼어붙은 들판을 가로지르고, 철조망을 넘어서 왔습니다. 헝가리에서 망명을 받아달라고 간청했고, 다시 오스트리아에서 간청했습니다. 그러고는 또다시 내 통제를 벗어난 삶에 대해 생각하면서 잘 알지도 못하는 남자 옆에 앉아 10시간 동안 비행을 했습니다. 이 모든 것을 겪은 뒤에 곧장 큰 소리로 질문하고 카메라 플래시를 터트리는 기자들이 가득한 방으로 들어갔습니다. 당시 내가 포탄 맞은 사람처럼 충격을 받은 상태였다고 하면 충분한 설명이 될까요?

첫 기자회견 당시 콘스탄틴이 아내와 네 아이가 있다는 사실을 알고 있었느냐고 물었지요? 그가 결혼했다는 사실은 알고 있었지만 자세한 상황은 나한테 중요하지 않았습니다. 그러니 기자들이 물었을 때 생각대로 답했습니다. 정확히 말하자면 "그래서요?"라고 반문했습니다. 콘스탄틴이 망명을 도와주겠다고 했고 나는 그의 제안을 받아들였습니다. 나는 그의 아내도 남편이 루마니아 사람들의 망명을 도와주고 있으며, 그 중의 한 명이 나라는 사실을 알고 있으리라 짐작했습니다. 하지만 사람들은 나의 짧은 대답을 통해 내가 가정파괴범이라는 결론을 내렸습니다. 정말 말도 안 되는 얘기지요. 뒤늦은 감이 있지만 당시 내가 언어 선택에 무척 서툴렀던 건 사실이라 생각됩니다.

콘스탄틴은 미국에 도착하면 내 개인 매니저를 해야겠다는 생각을 미리부터 갖고 있었습니다. 물론 나는 그런 생각을 모르고 있었습니다. 어쨌든 나는 미국에서 정착하게끔 도와주겠다는 그의 제안을 받아들였습니다. 한편으로 나는 콘스탄틴이 내 미래에 관여하는 것이 위험을 감수하고 망명을 도와준 데 대한 정당한 대가라고 생각했습니다.

날마다 망명하려다 죽는 사람이 속출하던 시기였습니다. 다뉴브 강을 헤엄치다 익사하기도 하고, 국경을 넘다 등에 총탄을 맞아 죽기도 하고, 질식사할 위험을 감수하면서 미국행 배의 화물칸에 숨기도 했습니다. 콘스탄틴이 미국에 온 나를 형체만 없을 뿐 사실상의 감옥에 가뒀다고 말하는 사람도 있습니다. 하지만 나는 그렇게 생각하지 않습니다. 무엇보다 그는 내가 루마니아를 탈출해 미국으로 오게 도와준 사람이기 때문입니다.

친구여, 미국에 도착했을 때 내가 보여준 행동에 대해서 사과하지 않을 겁니다. 그럴 수밖에 없는 이유가 수도 없이 있으니까요. 어쨌든 그때 나는 이십대 후반이었죠. 좀 더 분별력이 있었어야 했는데 그러지 못한 것은 사실입니다. 잘 모르는 사람을 쉽게 믿지 말았어야 했지요. 그때 내가 말하고 행동했던 방식, 옷 입고 치장했던 방식은 지금이라도 취소할 수 있다면 그러고 싶답니다. 물론, 그대도 당시 나의 꼴사나웠던 모습을 기억하겠지요. 너무 진하고 경박스러운 화장, 그물 스타킹, 짧고 꽉 조이는 치마. 그때 나는 그렇게 입어야 한다고 생각했습니다. 우스운 일이지만 그때 나는 그런 내 모습이 멋지다고 생각했습니다. 옛날 사진을 오랜만에 보다가 촌스러운 모습에 깜짝 놀란 적 없나요?

미국에 있던 옛 친구 벨라 카롤리와 버트 코너는 내 일정을 알려고 무척 애를 썼습니다. 전화로 연락하려 했지만 콘스탄틴이 그들이 남긴 메시지를 전해주지 않았습니다. 어느 날 버트는 내가 〈패트 세이작 쇼^{Pat Sajak Show}〉에 출연할 예정이라는 기사를 읽었습니다. 기사를 보고 내가 왜 그런 이류 토크쇼에 출연하는 건지, 친구들이 왜 그때까지도 나와 연락이 안 되는 건지 의아했다고 하더군요. 버트는 이전 올림픽에서 NBC 아나운서로 일했기 때문에 NBC 스포츠의 책임 프로듀서인 마이클 와이즈먼과 가깝게 지냈습니다. 마이클이 CBS의 야간 프로그램 책임자로 옮겼는데 〈패트 세이작 쇼〉도 그 중의 하나였죠.

버트는 마이클에게 전화를 걸어 내가 언제 출연하는지 물었습니다. 나는 그날 밤 출연하기로 되어 있었습니다. 두 사람은 망명 이야기며, 과거 친구들이 나와 연락도 되지 않고 보지도 못했다는 이야기 등을 나눴다고 합니다.

대화 도중 마이클이 물었습니다. "자네도 쇼에 나와주면 정말 좋을 것 같군. LA로 오후 5시까지 올 수 있겠나? 생방송에 자네가 나갔으면 하는데."

"잘 모르겠는데." 버트가 대답했습니다. "지금 오클라호마인데 항공편을 알아보고 전화해줄게."

버트는 항공편을 확인한 다음 옷가지를 주섬주섬 챙겨 들고 공항으로 내달렸습니다. 그는 두 가지 이유 때문에 LA로 왔습니다. 첫째, 나한테 도움이 필요한지 알고 싶어서였습니다. 언론에서는 콘스탄틴과 나를 곱지 않은 시선으로 보고 있었고, 과거 지인들은 뭔가 이상하다고 생각하던 차였으니까요. 둘째, 버트는 나한테 일자리가 필요한지 확인하려 했습니다. 오클라호마에서 나한테 도움이 될 만한 사업체를 운영하고 있었기 때문이지요. 버트가 오게 된 동기에는 이성적인 감정 따위는 전혀 없었습니다. 자신이 몸담았던 분야에서 한때 우상이었고 예전에 만난 적이 있는 여자를 도와주고 싶은 마음에서 온 것이었죠.

긴 잠에서 깨어나다

평균대에서 가장 배우기 힘든 기술은 에어리얼aerial이라고 하는 공중돌기입니다.
손을 쓰지 않고 앞으로 또는 뒤로 공중돌기를 하는 기술이지요.
어려운 이유는 공중돌기를 하는 동안은 평균대를 보지 못하기 때문입니다.
말하자면 평균대를 보지 않고 동작을 하는 것입니다. 하지만 선수는 모든 기구 위에서,
특히나 평균대 위에서는 '공중감각'을 키웁니다. 수도 없이 연습하고 나면 공중돌기가
자동으로 됩니다. 머릿속으로 상상의 평균대를 만들어내므로 볼 수 없을 때도 선수는
평균대의 위치를 압니다. 평균대 위에서 공중돌기 동작에 돌입하려고 몸을 구부린
상태에서도 나는 항상 평균대의 위치를 알고 있습니다. 그리고 공중에서 미세하게
위치를 바로잡아줍니다. 뛰어난 체조선수들은 모두 그렇게 합니다. 순식간에 이루어지는
공중에서의 판단이 떨어져 부상을 입을 것인가, 성공적으로 기술을 펼쳐
승자가 될 것인가를 가르는 관건이지요.

로스앤젤레스에 와서 〈패트 세이작 쇼〉에 참석했을 때가
나에게는 최악의 순간 중 하나입니다. 그때 방송에 비친 내
모습이 너무 싫어서 지금도 재방송을 보지 않는답니다. 당시 유럽
에서는 짧은 치마에 꼭 끼는 작은 상의가 유행이었습니다. 당연히
나도 그렇게 입었지요. 미국에 왔을 때 누가 옷 입는 법을 가르쳐
줬으면 얼마나 좋았을까 싶습니다. 내가 가진 옷이라고는 청바지
와 티셔츠뿐이어서 콘스탄틴이 나를 데리고 쇼핑을 갔습니다. 나

는 과거에 입었던 익숙한 옷들을 샀지요. 그것이 실수였습니다. 쇼에서 나는 몸에 딱 붙는 짧은 치마에 커다란 재킷을 입었습니다. 화장은 너무 두터웠고 눈은 파란색 아이섀도로 범벅이 되어 있었지요. 사람들에게 자신의 존재를 충분히 입증한 뒤에는 개성에 따라 자유롭게 옷을 입어도 상관없지요. 하지만 그때까지는 일정한 규칙이란 게 있지요. 먼저 몸가짐도 복장도 신뢰와 존경을 얻을 수 있게 해야 한다는 것이지요.

쇼가 진행되는 동안 마음이 무척 답답했던 것으로 기억합니다. 영어 실력이 썩 좋지 않아 사람들이 내 말을 이해하지 못할까 걱정스러웠습니다. 그때 내가 날카롭고 공격적이었다고 기억하는 이들도 있더군요…… 그저 겁을 먹었을 뿐입니다. 그것도 많이. 아무도 내 마음을 몰라줬고, 불행한 심정을 전달할 길도 없었습니다. 친구가 없었으니 외로웠고 너무나 공허했습니다. '시간이 모든 걸 해결해줄 거야.' 하며 스스로를 다독였지요. 하지만 한편으로는 그 말대로 되기 어렵겠다는 생각을 하고 있었습니다.

버트 코너가 갑자기 쇼에 나타나 나를 놀라게 하기 전에, 그는 로스앤젤레스 공항에 내려 기내 화장실에서 멋진 옷으로 갈아입었습니다. CBS의 호송차량이 잽싸게 버트를 태워 헬리콥터가 있는 곳으로 갔고, 버트는 헬리콥터를 타고 스튜디오까지 날아왔습니다. 쇼가 이미 시작된 다음이었지요. CBS 방송국에 헬리콥터가 착륙했습니다. 버트는 뒷문으로 뛰어들어왔고 누군가가 그의 얼굴에 분을 톡톡 발라주더니 열두 송이 장미를 내밀었습니다. "나디아, 미국에 오신 걸 환영합니다." 무대 위로 그를 밀면서 친절하게 대사까지 알려주었습니다. 나는 무대 위에서 패트 세이작과 대화를 나누고 있었지요.

"나디아, 당신이 미국에 온 걸 환영하고 싶어 찾아온 옛 친구가 있습니다."

패트가 말하자 버트가 나타나 장미를 내밀었습니다. 나는 아무 말도 하지 못했습니다.

"나디아, 두 사람은 오랜 친구 사이죠? 두 사람이 처음 만난 게 언제인가요?"

나는 1981년이라고 말했고 동시에 버트는 1976년이라고 말했습니다.

"어떤 게 맞나요?"

패트가 웃으면서 물었습니다.

"이건 생방송 텔레비전 쇼인데, 아니 언제 처음 만났는지도 기억하지 못하다니 두 분이 친한 사이 맞나요? 5년 동안이나 보지 못했군요!"

나는 솔직히 1981년 시범경기를 하며 미국을 순회할 때 버트를 만난 것으로 기억했습니다. 하지만 그날 방송에서 버트는 메디슨 스퀘어가든에서 열린 1976년 미국선수권대회를 상기시켰습니다. 버트는 대회 당일에 열여덟 번째 생일을 맞았는데 관중들이 그에게 생일 축하 노래를 불러주었습니다. 당시 버트와 내가 우승을 해서 우승컵을 받았습니다. 규정된 사진 촬영 시간에 기자들이 이런저런 포즈를 해달라는 요청을 했습니다. 한 사진기자가 말했습니다. "나디아가 너무 귀엽죠? 버트, 귀여운 나디아한테 키스 좀 해주지 그래요?" 그러자 버트가 몸을 구부려 내 볼에 살짝 키스를 했습니다. 물론 로맨틱한 분위기는 아니었습니다. 그는 열여덟, 나는 겨우 열넷 꼬마였지요.

버트가 그 일을 상기시키자 갑자기 기억이 났습니다. "아, 작은 금발 소년, 기억나요." 내가 말했습니다. 버트가 히죽 웃으며 말을 받았습니다. "그게 바로 접니다!" 그러고는 패트 세이작에게 다들 그랬듯이 자신도 1976년에 나에게 매료되어 있었다는 이야기를 했습니다. 남자들도 하기 힘든 어려운 묘기를 척척 해내는 내게 모두들 경탄하던 시기였습니다. 버트는 온 세상이 "나디아는 너무 사랑스럽지 않아요?" 하고 말하던 시기였다고 당시를 회상했습니다. 버트의 이야기를 들으며, 버트가 기억하는 지점에서 내가 너무 멀리 와버렸다는 생각을 했습니다. 나 자신이 조금도 사랑스럽게 느껴지질 않았으니까요.

〈패트 세이작 쇼〉가 끝난 뒤 버트가 나에게 전화번호를 주었습니다. 로스앤젤레스 베니스비치에 집이 있다면서 주말에는 언제나 시간이 되니 커피나 점심을 먹고 싶으면 연락하라고 했습니다. 부끄럼을 타는 성격인 데다 경계심도 없진 않았지만, 버트가 외향적이고 정직한 사람이라고 느꼈습니다. 잠깐이지만 도움을 청하고 싶은 유혹도 느꼈습니다…… "좋은 일자리도 찾아야 하고 지금보다 잘살고 싶어요." 하고 말입니다. 버트가 나중에 해준 얘기에 따르면, 쇼가 끝난 뒤에 나한테 전화를 했지만 콘스탄틴이 전달해주지 않았더군요.

그 즈음 알렉산드루라는 루마니아 친구와 그의 아내가(두 사람은 오랫동안 캐나다에 살고 있었습니다) 1976년 올림픽의 기억을 되살리라며 나를 몬트리올로 초대했습니다. 콘스탄틴과 나는 초대에 응하기로 했습니다. 우리는 시내에 큰 저택을 갖고 있는 알렉산드루의 친구 집에 머물렀습니다. 나와 단둘이만 있게 되자 알렉산드루가 이제 어떻게 할 거냐고 물었습니다. 몬트리올에 머물고 싶지만 아직 콘스탄틴에게 알리지 않았다고 말했습니다. 콘스탄틴은 이미 로스앤젤레스로 돌아가는 항공편을 예약해두었으니까요. 다음 날 알렉산드루는 올림픽 경기장 관장과의 만남을 주선해주었습니다. 관장은 나에게 체조 시범을 보여줄 수 있겠느냐고 물었습니다. 돈은 많지 않았지만 시작이라고 생각했습니다.

콘스탄틴과의 일에 대해 그대가 호기심을 갖는 것은 당연합니다. 그대가 궁금해하는 부분에 대해 자세히 안다면 좋겠지만 안타깝게도 그렇지 못하답니다. 다음 날 아침 일어나서 아래층으로 내려갔더니 알렉산드루가 콘스탄틴이 떠났다고 말했습니다. 내가 확실히 아는 것은 그뿐입니다. 이후로는 콘스탄틴에게서 소식을 듣지 못했습니다. 하지만 그가 잘 지내길 바라며 그의 도움에 감사하는 마음입니다. 콘스탄틴과의 관계 때문에 내 명성과 이미지에 타격을 입었다는 걸 알지만, 그 사람 덕분에 루마니아에서 안전하게 도망칠 수 있었습니다. 정말로 중요한 일이고 고마운 일이지요. 콘스탄틴이 왜 갔는지 차분히 알아볼 여유가 없었습니다. 콘스탄틴이 떠나고 얼마 안 되어 CNN에서 연락이 와서 너무 기뻐 정신이 없었기 때문입니다. 내가 가족과 어쩔 수 없이 떨어져 있고 연락도 못 한다는 말을 듣고 CNN의 한 기자가 2분 동안 어머니랑 남동생과 통화할 방법을 찾아낸 것입니다! 헤어지고 몇 달이 지난 뒤에야 내가 안전하다는 사실을 알리고, 가족들이 무사하다는 사실을 확인할 수 있었습니다.

나와 이야기할 귀중한 기회였지만, 처음에 가족들은 공포에 떨어야 했습니다. 언어가 통하지 않는 데서 발생한 안타까운 일이었지요. 루마니아어를 못 하는 어떤 사람이 가족들을 쫓아와 나와 이야기할 기회를 갖게 될 것이라고 말했습니다. 어머니는 CNN 사람이 비밀경찰에서 나온 사람이라고 생각했습니다(당시까지는 루마니아에서 정보부가 완전히 없어지지 않았으니까요). 어머니는 영어를 못 하셨고 남동생은 수박 겉핥기 수준인 데다 CNN이 뭔지도 몰랐지요. 루마니아어를 못 하니 통신원도 제대로 설명할 수가 없었습니다.

어머니와 남동생은 선택의 여지가 없다고 생각하고 남자와 함께 호텔 방으로 갔습니다. 간식과 샴페인이 나왔습니다. 어머니는 자신들은 살해당할 것이고, 이것이 죽기 전의 '최후의 만찬'이라고 믿어 의심치 않았습니다. 사람들이 어머니와 남동생을 호텔 옥상으로 데려갔습니다. 어머니와 남동생은 옥상에서 떨어져 죽나보다 생각했습니다. 하지만 CNN 사람들은 방송을 하기 위해 전파가 위성에 닿을 수 있는 공간이 필요했던 것뿐이었지요.

전화가 연결되었을 때 나는 가족들을 볼 수 있었지만 가족들은 나를 볼 수 없었습니다. 내 목소리를 듣자 어머니는 너무 놀라 부들부들 떨었습니다. 경찰이 내가 총살당했다고 말해주었기 때문입니다. 내가 죽은 줄 알았다며 울부짖었습니다.

"난 죽지 않았어요. 난 잘 있어요. 너무 보고 싶어요!"

나도 소리쳤습니다. 자세한 이야기를 나누기에는 통화가 너무 짧았습니다. 루마니아는 1989년에 일어난 혁명으로 전국이 혼란 상태였고 언제 가족들을 다시 볼 수 있을지 기약이 없었습니다. 하지만 적어도 가족들이 내가 살아 있다는 사실을 알게 되었고, 나도 그들이 안전하다는 사실을 알게 되었으니 다행이었습니다.

알렉산드루와 부인이 자기 집에 와서 살라고 권했습니다. 부부는 작은 아파트 두 채를 갖고 있었는데 아래층에 있는 아파트에는 부부가 살았고, 위층에 있는 아파트에는 어머니가 살고 있었습니다. 부부는 어머니를 자기 집으로 모시고, 그 아파트를 쓰라고 했습니다. 나는 그들의 아낌없는 친절에 감동했습니다. 부부는 부자가 아니었지만 알렉산드루는 나에게 신용카드를 주면서 음식과 새 옷을 사는 데 쓰라고 했습니다. 부인과 나는 금방 절친한 친구가 되었습니다. 부인은 내가 살던 집에 온 것처럼 편안하게 해주었지요.

미국 대신 이제 캐나다가 나의 꿈이 되었습니다. 나를 좋아하고, 나에게서 아무런 대가도 바라지 않는 사람들과 살고 있었습니다. 길모퉁이에 있는 식료품점에서 복권을 자주 사면서 몇몇 친구도 사귀었습니다. 학교에서 배웠던 불어로 모든 사람과 의사소통을 할 수 있었습니다. 당시 캐나다의 대스타였던 셀린 디온도 만났습니다. 그녀는 여덟 살 때 자신의 영웅이었다며 나를 관객에게 소개했습니다. 셀린 디온과 한 무대에 서 있는 동안 속으로 정말로 열심히 노력한다면 새로운 땅에서 어엿한 인물로 성공할 수도 있겠구나 생각했습니다.

당시 생활은 정말 만족스러웠지만 솔직히 계속 양다리를 걸칠 수는 없는 노릇이었습니다. 캐나다에 살면서 미국에서 망명자 자격을 유지할 수는 없었습니다. 미국은 나를 정치적인 망명자로 인정해주었습니다. 나는 그에 대해 큰 부채를 느끼고 있었지요. 하지만 아는 사람 하나 없는 미국으로 돌아가자니 더럭 겁이 났습니다. 가장 중요한 목표는 어느 정도 돈을 벌어 가족들을 보살피는 것이었습니다. 몬트리올이 가장 좋겠다 싶었습니다. 그래서 나는 미국의 정치적 망명자 자격을 포기하고 캐나다 시민이 되었습니다. 사실 내 정치적 망명자 자격이 철회되는 것은 시간문제였습니다. 1989년 혁명 이후 루마니아는 더 이상 공산주의 국가가 아니었습니다. 그러므로 논리적으로 나는 더 이상 쫓기는 신세가 아니었습니다.

어떻게 해야 일자리를 잡을 수 있을지 판단이 서지 않았습니다. 알렉산드루는 운동 지도를 하는 사람이어서 나에게 여러 곳을 돌면서 체조 시범을 보이는 건 어떻겠느냐고 제안했습니다.

"안 돼요. 체조선수 생활은 끝난 지 오래되었어요."

알렉산드루는 그럼 운동이라도 시작해보라고 격려해주었습니다. 믿기지 않겠지만 당시 나는 6년 동안 운동을 전혀 하지 않았습니다. 운동을 하고 자전거를 타는 데는 동의했지만 체조는 하지 않았습니다. 체조를 하는 내내 적어도 남한테 인정받을 만큼 완벽한 수준을 자랑했던 나였습니다. 세계 정상의 체조선수가 아니라면 왜 체조를 한다는 말인가? 나는 세계 최고가 아니어도 자기가 하는 운동에서 즐거움을 찾을 수 있다는 걸 이해하지 못했습니다. 루마니아에서 삶은 검은색 아니면 흰색, 전부 아니면 전무 식으로 극단적인 모습을 띠고 있었습니다. 삶이란 그런 줄로만 알았습니다. 그 자체로 충만함이 느껴지는 회색 지대가 있다는 사실도 새로 배우고 깨달아야 할 과제였습니다.

1990년 봄 버트 코너가 몬트리올에 왔습니다. ABC 방송국이 나에 대한 심층 기사를 내보낼 계획이어서 그 일환으로 온 것이었지요. 체조선수로서 과거 내 모습을 오랫동안 카메라에 담아온 ABC는 이제는 망명 후의 삶까지 전체적인 내용을 다루려고 했습니다. ABC 관계자들은 버트가 자료 조사를 돕고, 나와 인터뷰를 진행해주기를 바랐습니다. 가능하면 나를 설득해 체조 시범을 보여주면 좋겠다는 말도 했다더군요. 당시 버트가 나를 보고 받은 느낌을 내 입으로 정확하게 말하기는 불가능합니다. 지금은 버트에게 나름대로 영향력을 행사할 수 있는 위치가 되었기에(결혼을 하면 그렇게 되는 것이지요) 처음 나와 '깊이 있는' 대화를 나눴을

때의 느낌을 말해달라고 부탁했습니다. 이제 그의 이야기를 들어
보시죠.

나디아를 인터뷰하러 몬트리올에 갔고 오랜 시간 함께할 기회를 얻
었습니다…… 겉으로 드러난 이면에 정말 많은 매력을 지닌 사람이란
걸 깨닫기 시작한 순간이지요. 나디아는 사람들에게 과다하게 노출되
는 것을 무척 불편해했습니다. 사실 나와는 많이 달랐지요. 내가 천 명
의 친구를 원한다면 나디아는 세 명만 있으면 된다는 그런 사람이었습
니다. 그 만남으로 나디아가 너무나 매혹적인 사람이라는 걸 알게 되었
습니다. 그때나 지금이나 우리 부부는 성격이 워낙 다른데 서로 매력을
느꼈다는 건 재미있는 일이지요. 어쨌든 나디아는 매우 신비롭고 관심
을 끄는 사람이었습니다. 주된 이유는 과거 나디아가 이룬 눈부신 성과
에 내가 매료되어 있었기 때문입니다. 같은 체조선수로서 나는 나디아
가 이룬 일이 얼마나 대단한 일인가를 누구보다 잘 알고 있었습니다.
나도 꽤 잘나가는 체조선수였지만 나디아처럼 체조계에 지각 변동을
일으키는 존재는 되지 못했습니다. 열심히 노력한 결과 메달도 몇 개
받았지만 나디아가 도달한 수준은 내가 감히 엄두도 내지 못할 정도였
지요.

당시 체조를 같이 했던 나디아의 친구와 지인들은 모두 나디아가 잘
지내기를 바랐습니다. 그리고 자신에게 도움이 될 뭔가를 의욕적으로
하기를 바랐습니다. 나디아는 체조계에서 상징적인 존재였으니까요.
체조에 헌신했던 누군가가 잘 지내지 못한다는 건 같이 체조를 했던 사

람에게는 직접적인 아픔으로 다가옵니다. 나는 ABC에서 방영된 길고 깊이 있는 인터뷰를 진행했고, 몬트리올을 떠난 뒤에도 우리는 연락을 주고받았습니다. 수시로 전화를 주고받는 식이었지요. 나디아에게 도움이 필요하다는 걸 알고 도울 수 있어 너무 기뻤습니다. 나디아가 나와의 우정에 많이 기대고 있다는 걸 안 것은 한참 뒤였지요.

그대 말이 맞습니다. 친구여, 나도 버트가 '매혹적'이라고 생각했습니다. 하지만 그때 우리 사이에 연애 감정은 전혀 없었습니다. 언젠가 통화를 하던 중에 버트가 자기와 함께 시범 투어를 할 의향이 있느냐고 물었던 기억이 납니다. 나는 내 체조선수 이력은 끝났다고 말했습니다.

"메달을 안고 돌아오지 못할 바에야 차라리 사무원이 되는 게 나아요."

버트는 체조라는 것이 메달, 영광, 완벽을 넘어선 뭔가가 될 수 있다고 나를 설득했습니다.

"오클라호마로 와서 나랑 같이 훈련만 해봅시다."

그가 제안했습니다. 무척 즐거울 것이라고 장담했습니다. 그리고 정말 그랬습니다. 내 몸을 다시 단련하는 것은 기분 좋은 일이었습니다. 열여덟 살에 했던 동작들을 연기하려고 하지는 않았습니다. 스물여덟 나이에 열여덟 살 때의 체력과 힘을 회복한다는 건 불가능했습니다. 솔직히 해보고 싶지도 않았습니다. 대회용 체조는 젊은이를 위한 것입니다. 대신 나는 여가로 하는 체조가 누구한테나 도움이 된다는 것을 알게 되었습니다. 버트와 나는 친밀해지기 시작했습니다. 하지만 그때도 나는 몬트리올을 떠날 생각이 없었습니다. 알렉산드루와 부인은 새로운 가족이었고 그들과 함께 있으면 안전하고 편안했습니다. 물론 버트에 대한 감정이 점점 커지고 있었던 것도 사실입니다.

그해 말 몬트리올에서 맞은 스물아홉 번째 생일은 최고였습니다. 알렉산드루는 올림픽 경기장에서 200명을 초대해 나를 위해 성대한 파티를 열었습니다. 알렉산드루의 친구는 나를 위해 노래까지 만들어주었습니다. 알렉산드루는 버트까지 초대해서 나를 더욱 놀라게 했습니다. 버트가 좋았지만 그가 나에 대해 우정 이상의 감정을 갖고 있는지는 알 수 없었습니다. 버트는 모든 사람을 좋아했고 모두에게 친절해서 나에 대한 감정을 알기가 쉽지 않았습니다. 파티가 끝나고 떠나면서 버트가 알렉산드루에게 "완전히 손들었다"고 말했습니다. 나는 그 의미를 몰랐습니다. 알렉산드루는 버트가 나에게 끌리는 감정과 싸우는 것을 포기했다는 의미라고 설명해주었습니다. 버트는 특별한 관계로 발전하길 원했던 겁니다. 나는 그에게 말했습니다.

"좋아요. 그럼 나한테 자주 전화하세요."

버트는 나에게 매주 전화를 했습니다. 우리의 우정은 점점 깊어졌지만 속도는 더뎠습니다. 아마 우리 둘 다 일단 사귀게 되면 심각해질 것임을 알았기에 조심스러웠던 모양입니다. 그해에 우리는 사실상 전화로 사랑에 빠졌습니다. 정확히 어디로 가는지는 몰랐지만 우리가 점점 가까워지고 있다는 건 알았습니다. 우리는 네 바다 주 르노에서 '나디아의 신비와 마법'이라는 이름으로 짤막한 체조 시범 행사도 가졌습니다. 음악에 맞춰 함께 체조 연기를 펼쳤고 투어를 계기로 더욱 가까워졌습니다. 많은 시간을 함께하지 않았기 때문에 우리의 관계는 육체적인 것보다는 우정과 신뢰를 기반으로 했습니다. 그즈음 비극적인 사건이 일어났습니다.

몬트리올에서 나는 매주 일요일 알렉산드루 가족과 함께 낚시를 하러 갔습니다. 평화로운 분위기가 루마니아에서 보낸 어린 시절을 생각나게 해서 낚시를 무척 좋아했습니다. 루마니아와 똑같지는 않았지요. 캐나다에서는 낚시를 하며 음악을 틀어놓고 바비큐도 해먹고 하루를 온통 강가에서 보냈습니다. 알렉산드루는 모험심이 많은 사람이었습니다. 우리가 낚시를 하는 동안 스노클링이나 스쿠버다이빙을 하기도 했습니다.

1991년 노동절 주간의 토요일에 우리는 모두 호숫가로 낚시를 떠났는데 캠핑을 하지 않고 밤에 돌아오기로 했습니다. 알렉산드루와 아들은 다음 날 다시 강에 가기로 했습니다. 아들은 낚시를 할 생각이었고 알렉산드루는 커다란 댐의 둑 위에서 다이빙을 할 생각이었습니다.

나중에 알렉산드루의 아들은 당시를 이렇게 회고했습니다. 아버지를 봤는가 싶었는데 다음 순간 아버지가 없었다는 것입니다. 강 수면에 기포가 보이지 않았습니다. 알렉산드루는 보통 10분마다 수면 위로 올라와서 가족들에게 괜찮다는 걸 알려주었습니다.

45분이 지나자 아들은 두렵고 당황했습니다. 마침내 강 상류에 어떤 남자가 떠 있는 것을 보고 아버지를 소리쳐 불렀습니다. 아버지가 아직도 스쿠버다이빙을 하는 중이라고 생각했답니다. 알렉산드루는 대답이 없었습니다. 헤엄쳐서 아버지에게 가보니 숨진 뒤였습니다. 댐 근처에는 종종 소용돌이가 일곤 하는데 알렉산드루는 그 때문에 콘크리트 기둥에 머리를 부딪혀 익사했습니다.

알렉산드루의 아들이 나와 부인에게 전화를 했습니다. 아들은 절망에 빠져 있었습니다. 그 말을 듣자 머릿속이 몽롱해졌습니다. 우리는 집 발코니에서 울부짖었습니다. 뉴스에서 기자가 사고에 대해 이야기하는 모습을 보았지만 믿을 수가 없었습니다. 너무 끔찍한 비극이었습니다. 버트에게 전화를 했지만 시카고에서 제리 루이스Jerry Lewis와 장시간 진행되는 성금 모금을 위한 텔레비전 방송을 진행하고 있어 연결이 되지 않았습니다. 슬픔으로 온몸이 갈가리 찢기는 것 같았습니다. 알렉산드루의 아내와 아들이 흐느껴 우는 소리가 너무 가슴 아파 들을 수가 없었습니다. 알렉산드루는 우리 모두를 이끄는 지도자이자 파트너였고, 최고의 친구였으며, 아버지 같은 존재였습니다.

죽음은 참으로 묘한 것이었습니다. 가슴 속에 영원히 채워지지 않을 것만 같은 구멍을 남기더군요(느낌만이 아니라 실제로 사람이 떠나고 남은 빈 공간은 채워지지 않는 법이지요). 하지만 한편으로 더 열심히 살아야 한다는 의욕이 생기게도 합니다. 이승에서의 삶이란 너무 짧고, 시간은 화살과 같다는 걸 새삼 깨닫게 되기 때문이겠지요.

나는 계속해서 버트에게 전화를 걸었습니다. 마침내 스물한 시간에 걸친 성금 모금 방송이 끝난 직후 버트가 전화를 받았습니다. 알렉산드루가 죽었다는 말을 하며 나는 흐느꼈습니다. "나는 어떻게 하면 좋아요?" 하고 물었습니다. 우리는 함께 사업을 할 생각이었는데 알렉산드루가 없으면 그것도 끝이었습니다. 더구나 알렉산드루를 잃고 실의에 잠긴 부인과 아들에게 짐이 될 수는 없었습니다. 그들의 돈으로 생활한다는 것은 옳은 일이 아니었습니다. 버트는 내게 오클라호마로 오는 비행기를 타라고 말했습니다. 함께 일을 의논해보자는 것이었습니다.

알렉산드루의 장례식이 끝난 뒤 나는 짐을 싸고 오클라호마로 가는 항공권을 샀습니다. 알렉산드루의 부인과 나는 눈물로 작별을 고했습니다. 그렇게 좋은 친구가 되어준 것에 감사의 마음을 전했지요. 지금까지도 우리는 연락을 하며 지냅니다. 부인은 알렉산드루가 죽은 지 몇 년 뒤 재혼을 해서 어린아이 둘을 낳았습니다. 나는 알렉산드루도 그러기를 바랐으리라고 생각합니다. 그는 웃음과 사랑이 넘치는 사람이었으니 부인이 행복하기를 바랐을 것입니다. 자신을 사랑했던 사람이라면 누구도 자신을 결코 잊지 않으리란 걸 이해할 그런 사람이었습니다.

오클라호마로 왔을 때 버트의 절친한 친구인 폴 치르트가 자기 집의 방을 하나 내주었습니다. 폴은 과거에 버트의 체조 코치였는데 당시 개인 매니저를 맡고 있었습니다. 로스앤젤레스에 집이 있던 버트도 가끔씩 폴의 집에서 생활했는데, 우리 두 사람의 방은 서로 나란히 붙어 있었습니다. 하지만 나는 알렉산드루의 죽음과 몬트리올에서 얻은 새로운 가족과 헤어진 충격으로 진지한 관계를 시작할 여유가 없었습니다. 당시에는 서로 가까워지느냐 마느냐 혹은 새로운 사랑이 시작되느냐는 중요하지 않았습니다. 중요한 것은 버트와 폴 두 사람이 내가 자신들의 삶으로 들어오는 것을 두 손 벌려 환영해주었다는 사실입니다. 폴은 내 매니저를 겸했고 곧 아끼는 소중한 친구가 되었습니다.

버트와 폴은 체조 시범 투어 등을 공동으로 기획하고 후원할 회사를 찾았습니다. 처음에는 내가 할 일이 없었습니다. 하지만 나는 버트를 따라다니며 그가 하는 대부분의 일에 관여했습니다. 이는 새로운 언어를 배우거나, 내가 일찍이 들어본 적 없는 음악에 맞춰 마루운동 안무를 배우는 것과 같았습니다. 나는 대중 앞에서 나를 보여주는 방식에 대해서는 전혀 아는 바가 없었습니다. 화장부터 옷, 몸가짐, 말투 등등 모든 것이 미흡했습니다. 하지만 텔레비전과 잡지에 나온 다른 유명 인사들을 보면서 부지런히 배웠습니다. 남들이 걷고, 말하고, 옷 입는 법을 관찰하고 모방하려고 노력했습니다. 유능한 강연자가 되려고 노력했습니다. 말투, 시선, 몸짓을 연습했고, 그 분야에서 탁월한 재능을 보여주는 버트가 일하는 모습을 유심히 지켜보았습니다. 가끔 폴은 댄스킨, 스텝컴퍼니, 자키 같은 회사들과 내가 출연하거나 판촉 행사에 동원되는 행사들을 기획했습니다. 폴과 버트는 나를 도와주었고 내가 살 공간도 내주었습니다. 영어도 많이 배워 점점 능숙해졌습니다.

버트와 나는 몇 달 동안은 우리의 실험적이고 불확실한 연애를 재개하지 않았습니다. 우리는 한 집에 살고 있었고 함께 여행을 다녔지만, 나는 그냥 친구로 이렇게 지내는 게 좋겠다는 생각을 하기 시작했습니다. 상호적인 감정이 아니면 연애란 시작할 수 없는 법입니다.

로스앤젤레스에 가서 버트의 집 옆에 있는 해변을 걸을 때, 마침내 그가 내게 키스했습니다. 당시 모든 것이 너무 놀랍고 신기하게만 느껴졌습니다. 백마 탄 왕자님의 키스가 현실이 되어 이런 행복을 맛볼 기회를 갖게 되다니요! 우리는 해변의 분위기 좋은 작은 레스토랑에서 저녁을 먹었습니다. 당장이라도 꿈에서 깨어나도 된다고 생각할 만큼 모든 상황이 너무나 완벽했습니다.

처음 버트에게 마음이 끌리게 된 이유가 뭐냐고 물었지요? 한 가지를 꼽기는 곤란하군요…… 오히려 내 마음을 끌지 않은 것이 없었다고 말하는 편이 나을 겁니다. 나는 그가 무척 매력적인 남자라고 생각했습니다. 물론 그것만은 아니었죠. 그의 사람됨, 그가 다른 사람을 대하는 태도, 결코 당황하는 법이 없는 그의 의연함이 좋았습니다. 버트는 항상 해결책을 갖고 다른 사람들을 돕고 싶어 했습니다. 내가 루마니아를 떠난 뒤에 만난 가장 믿을 만하고 편안한 사람이었던 것 같습니다. 이유는 모르겠지만 왠지 그는 편안하고 믿음이 갔습니다. 처음 몬트리올에 왔을 때 목소리를 듣고 어떤 사람인지 알 수 있었습니다. 버트는 내게 무슨 일을 해야 한다고 말하는 법이 없었습니다. 어떤 상황에서든 그는 이렇게 말했습니다.

"나라면 이렇게 하겠어요. 하지만 여긴 자유민주주의 국가니까 당신 방식대로 하도록 해요."

버트와 나에 대해 이것저것 많이 궁금하다고 했지요? 그런 호기심은 십분 이해합니다. 유명 인사들의 연애 이야기를 들으면 나 역시 시시콜콜한 것까지 알고 싶은 호기심을 느끼니까요. 그대가 호기심을 갖는 것은 당연한 일입니다. 하지만 나 혼자만 간직하고 싶은 이야기가 있는 것도 당연하지요. 이후 4년 동안 우리 관계가 깊이 사랑하는 사이로 발전했다고 말하면 충분하겠지요. 우리는 서로의 차이와 개성을 존중했습니다. 서로가 자유롭게 여행하고 다른 일을 하면서 각자의 개성을 지킬 수 있도록 배려했습니다.

그렇다고 이후의 우리 관계에 대해 아무 말도 안 해줄 작정은 아니랍니다. 함께한 지 4년 만에 우리는 약혼했습니다. 우리 관계가 그런 방향으로 가고 있다고 생각했으므로 초조해하지는 않았습니다. 그래도 버트가 평생 자신과 함께해달라고 부탁했을 때 날아갈 듯이 기뻤다는 사실은 인정해야겠네요. 내 앞에서 꾀를 부리거나 나를 속이기란 거의 불가능합니다. 나는 대단히 영민해서 내 눈을 피할 수 있는 것이 많지 않습니다. 그런데도 버트는 나를 감쪽같이 속이는 놀라운 일을 해냈습니다. 버트가 청혼을 준비하고 있는지 전혀 몰랐으니까요.

그즈음 나는 광고 및 판촉 활동을 위해 일본에 다녀왔습니다.

버트와 나는 독일에서 열리는 세계체조선수권대회를 참관할 예정이었는데, 거기 가기 전에 암스테르담에서 주말을 보내며 잠깐 휴식을 취하기로 했습니다. 우리 두 사람 다 눈코 뜰 새 없이 바쁘다 보니 편안한 휴식이 간절했습니다. 버트의 어머니도 세계체조선수권대회를 참관할 예정이라 함께 움직였습니다. 세계선수권대회가 끝난 뒤 버트와 나는 함께 루마니아에 가기로 했습니다. 그가 우리나라에 가는 것은 처음이었고, 부모님과 남동생을 만나게 될 터였습니다. 나도 망명한 후 처음 가는 것이었습니다. 꼬박 5년의 세월이 흐른 뒤였습니다.

사실 루마니아에 돌아간다는 생각만 해도 너무 긴장이 되었답니다. 힘겹게 얻은 현재의 삶과 자유가 방해를 받을까 두려웠던 것은 아닙니다. 1989년 혁명으로 그런 시절은 끝났으니까요. 루마니아 국민들이 나를 변절자라고 생각할까 봐 두려웠습니다. 과거 정부는 나라를 떠난 사람에게는 무조건 변절자라는 꼬리표를 붙였습니다. 물론 그때 루마니아에는 새로운 정부가 들어서 있었습니다. 그래도 사람들이 나를 다시 봤을 때 어떻게 생각할지 걱정되었습니다. 내가 국민들을 배신했다고 생각하지는 않을까? 암스테르담에 있는 동안 나의 관심사는 온통 거기에 쏠려 있었습니다. 거기 있는 시간이야 잠깐이었고 세계선수권대회까지 끝나면 과거와 맞서야 하는 시간이 온다는 생각을 떨칠 수가 없었습니다. 친구여, 절대로 과거로부터 도망칠 수 없다고 말했던 것 기억하십니까? 사실 그 순간이 오기까지는 나도 그 말을 완전히 이해하고 믿었던 것 같지는 않습니다. 그때에야 비로소 과거의 위력을 실감했지요. 어쨌거나 당시 버트와 나의 미래는 분명코 내 머릿속에서 우선순위가 아니었습니다.

하지만 버트는 모든 것을 계획해두었습니다. 텍사스에 있는 보석상에게 연락해서 근사한 반지를 만들어 암스테르담으로 보내달라고 했습니다. 내가 일본에 있을 때, 버트가 직접 내 반지 중의 하나를 보석상에게 가져다주었기 때문에 크기도 완벽하게 맞았습니다. 우리는 근사한 호텔에 머물면서 멋진 레스토랑에 저녁식사를 예약했습니다. 버트는 일찌감치 옷을 입고 나를 기다렸습니다. 나는 드라이기로 머리를 말리고 있었지요. 버트가 먼저 옷을 입고 기다리는 경우는 드물었습니다. 이상해서 "당신 괜찮아요?" 그렇게 물었던 것으로 기억합니다. 저녁은 오후 7시에 먹을 텐데 시간을 보니 겨우 5시 30분이었습니다. 버트는 괜찮다고 말했습니다. 하지만 사실 그는 괜찮은 상태가 아니었습니다. 친구 폴에게 방으로 샴페인을 보내달라고 부탁해놨는데 아직 도착하지 않았으니까요. 버트는 뭔가 잘못된 모양이라고 생각했습니다. 알고 보니 나를 빼고 모두(버트의 어머니, 폴, 인터내셔널 매니지먼트 그룹의 우리 대리인들까지)가 버트의 계획을 알고 있었습니다. 그렇게 많은 사람이 알았는데도 아무도 누설하지 않았다는 사실이 놀랍더군요.

내가 저녁식사 때 입을 드레스를 입고 예약 시간에 맞춰 나가기 직전에 방문을 두드리는 소리가 났습니다. 웨이터가 차가운 샴페인을 가지고 왔습니다. 나는 어리둥절했습니다. 그런 적이 없었으니까요. 웨이터가 마개를 따고 나가자 버트가 청혼을 했습니다. 나는 정말 놀랐습니다. 루마니아 사람들은 약혼을 하지 않습니다. 그냥 결혼을 하지요. 다이아몬드 약혼반지를 그렇게 가까이서 본 적이 없었습니다. 루마니아에서는 여성들이 소박한 실반지를 낍니다. 버트가 내민 약혼반지는 눈이 번쩍 뜨일 만큼 아름다웠습니다. 내가 이렇게 대답했던 것으로 기억합니다.

"어머나, 세상에. 네, 물론이죠. 당신과 결혼하겠어요."

그날 밤 저녁식사 내내 버트와 나는 붕붕 떠다니는 기분이었습니다. 너무 들뜬 나머지 웨이터에게 거의 50퍼센트에 가까운 엄청난 팁을 주었습니다. 저녁 내내 꿈을 꾸는 것 같았습니다. 그것만 확실하게 기억나는군요. 백마를 탄 왕자가 마침내 내게 키스를 해서 내가 긴 잠에서 깨어난 것 같았습니다. 나는 루마니아에서 엄청난 통제를 받으며 살았습니다. 그리고 망명할 때 무진장 고생을 했습니다. 그런데 갑자기 그동안 내 삶에서 겪어온 모든 것이 마침내 완벽한 행복으로 변했습니다. 해피엔딩으로 끝나는 진부한 멜로영화 속에 들어온 기분이었고, 그것이 나의 해피엔딩이라는 사실이 믿기지가 않았습니다. 물론 버트가 많은 영향을 미쳤지만 내가 나의 운명을 지배해왔다는 사실을 깨달았습니다. 그날 밤 암스테르담의 호텔에서 버트의 청혼을 받을 수 있게 만든 사람은 나 자신이었습니다. 사람은 누구나 스스로 자신의 동화를 만들어 갑니다.

친구여, 그 순간 내가 얼마나 멀리 와 있었는지 이해되십니까?

루마니아 오네슈티의 가난한 동네에서 자동차 수리공과 전업주부의 딸로 태어난 작은 소녀가 세계 제일의 체조선수가 되었습니다. 어린 시절 나는 차우셰스쿠 정권하에서 살아남았고 체조선수로 영광을 누렸습니다. 그러고는 루마니아를 뒤덮은 음식과 연료 부족으로 고생하며 국민들에게는 눈곱만큼도 관심이 없는 지배자 밑에서 나 자신과 가족들에게 걸맞은 삶을 개척하려고 애썼습니다. 나는 망명하려고 생명의 위험을 감수했습니다. 한밤중에 가본 적도 없는 낯선 땅을 달리고, 감옥에 가거나 등에 총알이 박힐지도 모르는 위험을 감수했습니다. 다시는 보지 못할 것이라 생각하며 가족을 남겨두고 떠났습니다. 알렉산드루가 익사 사고로 죽었을 때 몬트리올에서 힘겹게 얻은 새로운 가족을 잃었습니다. 이후 불투명한 미래를 향해 오클라호마로 옮기는 모험을 했습니다. 버트와 폴에게서 새로운 가족을 찾고, 일을 찾고, 더 나아가 꿈도 꿔보지 못했던 것, 평생을 함께할 사랑을 얻었습니다.

외할머니는 내가 행운아라고 말했습니다. 외할머니가 옳았나 봅니다.

더 큰 꿈을 향하여

내게는 열 가지 삶의 원칙이 있습니다. 내 과거와 현재의 산물이며, 밝은 미래를 보장하는 희망이지요.

1. 기본을 완벽하게 익혀라.
2. 부분에 집중하라.
3. 어려움을 예상하라―성공은 결코 쉽지 않다.
4. 실수를 인정하고 그로부터 배워라.
5. 자신의 언어로 성공을 규정하라.
6. 준비가 전부다―과정을 즐겨라.
7. 남이 요구한 것 이상을 하라.
8. 독창적으로 행동하라―고유의 색채로 영향력을 행사하라.
9. 기꺼이 희생할 각오를 하라―성공이 더욱 달콤해진다.
10. 일에 대한 애정과 열정을 가져라.

망명 후 5년 만인 루마니아 귀국은 비공개로 진행되었고 지극히 개인적인 행사였습니다. 또한 가족 이외에 누구도 관심을 가지지 않을 것이라 생각했습니다. '내가 변절자라고 생각하는 사람들이 어쩌면 곁눈질하면서 기분 나쁘게 쳐다볼 수도 있으리라. 보기만 하는 게 아니라 경멸조로 말을 할지도 모른다.' 각오도 했습니다. 하지만 부디 대다수 국민들이 못 본 체해주기를 바랐습니다. 그들에게는 훨씬 시급한 사안과 중요한 관심사들이 있었으니까요. 독재자 차우셰스쿠와 정보부는 없어졌습니다. 그러니 아무도 나를 몰래 따라다니거나 호텔 방을 도청하지는 않겠지요. 아무도 내 계획과 일정, 내가 나눈 대화를 알려고 캐묻지 않으리라고 생각했습니다. 나는 이미 먼지 풀풀 나는 역사책 속으로 사라졌고, 루마니아 국민들은 나디아 코마네치라는 사람에 대해 더 이상 신경 쓰지 않을 것이라고.

하지만 완전히 틀린 생각이었습니다. 버트와 내가 비행기에서 내려다보니 루마니아 국민 수천 명이 공항에 모여 손을 흔들어 환영하고 꽃다발을 주었습니다. 새 총리까지 거기에 있었습니다. 정말 대단한 일이었습니다. "믿기지 않는다"는 말로는 비행기에서 내린 순간의 내 기분을 충분히 설명할 수 없습니다. 평생 그렇게 운이 좋다고 느낀 적도, 그렇게 많은 사람에게 사랑을 받아본 적도 없습니다. 1976년 몬트리올 올림픽이 끝나고 환호하는 군중의 환영 인사를 받을 때 느꼈던 두려움이 떠올랐습니다. 당시에는 루마니아 사람들에게 내가 어떤 존재인지 이해하지 못했습니다. 생각해보면 어린아이가 어떻게 그런 것을 생각하고 이해하겠습니까? 마침내 그리던 고국으로 돌아온 성숙한 여인으로서 나는 이제 나라는 사람의 개인적인 의미뿐 아니라 국민들에게 갖는 중요성도 이해했습니다. 나는 젊고 멋지고 재능 있는 루마니아인의 상징이었습니다. 기회만 주어진다면 나라 전체가 도달할 수 있다고 믿는 그런 위치에 이미 도달한 사람이었습니다.

ABC 방송국에서 우리와 동행할 사진기자를 보내겠다고 했습니다. 망명 후 첫 번째 귀국을 기록하려는 것이었지요. 나는 조건부로 허락했습니다. 루마니아에서 정확히 무엇이 나를 기다릴지, 정부가 필름에 기록되길 원할 것인지 확신할 수가 없었기 때문입니다. 지금은 비디오테이프로 당시 기억을 영원히 보전하게 되어 너무 다행이라고 생각합니다. 여행 전체가 격렬한 감동의 연속이었습니다. 감동의 회오리바람이 나를 휩쓸어 내내 흥분 상태였고 정신이 없었습니다. 아마 방송국의 기록이 없었다면 마법의 순간의 많은 부분을 잊어버렸을 것입니다. ABC는 모든 것을 기록했습니다. 늘 감시를 받으며 청년기를 보낸 뒤여서인지 비밀경찰 따위 없이 방송국 카메라에 있는 그대로 모습을 보여준다는 것은 즐거운 일이었습니다.

루마니아에 온 첫날 밤 버트와 나는 부쿠레슈티에 머물면서 어머니와 동생을 방문했습니다. 버트는 이미 어머니를 만난 적이 있었습니다(어머니는 해마다 최소 한 달 정도씩 우리를 방문했습니다). 어머니는 당연히 우리 결혼에 찬성이었습니다. 남동생과 올케도 마찬가지였지요. 누가 버트를 사랑하지 않을 수 있겠습니까? 우리는 가족끼리 즐거운 시간을 보냈습니다. 한때 나는 어머니와 남동생을 다시는 못 보리라고 생각했습니다. 약혼자까지 데리고 가족과 함께 루마니아에서 즐거운 시간을 보낸다는 것은 꿈도 꿀 수 없는 일이었지요. 그래선지 모든 것이 조금은 비현실적으로 느껴지더군요.

다음 날 아침 일찍 네 대의 차를 이끌고 아버지를 뵈러 오네슈티로 갔습니다. 버트는 아버지를 뵌 적이 없었습니다. 버트는 아버지에게 직접 결혼 허락을 받을 예정이었습니다. 오네슈티로 가는 길은 영원처럼 길었습니다. 작은 마을마다(작은 마을이 수도 없이 많았습니다) 꽃을 흔들며 〈나디아〉 노래를 부르는 어린 소녀들로 가득했습니다. 사람들은 내가 고국으로 돌아온 것을 뿌듯하게 생각했고, 있는 힘껏 내게 환영의 인사를 건네고 있었습니다. 나의 망명에 대한 의견은 간단했습니다. "잘하신 거예요." 모두가 그렇게 말했습니다. "우리도 당신처럼 용감하거나 기회가 되어 떠났다면 좋았을 텐데요."

우리는 마을마다 멈춰서 마을 대표의 연설을 듣고 꽃다발을 받았습니다. 이런 행상에서 샴페인 한잔하지 않고 떠나는 것은 결례였으므로 마을 사무실로 가서 잠시 시간을 보냈습니다. 버트는 군중과 연설, 키스에 압도되었습니다. 루마니아 사람들은 서로의 양볼에 키스하는 것이 인사입니다. 악수를 하거나 남자답게 등을 한 대 치는 미국의 전통과는 조금 다르지요. 어쨌든 네 시간짜리 여행이 아홉 시간이 되었습니다. 모든 사람이 나와 잠깐이라도 시간을 보내길 바랐고, 나는 내가 그들에게 뭔가 해줄 수 있다는 사실이 너무 행복했습니다.

오네슈티에 도착하자 버트에게 마을을 구경시켜주고 이어서 아버지가 살고 있는 아파트로 향했습니다. 아버지는 흥분한 상태였습니다. 텔레비전 카메라와 낯선 사람들 때문에 정신이 없었습니다. 아버지는 영어 단어를 많이 알지 못했습니다. 그래서 버트가 우리의 결혼을 허락해달라고 했을 때(방송국 카메라가 돌아가기 전이었습니다) 아버지는 "고맙다."고 말했습니다. 단어를 혼동하셨던 모양입니다.

오네슈티에서 성대한 축하행사를 마련했습니다. 어린 시절 내가 카롤리 부부와 함께 훈련했던 체육관에 수천 명의 인파가 모였습니다. 모두들 한마디씩 했습니다. 심지어 초등학교 선생님, 내게 세례를 베풀었던 신부님까지 연단에 나왔습니다. 나는 모든 사람들에게 가슴 뜨겁게 감사했습니다. 과거에도 나를 그렇게나 사랑해주었고 망명 후 5년이 지난 지금도 여전히 사랑해주는 사람들. 내가 망명한 뒤에 사람들은 나에 대해 새로운 차원의 존경심을 갖게 된 모양이었습니다. 그들은 내가 부, 큰 집, 비싼 차, 보석, 사치스러울 정도의 안락함을 버리고 떠났다고 생각했습니다. 지금도 많은 루마니아인이 내가 어마어마한 혜택을 버리고 떠났다고 생각합니다. 이런 오해를 바로잡는 일은 나에게도 편치 않습니다. 오랜 세월이 흐른 지금도 당시의 전체적인 상황이 굴욕적이었다고 느끼니까요. 나는 자존심이 강한 사람이고, 때로는 그것이 걸림돌이 되기도 합니다.

오네슈티에서 시간을 보낸 뒤 버트와 나는 대통령과 총리로부터 초대를 받았습니다. 우리는 루마니아 대통령 관저에서 접대를 받았는데 정말 근사한 집이었습니다. 대통령이 루마니아에서 결혼식을 올릴 의향이 있느냐고 물었습니다. 나는 많이 놀랐습니다.

버트와 나는 결혼식에 대해서는 이야기해본 적이 없었습니다. 우리는 막 약혼을 한 상태였고 그 순간을 즐기고 있을 뿐이었습니다. 내가 우리는 오클라호마 주 노먼에 살고 있다는 이야기를 꺼냈을 때 버트가 즉시 말을 받았습니다. "이보다 더 좋은 곳은 없어요. 당연히 루마니아에서 결혼해야지요. 당신이 여기서 결혼을 안 하면 국민들은 엄청 실망할 거예요." 그건. 그랬습니다.

그때 버트는 자신이 무슨 일을 벌이고 있는지 몰랐을 겁니다. 우리는 당시 대통령 대변인이자 지금은 총리가 된 아드리안 나스타세 Adrian Nastase 와 이야기 중이었습니다. 무척 훌륭하고 매력적인 사람이지요. 아드리안이 버트에게 누가 나수(대부모)가 될 예정이냐고 물었습니다. 정교회에서는 결혼할 예비부부가 자신들과 태어날 자녀들의 대부모가 될 사람을 저명한 인물 중에서 선택합니다. 대부모가 되면 결혼식을 준비해주어야 하므로 막중한 책임이 따릅니다. 루마니아 사람들은 결혼식을 간소하게 치르기 때문에 경제적인 부담은 생각보다 크지 않습니다. 버트는 아드리안과 부인에게 대부모가 되어달라고 청했고 두 사람은 기쁜 마음으로 승낙했습니다. 아드리안의 아내는 흥분했습니다. 결혼식이 호화롭고 아름다워야 한다고 생각해서 아이디어를 짜냈지요. 저렴한 결혼식은 물 건너간 얘기였지요!

버트와 나는 결혼식 준비에서는 손을 떼기로 했습니다. 우리의 통제 범위를 벗어난 일이니 행사의 모든 순간을 편안히 즐기기로 했습니다. 사실 우리는 각자 하는 일로도 무척 바빴습니다. 일본

디자이너 유미 카츠라가 특별 제작한 웨딩드레스를 고른 일 말고 는 내 결혼식과 관련해서 아무런 준비를 하지 않았습니다. 예상은 했지만 뚜껑을 열고 보니 '간단한 예식'과는 정말 거리가 멀더군 요. 아드리안의 부인이 아름답고 유서 깊은 루마니아 정교회 수도 원을 예식장으로 골랐습니다. 대통령 이온 일리예스쿠Ion Iliescu의 주 재하에 의회궁에서 피로연과 파티를 열기로 했습니다. 우리는 후 안 안토니오 사마란치Juan Antonio Samaranch 국제올림픽위원회 위원장, 아 널드 슈워제네거Arnold Schwarzenegger 등을 포함해 1,500여 명의 손님을 초대했습니다. 버트는 16년째 하계올림픽위원회 위원으로 활동 중이었는데, 아널드 슈워제네거도 같은 위원이었고 두 사람은 금 방 친구가 되었습니다.

정교회 결혼식은 이틀에 걸쳐서 치러집니다. 첫날은 시청에서 행정적인 의식을 치릅니다. 공산주의 시절 교회에서 결혼하는 것 을 금지했지만 그래도 전통은 바뀌지 않고 남아 있었습니다. 결혼 식 날짜가 되자 버트와 나는 비행기를 타고 루마니아로 가서 정장 을 입고 시청으로 갔습니다. 루마니아 공영 텔레비전에서 결혼식 을 생중계했으므로 국민들이 모두 실시간으로 우리 결혼식을 지 켜보고 있었습니다. 식이 루마니아어로 진행되어서 내가 버트에 게 통역을 해주었습니다. 관리가 말을 멈추고 버트의 대답을 기다 리고 있었습니다.

"나와 결혼하고 싶으냐고 물었어요."

내가 속삭였습니다. 마이크로 내 목소리가 방송되고 있었으니

나라 안의 모든 분들이 한바탕 흥겹게 웃었으리라 생각합니다. 다들 정말 기막힌 장면이었다고 기억하더군요. 버트는 식이 진행되는 내내 모든 질문에 루마니아어로 '네'를 뜻하는 "다^{Da}"라는 말을 되풀이했습니다. 의식이 끝나자 우리 둘 다 기쁘기도 하고 한편으로 마음이 놓였습니다.

청사 건물을 나설 때 광장에는 우리를 잠깐이라도 보려고 수천 명의 군중이 몰려 있었습니다. 경호원들이 우리를 호위하고 호텔로 데려왔습니다. 우리는 호텔 발코니에 서서 결혼식을 보러 와줘서 감사하다는 간단한 인사말을 전했습니다. 버트는 인사말을 루마니아어로 했습니다. 루마니아어를 발음대로 적어서 읽는 식이었지요. 그는 모든 분이 자기를 받아들여줘서 감사하다고 했습니다. 그리고 이렇게 덧붙였습니다.

"오늘 저는 반은 루마니아인이고 반은 미국인입니다."

사람들은 버트가 정말 멋지다고 생각했습니다. 그가 한 말 때문에 그리고 그의 태도와 노력 때문에. 버트는 루마니아어로 말하기가 쉽지 않았지만 마칠 때까지 최선을 다했습니다.

그대는 이해하기 어려울 겁니다. 내가 루마니아가 보여줄 수 있는 가장 멋지고 호화로운 예식으로 결혼식을 올리는 것이 루마니아 국민에게 왜 그렇게 중요한지 말입니다.

국민들은 한때 루마니아가 누렸고 미래에 다시 보여줄 수 있는 우아함과 화려함을 세상에 보여주고 싶었던 것입니다. 찬란한 루마니아의 매력을 보여주고 싶었던 것이지요. 과거 30년 동안 루마니아 국민과 문화는 실로 엄청난 피해를 입었습니다. 그런 상황에서 내 결혼식은 모든 국민이 다시 예전 루마니아와 사랑에 빠지는 계기가 되었습니다. 우리나라에서 자존심이 고약하리만치 센 사람은 저만이 아니었습니다. 거듭 명확히 하고 싶은 것이 있습니다. 나는 루마니아를 떠났지만 결코 루마니아 국민과 내 뿌리를 버린 것은 아닙니다. 다만 정권을 떠났을 뿐이지요. 나는 항상 나의 조국을 사랑했습니다. 그렇기 때문에 지금도 루마니아 국적을 포기하지 않는 것입니다. 나는 루마니아인이고, 이는 다른 어떤 것보다 우선하는 사실입니다. 그러므로 내 결혼식이 루마니아에서 치러지는 것은 당연했습니다. 직계 가족을 데리고 가서 미국에서 결혼식을 치를 수는 있지만 루마니아 국민 전체를 데려갈 수는 없습니다. 그러니 내가 그들에게 갈 수밖에요.

행정상의 의식이 끝난 뒤에 치러진 나의 공식 결혼식은 어린 소녀들이 꿈꾸는 환상적인 모습 그대로였습니다. 루마니아 손님들 이외에 버트와 나는 미국에서 80명의 친구들을 초대했습니다. 손님들은 우리와 같은 호텔에 일주일 동안 머물렀습니다. 사실 이 호텔은 '호텔 리도'에서 '호텔 나디아'로 이름까지 바뀌었습니다. 우리가 호텔을 통째로 빌렸으니까요. 결혼식 당일 루마니아의 어린 체조선수들이 들고 온 근사한 가운을 걸쳤습니다. 진주 1만 개로 장식되어 화려하기 그지없고, 길이가 7미터나 되어 옷자락이 길게 끌리는 우아한 가운이었습니다. 디자이너 유미 카츠라는 옷과 함께 입는 걸 도와줄 사람까지 딸려서 보냈습니다. 너무 복잡해서 도우미가 없었다면 입지 못했을 겁니다!

교회로 떠나는 내 모습을 보려고 호텔 앞 광장에 1만 명 가까운 사람들이 몰려들었습니다. 결국 우리는 결혼식 전에 기념사진을 하나도 찍지 못했습니다. 내가 광장으로 들어서자 사람들이 나를 보려고 흥분해서 주변이 어수선했습니다. 제대로 자세를 잡고 사진을 찍을 만한 분위기가 아니었지요. 결국 우리 결혼식 사진은 친구들이 찍은 스냅사진과 행사 전체를 필름에 담은 ABC 방송국의 기록사진이 다였습니다.

그날 부쿠레슈티 시의 반은 휴업 상태였습니다. 가게도, 거리도 마찬가지였습니다. 결혼식 행렬은 마치 영국의 공주와 왕자들이 결혼할 때처럼 환상적이었습니다. 마법의 세계에라도 온 것처럼 신비로우면서 요란스러웠고 화려했습니다.

실제 결혼식도 근사했습니다. 아드리안의 부인은 수도원을 꽃과 음악으로 채워놓았습니다. 이번에도 버트는 정교회 전통 의식을 따르고자 최선을 다했습니다. 하지만 이번에는 시청에서보다 상황이 훨씬 복잡했습니다. 시청에서는 한자리에 서서 열심히 "네."라고 대답만 하면 되었습니다. 교회에서는 모든 동작이 세 번 반복됩니다. 예를 들면 의식이 진행되는 동안 제단 주변을 걷는 것도 세 번 반복해야 합니다. 신부님의 손에 여러 번 키스를 해야 하고 신부와 신랑은 왕관을 씁니다. 정교회에 익숙한 사람도 무척 헷갈리는 일이지요. 때문에 결혼식 전에 신랑과 신부는 이 독특한 의식을 먼저 외운 사람이 도중에 상대의 발을 밟아 경고를 하거나 내용을 상기시켜야 한다는 충고를 듣습니다. 더불어 신부든 신랑이든 예식 도중 상대방의 발을 주로 밟은 사람이 결혼생활에서 주도권을 쥐게 된다는 말도 있지요. 당연한 얘기지만 그날 결혼식에서는 내가 버트의 발을 계속 밟았습니다. 안타깝게도 결혼식 전에 독특한 루마니아 식 '신호'에 대해 말해주는 걸 깜빡했습니다. 내가 처음 발을 밟았을 때 버트가 "무슨 뜻이에요?" 하고 물었습니다. 나는 특정 동작을 세 번 반복해야 할 때 발을 밟겠다고 말했습니다. 그는 예식 전에 말을 해줬어야지 하고 속삭이더군요. "이미 늦었어요." 나는 웃으며 그에게 속삭였습니다. "이 결혼식에서는 당연히 내가 한 수 위니까."

결혼식이 끝나고 이어진 피로연은 정말 흥겨웠습니다. 재미난 풍경도 연출되었지요. 거기에는 시카고에서 태어나 현재 오클라호마에 살고 있는 버트라는 미국인 남자가 있었습니다. 그는 자기 볼에 입을 맞추려고 난리인 수많은 낯선 사람들에게 끝없이 인사를 해야 했습니다. 기다리는 줄은 끝도 없이 길었습니다. 버트는 그저 미소를 지은 채 사람들에게 볼을 내맡기고 있었습니다. 사람들의 껄껄한 턱수염 때문에 부드러운 살갗이 벗겨질 지경이었지요. 미국인 친구들 차례가 되었을 때(전에는 서로 껴안아본 적도 없는 사이였죠), 버트는 각각을 붙잡고 그들의 양 볼에 키스를 퍼부었습니다! 그가 이렇게 과격하게 애정을 표현하는 경우는 좀체 없답니다. 당시 결혼식에 참석했던 친구들은 지금도 무척 친근한 관계를 유지하고 있습니다. 루마니아에서 시간을 함께 보낸 탓이지요. 그처럼 격렬하고 열정적인 사람들에게 노출되면 누구나 영향을 받게 마련이지요.

그대가 피로연장에 있었다면 얼마나 좋았을까 싶군요. 음식과 와인은 맛이 끝내주었습니다. 음악은 또 얼마나 흥겹고 다채로웠는지 모릅니다. 무용곡부터 오페라, 전통 민요까지 다양했습니다. 미국에서 초대한 친구들 이외에도 유럽 각지에서 온 무용수, 가수, 배우들이 있었습니다. 버트와 나는 모든 음식을 맛보고, 춤을 추고, 손님들과 이야기를 나누며 테이블에서 테이블로 돌아다녔습니다. 평생 그렇게 많이 웃어본 적이 없습니다. 어린 시절 웃지 않는 아이로 유명했던 것과는 대조적이었지요. 내 결혼식을 완벽하게 만들고자 하늘의 별들도 마음을 모았나 보다 하는 말을 가끔 듣습니다. 나는 아직도 '완벽'의 존재를 믿지 않지만, 그날은 내가 경험한 것 중에서 가장 완벽에 가까웠다는 생각이 듭니다.

모두들 마시고, 춤추고, 웃고 하는 사이 재밌기도 하고 기묘하기도 한 일이 벌어졌습니다. 일단의 남자들이 와서 나를 신랑으로부터 '훔쳐갔습니다'. 농담이 아니랍니다. 루마니아에서는 결혼식 피로연이 진행되는 밤에 신랑이 신부에게서 시선을 떼면 신부를 도둑맞는다는 이야기가 전해옵니다. 남자들은 나를 보트에 태워 호수 가운데로 갔습니다(물론 다들 오래전부터 알고 지낸 아끼는 친구들이었지요). 요트가 나를 기다리고 있었습니다. 그동안 버트는 자기 어머니와 춤을 추고 있었습니다. 그때 보안요원이 와서 어깨를 툭툭 치며 물었습니다. "부인이 어디 계신지 아십니까?"

주변을 둘러보니 과연 내가 보이지 않았습니다. "모르겠는데요." 이어 버트가 물었습니다. "어디 있나요?"

"도둑맞았습니다." 보안요원이 말했습니다. "신부에게 주의를 기울여야 합니다. 안 그러면 감쪽같이 없어지죠." 보안요원이 버트에게 핸드폰을 넘겨주었고 전화기 저편의 남자가 농담을 던졌습니다. "나디아를 돌려받으려면 몸값을 내셔야겠습니다." 버트가 1,000달러를 제안했습니다. "택도 없습니다." 남자가 항의했습니다. "나디아는 훨씬 비싼 사람이라고요!"

"당신이 지정하는 곳에 1만 달러를 기부하면 어떻겠소?" 버트가 물었습니다.

"좋습니다."

남자들이 나를 다시 보트에 태워 부두로 데려갔고, 거기에 버트가 기다리고 있었습니다. 버트가 나를 끌어안더니 다시는 나한테서 시선을 떼지 않겠다고 약속했습니다. 파티는 새벽 5시까지 계속되었습니다. 모든 것을 받아들이고 기억해두고 싶어서 가끔씩 춤을 멈추고 주변을 둘러보았습니다. 이 모든 것이 나와 버트를 위한 것이라니, 사람들이 이렇게 아낌없이 시간을 내주고 마치 자기들의 일인 양 이렇게 기뻐해주다니 믿어지지가 않았습니다. 너무 지친 나머지 이제는 어떤 것도 나를 놀라게 하거나 기쁘게 하지 못하리라고 생각했던 그런 시절도 있었습니다. 그 생각이 틀려서 얼마나 다행인지 몰랐습니다.

나는 수천 명이 누려야 할 기쁨을 누리며 살았던 것 같습니다.

어려움은 그저 순간일 뿐, 좋은 날들이 계속 이어졌던 것 같습니다. 나는 이런 행운을 남과 나눠야 한다는 교훈을 결코 잊지 않았습니다. 나는 정신장애인을 위한 특별 올림픽 같은 많은 자선 활동에 관여하고 있습니다. 해마다 근위축증 환자들을 위한 제리 루이스 성금 모금 방송을 진행하고 있습니다. 우수한 운동선수들이 성금을 모아 세계 각지의 어려운 사람들을 돕는 기관인 라우레우스 월드 스포츠 아카데미 Laureus World Sports Academy의 일원임을 무척 자랑스럽게 생각합니다. AIDS 관련 단체, 그중에서도 특히 어린아이와 관련된 단체의 성금 모금에도 참여하고 있습니다. 또한 버트를 도와 버트코너체조아카데미 운영도 돕고 있습니다. 우리는 체조선수들이 대학에서 장학금을 받을 수 있게 지원하고 있지요. 몇 안 되는 선수를 올림픽에 내보내 메달을 따 오는 것보다 아이들에게 훨씬 의미 있는 일이라고 생각합니다.

내가 돕는 자선단체와 활동들을 더 나열할 수도 있습니다. 하지만 목록만 나열하다 보면 정작 내가 이런 활동을 하는 이유를 망각하기 쉽습니다. 박수갈채나 훈장 등을 기대하고 하는 일은 아닙니다. 돌려주고 싶기 때문이지요. 나는 군중이 내 개인적인 성과에 환호하며 박수갈채를 보내는 동안 연단에 홀로 서 있는 것보다 남을 돕는 일이 훨씬 충만감을 느끼게 한다는 사실을 깨달았습니다. 나는 이제 그보다 더 큰 그림을 그리며 살고 있습니다. 내가 선택한 자리는 이제 외로운 연단이 아닙니다. 베풀고 나누는 것이 세상을 바꿀 수 있다고 믿는 세계 각지의 사람들과 손을 맞잡고 함께 가는 그 자리를 선택했습니다.

친구여, 그대는 내가 어떻게 해서 '나디아 코마네치' 라는 인물이 되었는지 알고 싶어 내게 편지를 쓰기 시작했습니다. 나를 움직이는 비밀을 알고자 했습니다. 나의 모든 경험을 이해하길 바랐습니다. 루마니아, 공산주의, 차우셰스쿠의 통치, 망명, 사랑이 내게 미친 영향을 알고자 했습니다. 처음 편지 왕래를 시작하던 시점보다 이제 나에 대해 많이 알게 되었나요? 나는 그런 것 같습니다…….

하지만 여느 사람들처럼 나도 모호하고 복잡한 사람입니다. 그리고 끊임없이 변화하고 발전합니다. 나는 지금까지 항상 생각했던 것 이상을 이루었습니다. 하지만 지금보다도 더 훌륭한 사람이 될 수 있고, 더 훌륭한 일을 할 수 있고, 사회에 더 많이 공헌할 수 있다는 것을 압니다.

나에 대해 알고 싶다며 편지를 보내준 그대에게 감사합니다. 덕분에 과거를 돌아볼 수 있었고 간만에 대청소를 할 수 있었습니다. 마음의 다락방에서 거미줄을 걷어내고, 오래 묵혀둔 상자들을 깨끗하게 치웠습니다. 빛바랜 사진, 메달, 깨진 꿈, 실의, 공포, 과거의 영광, 어린 시절의 바람 등을 담은 상자입니다. 이제 숨 쉴 수 있는 여유, 잠긴 창문과 문들을 열어놓을 수 있는 여유, 산뜻한 산들바람이 공간을 휩쓸고 지나가도록 할 여유가 생겼습니다. 이제 거미줄과 먼지가 가득하던 공간에 신선한 공기와 빛이 들어오고 있습니다.

가장 좋은 친구이자 삶의 반려인 버트 코너에게 이 책을 바칩니다. 1976년 첫 키스 이후 우리의 관계는 발전을 거듭해왔고, 인생을 함께할 사람으로 당신 이외에 그 누구도 상상할 수 없습니다. 또한 당신을 나의 동료라 부를 수 있어 무척 자랑스럽습니다.

가족들이 내게 보여준 뜨거운 사랑과 격려에 감사의 마음을 전합니다. 깊은 애정과 우정으로 나를 대해준 폴 치르트 코치님께도 감사의 마음을 전합니다.

그리고 루마니아 국민께 이 책을 바칩니다. 제가 루마니아 국민이라는 사실이 자랑스럽고 루마니아를 고국이라 부를 수 있어 영광입니다.

뛰어난 재능으로 집필을 도와주고, 작업에 열정과 활력을 불어넣어준 낸시 리처드슨 피셔에게도 감사의 마음을 전합니다.

"그대는 (…) 어쩌면 처음 10점 만점을 받던 순간, 금메달을 목에 걸었을 때, 죽음을 무릅쓴 망명 같은 극적인 순간들이 궁금할 것입니다. (…) 하지만 그대의 삶이 그렇듯이 나의 삶도 대단히 복잡해서 실패와 성공을 단순 나열하는 것으로 설명하기에 무리가 있습니다." (본문 중에서)

결과보다 과정이 중요하다는 말을 흔히들 하지만 보통은 결과만 보는 우를 범하는 게 우리네 사람들이다. 1976년 몬트리올 올림픽 때 열네 살 어린 나이에 세계 최초로 체조에서 10점 만점을 받고 3관왕에 올랐던 나디아 코마네치에 대한 우리의 시각도 이렇지 않을까 싶다. 1976년 이래 10점 만점을 일곱 번이나 받았고, 올림픽 5관왕을 차지해 체조계에서는 최고를 넘어 신화가 되다시피 한 인물이니 화려한 면모에 관심을 두는 것도 무리는 아닐 것이다.

하지만 모든 결과에는 과정이 있게 마련이고 빛이 있으면 그늘도 있게 마련이다. 자신에 대해 직접 쓴 최초의 글이라고 말하는 이 책에서 코마네치가 젊은이들에게 강조하는 것은 '과정과 일상'을 봐달라는 것이다. 삶은 일상으로 노력으로 과정으로 이루어지며 화려한 결과 또한 이를 바탕으로 얻는 것이므로. 코마네치는 이 책에서 세계가 주목하는 '체조요정'이 되기까지의 과정과 잔잔한 일상을 비교적 상세히 말해준다. 체조선수, 좀 더 넓게는 운동선수로서 평소의 연습과 생활, 자기관리를 어떻게 할 것인가, 경기에 임했을 때 연습과 자기관리는 어떻게 할 것인가 등을 포함하여.

코마네치의 삶에서 화려했던 체조선수로서의 경력만큼 유명했던 것이 1990년 루마니아에서 미국으로의 망명이었다. 고국을 버리고 낯선 땅을 찾아 망명을 결심하기까지의 과정, 망명 이후 삶을 통해 우리는 코마네치 인생의 힘겨웠던 시절, 즉 삶의 그늘을 보게 된다. 흔히들 코마네치가 루마니아에서 공주 같은 대접을 받으며 호화롭게 살았으리라고 생각한다. 하지만 체조선수 은퇴 후 망명하기까지 끼니를 걱정해야 했다는 사실, 끊임없는 감시 속에 일상적인 자기표현조차 자제하는 삶을 살아야 했다는 사실은 자못 충격적이다. 힘겨운 망명 이후에 미국에서의 초기 생활도 생각만큼 쉽지는 않았다고 한다.

시련 앞에서 때로는 울고 넘어졌지만 오뚝이처럼 다시 일어선 코마네치는 현재 체조코치 겸 모델, 사업가 등으로 다방면에서 활약하면서 특히 사회사업에 관심을 쏟고 있다. 본인이 사회로부터 받은 사랑을 돌려주고 싶다는 취지에서다.

절대적인 실력의 소유자로, 좀체 웃지 않는 도도한 미녀로 각인되었던 체조요정의 일상과 삶의 굴곡을 접할 수 있었던 것은 옮긴이에게도 행운이었다. 과정과 일상을 소중히 다루는 이 책에서 화려한 체조선수 코마네치를 넘어 인간 코마네치를 만날 수 있었기 때문이다.

번역하는 내내 몇 년 전 코마네치가 등장해 관심을 끌었던 한 광고를 떠올렸다. 최초로 10점 만점 연기를 선보였던 1976년 올림픽대회 동영상을 활용한 것인데, '불가능, 그것은 아무것도 아니다' 라는 광고문구가 인상적이었다. 자고로 광고문구란 과장이 있기 마련이지만, 보면 볼수록 코마네치의 삶이 광고문구 같다는 생각이 새록새록 들었다.

2008년 1월

강혜정